Christoph Marzi

Der letzte Film des Abraham Tenenbaum

Weitere Bücher von Christoph Marzi im Arena Verlag:
Malfuria. Die Königin der Schattenstadt
Malfuria. Die Hüterin der Nebelsteine
Malfuria. Das Geheimnis der singenden Stadt
Heaven. Stadt der Feen
Memory. Stadt der Träume
Helena und die Ratten in den Schatten
Gespensterfenster
Piper und das Rätsel der letzten Uhr
5 Tage im April

Christoph Marzi
begann bereits im Alter von 15 Jahren zu schreiben. Sein Romandebüt »Lycidas« avancierte 2004 zu einem Überraschungserfolg: 2005 wurde Christoph Marzi mit dem Deutschen Phantastik Preis ausgezeichnet. Seitdem schreibt er mit großem Erfolg sowohl für Erwachsene als auch für Kinder und Jugendliche. Er arbeitet als Lehrer und lebt mit seiner Frau und seinen vier Kindern in Saarbrücken.

Christoph Marzi

DER LETZTE FILM DES Abraham Tenenbaum

Arena

Für Tamara

FSC
www.fsc.org
MIX
Papier aus verantwortungsvollen Quellen
FSC® C110508

1. Auflage 2017

Umschlaggestaltung: Geviert, Andrea Hollerieth unter Verwendung von Motiven von plainpicture / Kniel Synnatzschke und Unsplash / Philipp Henzler
Gesamtherstellung: Westermann Druck Zwickau GmbH
ISBN 978-3-401-60291-2

www.arena-verlag.de
www.twitter.com/arenaverlag
www. facebook.com/arenaverlagfans

»Man kann ein Leben nicht auf Lügen aufbauen.«
Zeke Tenenbaum

Prolog

Wir waren nicht allein im Kino.

»Bitte«, sagte Zoe. »Hören Sie auf! Sie verletzen noch jemanden!«

Als Antwort hielt er ihr die Waffe vors Gesicht.

Ich stellte mich schützend vor sie. Weil ich verliebt war. Weil ich für sie sterben würde.

Zoe legte ihre Hand auf meine Schulter. »Nein«, flüsterte sie.

Dann zerriss der Schuss die Stille.

1

Geschichten wie diese kennt man aus dem Kino. Aber diese Geschichte ist wirklich passiert. Und das Verrückte daran ist, dass sie mir passiert ist.

Es war im letzten September, und wenn ich an den Tag, an dem alles anfing, zurückdenke, sind auch die kleinsten Erinnerungen wie Bilder aus einem alten Film: die Stadt ein einziges Panorama aus Herbst, in schillernden Farben und *Cinemascope,* und ich mittendrin. Das Leben ist manchmal wirklich wie im Kino – nur anders, viel echter.

Der Tag, an dem sich mein Leben ändern sollte, begann unspektakulär mit einem Wecker, den ich nicht hörte. Das allein war nichts Ungewöhnliches. Zu verschlafen war meine Spezialität und es war nicht das erste Mal, dass ich knapp eine halbe Stunde, bevor die Schicht im *Thunderbird* begann, aufwachte. Es war auch nicht das erste Mal, dass ich mir Quentins Vespa ausleihen musste, wenn ich es noch einigermaßen pünktlich bis rauf in die Montague Street schaffen wollte. Quentin Klein hatte die Wohnung gegenüber gemietet, er studierte irgendwas mit Wirtschaft an der Columbia, doch die meiste Zeit saß er einfach rum, hörte Modern Jazz und lernte jede Menge Mädchen kennen.

»Hi, ich bin Tom«, stellte ich mich einer hübschen Unbekannten vor, die mir die Tür zu Quentins Bude öffnete. »Ist Quentin da? Ich meine, äh, ich brauche die Vespa.« Müde Augen starrten mich verständnislos an. »Den Roller«, drängelte ich und schaute über ihre Schulter ins Halbdunkel der Wohnung. Das Mädchen trug nur ein T-Shirt mit einem grimmigen Hulk darauf. Ich kannte das T-Shirt, es gehörte Quentin. »Ich wohne gegenüber«, erklärte ich ihr (irgendwo da drüben stand sogar mein Name auf dem Klingelschild: Tom Balfour). »Der Nachbar«, fügte ich hinzu, weil sie verwirrt wirkte. Der Schlüssel für die Vespa hing jedenfalls an dem Rüssel eines ziemlich hässlichen Porzellanelefanten, den Quentin aus irgendeinem Grund liebte. »Quentin leiht mir öfter seine Vespa.«

Ihr Blick wurde klarer und gleichzeitig verwirrter. »Quentin hat eine Vespa?«

»Nimm dir den Schlüssel!«, rief Quentin irgendwo aus dem Halbdunkel. »Und mach den Tank voll, wenn du sie zurückbringst.«

Ich lächelte die Unbekannte höflich an, dann machte sie Platz und ich schob mich an ihr vorbei in die Wohnung. »Da ist er ja!« Der hässliche Porzellanelefant war pink und dick, aber der Schlüssel hing genau da, wo er hingehörte. Ich schnappte ihn mir und schlüpfte schnell wieder nach draußen. »Bin schon weg«, flüsterte ich entschuldigend.

Die Unbekannte seufzte, schloss die Tür, würde Quentin Klein, dem selbst ernannten Eroberer gut aussehender Studentinnen, jetzt wohl ein Frühstück zubereiten oder auch nicht.

Ich jedenfalls hatte keine Zeit, darüber nachzudenken. Die Vespa stand auf dem Gehweg vor dem Haus. Also:

Treppe runterlaufen, Jacke überziehen, Schal, die Tasche über der Schulter, prüfen, ob ich Geld und Smartphone dabeihatte. Perfekt. Ich war gut im Zuspätkommen und geübt darin, mit der Vespa zu fahren.

Es war ein warmer Herbsttag wie auf den Postkarten, die man an jeder Ecke in Brooklyn kaufen kann: Sonnenschein, Schwerelosigkeit, goldbraune Blätter an den Bäumen, Laub auf den Gehwegen und den Straßen, der Himmel blau, durchzogen von kleinen Wolken, solche, zu denen man gerne hochsieht, wenn man im Gras liegt und seinen Gedanken nachhängt. Rote Sandsteinhäuser mit Erkern, hohen Fenstern und kleinen, schmalen Treppen, die zu den Haustüren hinaufführten, Blumentöpfe davor; Türme mit spitzen Dächern, enge Straßen, in denen sich der Verkehr staut, die Gegend sah genau so aus, wie ich sie aus Filmen wie *Blue in the Face* und *Frühstück bei Tiffany* kannte.

Mit der Vespa unterwegs zu sein, war definitiv von Vorteil, wenn man hier lebte, und erst recht frühmorgens, wenn der Verkehr dicht und dichter wurde. Es tat gut, zwischen den Autos hindurchzurasen, ich fühlte mich frei. Ein leichter Wind wehte, nicht wirklich kühl, aber man konnte darin schon den Winter erahnen.

Das *Thunderbird* befand sich ganz in der Nähe der Metrostation Court Street. Ein Diner im Stil der späten Fünfzigerjahre, sogar mit richtiger Jukebox und echten Vinyls, die mit fünfundvierzig Umdrehungen. Meine Schicht begann um zehn Uhr und Ben Shtyngart, der gerade die Frühschicht machte, musste los, um es pünktlich zu seinem Seminar zu schaffen. Ich gab also Gas und beeilte mich, preschte zwischen den Autos hindurch, immer auf der Suche nach der nächsten Lücke im Verkehr.

»Du bist mein Held, JIT«, begrüßte er mich. »Du weißt, dass ich heute den Vortrag halte.«

Das Referat über Thomas Wolfe, *Schau heimwärts, Engel.* Ja, er hatte schon mal davon erzählt.

»Tut mir leid«, murmelte ich, »habe verschlafen.«

Er schlug mir auf die Schulter. »Der Laden gehört dir, JIT.« Er sprach JIT so aus, dass es wie *Djiiiht* klang.

Ben nennt mich meistens JIT. Er ist der Einzige, der mich JIT nennt. »Was bedeutet das?«, hatte ich ihn damals gefragt. »Ist das Jiddisch?«

Er hatte gelacht. »JIT bedeutet *just in time.*« So viel also dazu. JIT, das bin ich. Und ich bin mal wieder gerade rechtzeitig gekommen. Ich sprang ins Diner, begrüßte Bridget Hawley, die wie immer in der Küche schuftete, und der Tag konnte beginnen.

Kurz vor elf, als nicht viel los war, ging ich raus auf den Gehweg und telefonierte mit Mom.

»Wie geht es euch?« Es war mein täglicher Anruf in Rockport, Maine. Wo das liegt? Einfach nur die Küste rauf, dort hatte ich mein ganzes bisheriges Leben verbracht. Erst seit einem halben Jahr wohnte ich in New York. »Was sagt die Bank?« Heute war der große Tag, der Termin in der Lisbon Street.

»Wir finden einen anderen Weg«, antwortete Mom. Sie hörte sich an, als würde sie jedes Wort herauswürgen müssen.

»Wo ist Dad?«

»Zurück zur Arbeit.«

Ich seufzte, schloss kurz die Augen. An die alten Zeiten zu denken, tat mir nicht gut. Die Pension, die meine Eltern geführt hatten, seit ich denken konnte – *The Sailor's Song* –, gab es schon seit einiger Zeit nicht mehr. Nach der Finanzkrise, die fast jeden vor sieben Jahren hart getroffen hatte, liefen die Geschäfte immer schlechter. Rockport war ein kleines Küstenstädtchen und wie alle Orte dort oben waren wir, vor allem im Sommer, auf die Touristen angewiesen. Nach der großen Bankenpleite, dem Chaos und dem Rattenschwanz an Schlamassel, der in den Jahren, die kamen, folgte und den niemand hatte kommen sehen, wurden die Leute sparsamer. Ich war damals noch zu klein, um das alles zu verstehen. Und ich fragte mich, ob überhaupt jemand so richtig verstanden hatte, was da passiert war. Wir sahen nur, was aus unserem Leben geworden war. Die Touristen, die immer für lange Staus gesorgt hatten, strömten nicht mehr in Massen an die Küste, weil sie nicht mehr genug Geld hatten. Das Leben ist eben nicht wirklich fair. Wir konnten die Hypotheken, mit denen die Pension belastet war, nicht mehr zahlen und auf einmal gehörte das Haus der Bank of Maine. Dad musste sich einen befristeten Job nach dem anderen suchen, Mom ebenso. Ich suchte mir Jobs, die ich nach dem Unterricht und am Wochenende machen konnte. Wir zogen in eine kleinere Wohnung, die kaum Platz für uns alle bot, stockten das wenige Haushaltsgeld notdürftig mit kleinen Krediten auf und lebten so sparsam wie möglich. Aber Schulden, wie immer man es auch anstellt, haben die verdammt blöde Angewohnheit, sich zu vermehren. Dad hatte die

Bank vor etwa einer Woche gebeten, die Ratenzahlungen auf die laufenden Kredite zu verlängern, weil er vier Wochen arbeitslos gewesen war und es gerade wieder mal eng wurde.

»Wir finden einen anderen Weg«, sagte Mom noch einmal. »Das haben wir immer getan.« Sie klang traurig, hilflos.

Ich stand auf der Straße vor dem Diner, die Welt um mich herum kam mir fremd und vertraut zugleich vor. Die Sonne tauchte alles in ein warmes Licht wie Gold. Trotzdem war mir kalt.

»Es tut mir so leid«, sagte sie auf einmal.

»Es gibt bestimmt einen Weg.« Vermutlich hörte ich mich so an wie sie. Ich musste an Dad denken, der als Kassierer an der Shell-Tankstelle in der West Street gleich bei der Interstate 1 arbeitete. »Ich muss wieder ins Diner, Mom.« Sie wusste, wie ich das meinte.

Im Frühjahr des letzten Jahres hatte ich beschlossen, den beiden nicht länger auf der Tasche zu liegen. Der Bruder eines Freundes kannte jemanden, der sein Studium an der Columbia abbrechen wollte. So landete ich in Brooklyn Heights, so kam ich an das Zimmer in der Amity Street, so begann ich mein neues Leben in der großen Stadt.

Was ich vorhatte, war eigentlich ganz einfach: ein Jahr arbeiten, sodass ich, wenn ich sparsam war, genügend Geld sparen konnte, um irgendwann ein Studium zu beginnen.

Ich seufzte. »Sag Dad, er soll sich nicht zu viele Gedanken machen.«

»Mach ich.«

Schweigen.

Ich betrachtete die Passanten, die geschäftig über die Gehwege eilten.

Mom sagte: »Wenigstens geht es dir gut.«

»Ja, alles bestens.«

»Gefällt dir dein Job?«

»Mir geht es gut.«

Wir verabschiedeten uns. Das war besser, als am Telefon zu schweigen. Ich wusste, dass sich meine Eltern Vorwürfe machten, weil die Pläne, mir nach der Highschool ein Studium zu finanzieren, sich von heute auf morgen in Luft aufgelöst hatten. Ich gab mir Mühe, beide wissen zu lassen, dass mir mein derzeitiges Leben gefiel. Es war okay, ja, das war es. Und das war nicht mal gelogen. Ich bewohnte ein kleines Zimmer mit Küche und Bad und mit Blick auf eine schöne Straße, und wenn ich das Fenster hochschob, konnte ich die Blätter des Baumes davor berühren. Die Vermieterin, Mrs Green, war eine nette alte Dame, für die ich täglich Einkäufe erledigte. Dafür zahlte ich weniger Miete, das war der Deal. Ich hatte den Job im *Thunderbird,* ich mochte die Arbeit und wartete auf den Tag, an dem sich die Gelegenheit bieten würde, den nächsten Schritt zu wagen.

»Alles okay?«, wollte Bridget, die so alt wie Mom war und die besten Pancakes von Brooklyn Heights machte, wissen, als ich wieder reinkam.

»Kein weiterer Kredit.« Sie kannte die Geschichte.

»Das tut mir leid.«

Ich begann damit, die Kaffeemaschine zu säubern und die Spülmaschine auszuräumen. »Sieht wohl so aus, als würde ich noch länger hier arbeiten.«

Sie meinte: »Ist doch gar nicht mal so schlecht.« Womit sie vermutlich recht hatte. Was eigentlich alles sagte, was es dazu zu sagen gab.

Das, was mein Leben schließlich auf den Kopf stellen sollte, passierte mir auf dem Weg nach Hause.

Es war später Nachmittag, die Abendschicht übernahm Ben Shtyngart. Ich war müde und musste noch ein paar Einkäufe für Mrs Green erledigen. Ich genoss es, mit der Vespa durch die Lücken zwischen all den Autos zu kurven. Am liebsten hätte ich die Augen geschlossen, mir den Fahrtwind um die Nase wehen lassen und mich ganz der Illusion hingegeben, durch die Straßen zu fliegen. Nur kurz dachte ich an Rockport, an das, was dort oben sonst noch so alles passiert war und das ich ziemlich leicht vergessen konnte, wenn ich in Brooklyn unterwegs war.

An der Ecke Court Street und State Street hielt ich bei Rot an, wartete, hing meinen Gedanken nach. Hier gab es eine ganze Reihe von Geschäften für alles Mögliche, ein kleines Kino und einen Waschsalon, der um diese Tageszeit immer gut besucht war.

»Hey, du!«

Ich drehte den Kopf zur Seite. Ein Mädchen, bunt wie der Herbst selbst, kam auf mich zugelaufen. Sie war groß und verdammt hübsch und hatte es eilig. Ich kannte sie nicht und im ersten Moment fragte ich mich, ob sie überhaupt mich meinte. Doch bevor ich etwas sagen konnte, war sie schon auf die Vespa aufgesprungen, saß hinter mir, als täte sie das öfter, und schlang die Arme um mich, als würden wir uns kennen.

»Siehst du den Wagen?«

Ich starrte sie an. Ihre Augen funkelten. Braune Haare lugten frech unter einer Mütze mit Muster hervor.

»Da vorne!«, drängelte sie. »Der schwarze SUV.«

Ich nickte, irgendwie unbeholfen und sichtbar überrumpelt.

Dann sagte sie etwas, das man normalerweise nur im Kino hört: »Fahr hinterher!«

Die Ampel war noch immer rot. Der Rückstau jenseits der Kreuzung löste sich auf.

»Es ist wahnsinnig wichtig. Bitte frag jetzt nicht. Tu es einfach.«

Der SUV setzte sich in Bewegung, er fuhr ziemlich schnell an.

»Wer bist du?«

»Zoe Tenenbaum«, stellte sie sich vor. »Und jetzt fahr schon los!«

So fing es an. Wie im Film.

Wir folgten dem schwarzen SUV. Der Wagen war schnell und es war nicht einfach, ihn mit der Vespa einzuholen.

Dass eine Verfolgungsjagd nicht so abläuft, wie man das aus dem Kino kennt, war mir klar. Dass sie aber so unspektakulär und eher langsam verlaufen kann, nicht. Dass die Vespa 937 nur selten in Krimis auftaucht, hat wohl einen guten Grund. Ein Stück hinter der Metrostation jedenfalls bog der SUV in die Bergen Street ein, schlug dann einen Haken, fuhr in die Smith Street und schließlich, auf Höhe der Atlantic Avenue, holten wir ihn endlich ein. Ich versuchte, die Vespa an ihm vorbeizulenken und den Fahrer irgendwie dazu zu bewegen anzuhalten. Wie dämlich! Was das genau bewirken sollte, wusste ich auch nicht.

»Sei vorsichtig«, warnte mich Zoe Tenenbaum. Ich fragte mich gerade noch, was genau sie damit meinte, als der SUV, kurz bevor wir ihn erreicht hatten, mit einem Ruck zurücksetzte und uns seitlich rammte. Der riesige Wagen erwischte die Vespa am Vorderrad und wir hatten Glück, dass keiner von uns sich die Beine quetschte. Ein paar Zentimeter weiter und wir hätten ernsthafte Verletzungen davontragen können. Aber so hatten wir Glück und abgesehen von dem Schrecken, dem dumpfen Aufprall und einem blechernen Aufschrei des Rollers, kamen wir glimpflich davon.

Ich taumelte, verlor das Gleichgewicht, kuppelte falsch und gab instinktiv Gas. Der Roller machte einen schnellen Satz auf den Gehweg, torkelte und kippte zur Seite. Wir fielen hin. Ein paar Passanten schimpften erschrocken, aber das war auch schon alles.

Der SUV war verschwunden, als wir uns wieder aufgerappelt hatten.

»Mist«, fluchte Zoe Tenenbaum und sah dem Wagen hinterher.

»Bist du verletzt?«, fragte ich.

Erst jetzt schien sie zu bemerken, dass ich ja auch noch da war.

»Oh, verdammt, tut mir leid.« Sie trat auf mich zu, wollte mich anfassen, ließ es aber bleiben. »Alles gut bei dir?«

Ich nickte. »Wer war der Kerl in dem SUV?«

Sie hatte vor Wut Tränen in den Augen. »Ein Einbrecher.«

»Du hast einen Einbrecher verfolgt?«

»Ja. Sieht wohl so aus.«

»Machst du das öfter?«

Sie schüttelte den Kopf. »Eigentlich nicht.«

Wir sahen uns an.

»Wie heißt du eigentlich?«, wollte sie wissen. Die Tränen wischte sie sich schnell aus dem Gesicht.

»Tom Balfour.«

Sie betrachtete die Vespa. »Das mit dem Roller tut mir leid, Tom Balfour.«

Die Vespa war ganz schön demoliert.

»Quentin wird mich umbringen«, sagte ich.

»Wer ist Quentin?«

»Ihm gehört die Vespa.«

Sie sagte: »Oh!« Und brachte das Problem damit ganz einfach auf den Punkt.

Ich sah die Straße hinunter. Was es wohl mit dem Einbrecher in dem SUV auf sich hatte?

»Konntest du dir das Kennzeichen merken?«, fragte Zoe.

Ich schüttelte den Kopf. Ich war zu sehr darauf konzentriert gewesen, dem Wagen zu folgen. »Nein, aber da war ein Aufkleber über dem Kennzeichen. Eine gezeichnete Silhouette der Stadt, darüber ein Sonnenuntergang.«

Sie sah mich erwartungsvoll an.

»Sunlight Services!«, rief ich mir den Schriftzug in Erinnerung.

Sie nickte und atmete tief durch. »Bestimmt ein Autoverleih.«

»Kann sein.«

»Geht es dir gut?«, fragte ich sie.

»Nein.«

»Was hat der Einbrecher eigentlich gestohlen?«

»Wer sagt denn, dass er etwas gestohlen hat?« Sie wirkte auf einmal trotzig, aber dann merkte ich, dass sie eher verzweifelt war. Die Tränen traten ihr wieder in die Augen. »Tut mir leid«, sagte sie schließlich. »Er hat etwas wirklich Wichtiges gestohlen, glaube ich.« Ein Lächeln, sie war etwas verlegen. »Du fragst dich bestimmt, in was du da hineingeraten bist.«

»Erzählst du es mir?«

Sie nickte. »Aber nicht hier.«

»Nein, nicht hier.« Der Gehweg war nicht der richtige Ort.

»Wie wäre es mit einem Kaffee?«, schlug sie vor. »Ich lad dich ein.«

»Ja, klar. Kaffee wäre gut.«

Sie zeigte die Straße runter. »Da drüben?«

Ich folgte ihrem Finger. Auf der anderen Straßenseite war ein Café. *The Guaraldi Swing*. »Ja.« Ich hievte die Vespa hoch und sah mir den Schaden an. Quentin würde nicht begeistert sein, so viel war sicher.

Auf einmal legte Zoe ihre Hand auf meine Schulter. »Danke«, sagte sie, »dass du das gemacht hast.« Die Berührung war nur so kurz wie ein Schmetterlingsflügelschlag, dann war sie vorbei.

»Wir haben ihn doch entwischen lassen.«

Klang das cool? Die Hand hätte sie ruhig auf meiner Schulter lassen können.

»Er hat sich Mühe gegeben, uns zu entwischen.«

So konnte man es auch formulieren.

Sie wurde ernst. »Du hast mir geholfen, obwohl du mich gar nicht kennst.«

Ich winkte ab. »Das mach ich andauernd. Hübschen Mädchen helfen, meine ich.«

Sie musste lachen. »Ja, das glaub ich.« Ihre Augen funkelten, wenn sie lachte.

Die Vespa war wirklich ziemlich demoliert.

»Vielleicht sollten wir die Polizei rufen«, schlug Zoe vor, als sie meinen Blick bemerkte. »Wegen Fahrerflucht und der Versicherung. Die Dellen sehen schlimm aus.«

»Besser nicht«, meinte ich. Die Kratzer im Lack waren auch nicht ohne.

»Warum nicht?«

»Hab meinen Führerschein vergessen.«

Sie nickte. »Okay.«

Das war alles? »Hey, ich *habe* einen Führerschein«, stellte ich klar.

»Wahrscheinlich kann die Polizei auch nichts machen.«

»Ja, so sieht's wohl aus.«

Wir gingen nebeneinanderher wie zwei Fremde, die einander zu kennen glauben, aber nicht wissen, woher. Ich schob die Vespa ein Stück die Straße runter und fand schließlich einen Platz, wo ich sie stehen lassen konnte.

Zoe ließ mich nicht aus den Augen. Mir entging nicht, dass sie aber auch die Straße absuchte. »Vielleicht kommen sie wieder.«

»Sie?«

»Typen wie der sind immer mehrere.«

Das klang ein wenig beunruhigend. »Warum sollten sie zurückkommen?«

Sie zuckte die Achseln. Ihre Antwort war nur ein Flüstern. »Weil sie noch nicht das haben, wonach sie gesucht haben.« Ohne zu sagen, was sie genau damit meinte, ging sie vor.

Wir betraten das *Guaraldi Swing* und fanden einen Platz gleich am Fenster. Zoe schlüpfte aus ihrer bunten Jacke, zog die Mütze aus und legte sie auf den Tisch zwischen uns. Sie bestellte einen Früchtetee, ich einen Kaffee.

»Das muss sich alles völlig durchgeknallt anhören«, sagte sie.

»Ich kann dir versichern, das tut es.«

Sie sah mich lange an, abwartend, nachdenklich; Zeit genug, in ihren Augen zu versinken. »Kennst du das *Rosebud?«*

»Das Programmkino in der Court Street?«

»Ecke Schermerhorn Street, ja.«

Ich selbst war noch nie dort gewesen, kannte es aber vom Vorbeilaufen. Wenn Brooklyn in Filmen auftaucht, gehen die Leute meist in Kinos wie das *Rosebud* und nur selten ins *United Artist*, knapp hundert Meter weiter. »Die Filme, die im *Rosebud* gezeigt werden, sehen irgendwie europäisch aus.« Ganz in der Nähe war Zoe mir über den Weg gelaufen, vorhin, eine Ewigkeit schien das her zu sein. »Möchtest du ins Kino gehen?«

»Quatsch. Ich arbeite im *Rosebud.«* Sie schüttelte den Kopf, ein wenig aufgesetzt entrüstet. »Es sind übrigens nicht nur europäische Filme, die wir da spielen. Das meiste ist einfach independent. Keine großen Studios, keine

Plastikfilme für die Masse.« Wieder dieser Blick, so direkt, dass man sich ertappt, gelähmt und gleichzeitig völlig irre verzaubert fühlte. »Kennst du einen guten Film aus Hollywood, der wirklich ehrlich ist?«

Ich musste überlegen.

»Schon zu lange nachgedacht«, sagte sie schnell. Bevor ich antworten konnte, fuhr sie fort: »Ich mag französische Filme, na ja, und britische auch.« Sie hielt inne, winkte ab. »Sie sind echter als der Mist, den Hollywood ausspuckt. Aber darum geht es eigentlich nicht. Das *Rosebud*«, sagte sie stolz, »gehört meinem Großvater.« Sie senkte den Blick, ihre Finger spielten mit dem Teebeutel. »Abraham Tenenbaum.« Ihre Stimme klang auf einmal brüchig. »Es *gehörte* meinem Großvater. Vergangenheitsform. Ja, so ist das wohl, es *gehörte* ihm.« Kurze Pause, tiefes Durchatmen. »Jetzt gehört es meinem Vater.« Sie sah mich an. »Mein Großvater ist gestorben, vor zwei Wochen.« Tränen traten ihr in die Augen. »Das *Rosebud* war sein Leben, weißt du.«

»Das tut mir leid«, sagte ich leise. Ich nahm ihre Hand und hielt sie fest, nur ganz kurz.

Zoe sah mich nur an und erwiderte erst mal gar nichts, dann schnappte sie sich eine Serviette, zerriss sie in kleine Stücke, ganz ruhig und konzentriert. »Tom Balfour«, sagte sie leise, »ich weiß eigentlich gar nicht, warum ich dir das alles erzähle. Ich meine, wir kennen uns nicht.« Sie blinzelte. »Vielleicht hast du eine Freundin, die dir die Hölle heißmacht, weil uns jemand hier zusammen sieht und es ihr verrät.« Sie musste grinsen. »Vielleicht musst du noch ganz dringend irgendwohin.« Sie war verlegen und unsicher. »Was quatsch ich da eigentlich. Du musst denken, dass ich völlig bescheuert bin.«

»Nur ein kleines bisschen irre«, sagte ich.

Sie lachte und ich musste auch lachen. Lachen tat gut.

Die Bedienung kam zum Tisch und fragte, ob wir noch etwas trinken wollten. Nein, wollten wir nicht. Sie ging wieder.

Der Moment war lang genug gewesen, um Luft holen zu können.

»Findest du das seltsam?«, fragte Zoe.

»Was?«

»Dass wir hier sitzen und reden.«

»Nach der erfolglosen Verfolgungsjagd? Ja, könnte man sagen. Ich meine, so was ist mir noch nie passiert.« Das war die reine Wahrheit. Nicht mal Quentin ist so was je passiert.

»Mir auch nicht«, sagte sie.

Die Sonne stand tief und würde bald untergehen. Das Licht änderte sich, das merkte man sogar im Café.

»Was hat es mit dem Einbrecher auf sich?«, fragte ich. Und mit tiefer Ganovenstimme fügte ich hinzu: *»Folgen Sie schnell dem Fahrzeug da vorne.«*

»So hab ich mich angehört?« Sie lachte. »Du bist lustig, Tom Balfour.« Sie sah mich an. »Wer bist du?«

In Rockport gibt es ein Wort für das, was ich tat: drauflosplappern. Ich erzählte ihr, was es über mich zu wissen gab, in Kurzform natürlich. Einiges, nicht viel, ließ ich aus. »Und dann springst du auf meine Vespa und bittest mich, dem Wagen an der Ampel zu folgen.« So endete das Geplapper.

Sie hatte mir die ganze Zeit über aufmerksam zugehört. Jetzt lächelte sie, irgendwie müde.

»Also«, sagte ich. »Willst du es mir erzählen?«

Sie seufzte. »Es klingt irgendwie komisch, glaube ich. Wenn ich es erzähle.«

»Warum?«

»Es ist keine richtige Geschichte.«

»Nur eine halbe?«

»Nicht mal das. Eher wie der Anfang von irgendwas.«

»Das klingt gut. Der Anfang von irgendwas, meine ich.«

Sie schaute kurz aus dem Fenster. »Du hast keine Ahnung, wer ich bin.« Sie betrachtete die anderen Gäste im Café. »Vielleicht bin ich verrückt? Eine Mörderin? Die Komplizin der Männer im SUV. Jemand, der sich immer mit der gleichen Masche an nette Jungs ranmacht.«

»Bist du sicher, dass du Hollywood nicht magst?«

Sie sah mich an. »Nein, im Ernst. Du hörst dir das alles an, obwohl du keine Ahnung hast, wer ich bin.«

»Du bist Zoe Tenenbaum.«

»Das reicht dir?«

»Du hast ehrliche Augen. Ja, für den Moment reicht mir das aus.«

»Das ist ein seltsames Gespräch, findest du nicht auch?«

»Eigentlich nicht.«

»Heißt das, du führst öfter solche Gespräche?«

»Nein, eigentlich nie.«

Wir mussten lachen. Es kam mir so vor, als würde uns der Mut fehlen, um den nächsten Schritt zu wagen.

»Weißt du, woher der Name kommt? *Rosebud,* meine ich.«

Ich schüttelte den Kopf.

»*Citizen Kane.*«

Ich nickte unsicher.

»*Citizen Kane!*« Sie starrte mich ungläubig an. »Von Orson Welles.«

Ich zuckte die Achseln.

»Du kennst *Citizen Kane* nicht?«

»Ich habe ihn nie gesehen.«

»Aber du hast davon gehört, dass es einen Film namens *Citizen Kane* gibt? Dass der Film ein Klassiker ist? Und Orson Welles, der Regisseur, eine Legende?«

»Ja schon.«

»Ursprünglich wollte mein Großvater das Kino *16 mm* nennen, aber dann hat er sich für *Rosebud* entschieden.« Ihre Stimme wurde leiser. »Es war wie ein Zuhause für mich. Als er noch gelebt hat. Jetzt ist es das immer noch, aber irgendwie anders.« Sie seufzte. »Ich habe dort so viele Filme gesehen, als ich *klein* war. Im Vorführraum, wo ich durch das winzige Fenster in den Zuschauerraum blicken konnte, ohne dass mich jemand bemerkte. Abe war ein guter Großvater, der beste.« Sie zögerte, dann sagte sie: »Aber nach seinem Tod sind ein paar eigenartige Dinge passiert. Sie ergeben für mich keinen Sinn, weißt du. Nichts von alldem ergibt einen Sinn.«

Ich verstand nicht, worauf sie hinauswollte.

»Letzte Woche tauchte ein Mann bei uns zu Hause auf. Er fragte meinen Vater, ob Großvater etwas für ihn hinterlassen habe. Keine Erbschaft, nein, eher so was wie ein Paket, das wir eventuell im Kino hätten finden können.« Sie trank ihren Tee aus. »Mein Dad hat dem Mann gesagt, dass er ihm nicht helfen könne. Und der Mann bat Dad, sich bei ihm zu melden, falls doch noch etwas auftauchen sollte.«

»Und er hat nicht gesagt, was das sein könnte?«

Sie schüttelte den Kopf. »Nein.«

»Wer war er?« Wenn der Fremde ihren Vater gebeten hatte, sich bei ihm zu melden, dann musste er einen Namen und eine Telefonnummer hinterlassen haben.

»Herman J. Mankiewicz.«

Ich sah sie fragend an.

»Herman J. Mankiewicz ist 1953 gestorben. Er war Drehbuchautor. Er hat *Citizen Kane* geschrieben. Na ja, den und noch ein paar andere Filme, zum Beispiel einen Piratenfilm namens *Die Seeteufel von Cartagena.* Den kenn ich sogar. Die Telefonnummer, die er dagelassen hat, existiert nicht.«

»Und was hat das mit dem Einbruch zu tun?«

»Als ich heute ins Kino kam, spürte ich schon, dass etwas nicht stimmt«, sagte sie. »Im Büro brannte Licht. Und als ich die Tür öffnete, stieß mich jemand gegen die Wand. Mir wurde fast schwarz vor Augen.«

»Der Einbrecher.«

»Er war weg, bevor ich so richtig verstanden hatte, was los ist.«

»Was hat er gestohlen?«

»Zuerst dachte ich, dass er es auf Geld abgesehen hätte, aber das war natürlich Blödsinn. Das Wechselgeld bringe ich immer erst zur ersten Vorstellung mit. Und die beginnt nie vor fünf Uhr nachmittags. Dann dachte ich an Filmkopien. Aber wer würde in ein Programmkino einbrechen und einen Film stehlen, den man ohnehin überall im Internet finden kann?« Sie war ganz aufgeregt und ihre Hände bewegten sich zu ihrer Geschichte wie kleine, quirlige Tiere. »Aber dann sah ich, was fehlte. Es ist seltsam, dass einem Dinge, die nicht besonders wichtig zu sein scheinen, sofort auffallen.«

»Was meinst du?«

»Mein Großvater«, erklärte sie, »hat Tagebuch geführt. Nicht so richtig, es waren eher kleine Episoden und Gedanken zu allem Möglichen. Ich habe es in seiner Wohnung gefunden, und weil mein Vater es nicht lesen wollte, habe ich es mitgenommen. Es ist so, als könnte ich seine Stimme wieder hören, wenn ich darin lese.« Sie verzog das Gesicht. »Dummerweise habe ich es gestern im Kino liegen lassen, auf dem Tisch im Büro. Und vorhin war es nicht mehr da.«

»Bist du sicher, dass es dort lag?«

»Ganz sicher, es lag auf dem Tisch.«

»Warum sollte jemand das Tagebuch deines Großvaters stehlen?« Wer, in aller Welt, war am Tagebuch eines Programmkinobesitzers interessiert?

»Ich habe keine Ahnung. Na ja, jedenfalls war es weg. Und wo kann es schon sein? Der Typ hat es mitgenommen, ganz klar. Scheiß Einbrecher! Also bin ich ihm hinterhergelaufen, raus auf die Straße, wo ich nur noch sehe, wie er in den schwarzen SUV einsteigt. Natürlich konnte ich ihn nicht einholen. Ich bin ihm hinterhergerannt, so schnell ich konnte.« Sie rollte mit den Augen. »Nicht schnell genug.«

»Und dann kam ich.«

»Dich hat der Himmel geschickt.«

Ich dachte über das, was sie gerade erzählt hatte, nach. »Was wirst du jetzt tun?«

»Ihn suchen.«

»Weil du das Tagebuch zurückhaben willst?«

»Es gehört mir.«

»Glaubst du, er ist gefährlich?« Er war ziemlich skrupellos, als er mit dem SUV die Vespa gerammt hatte. Er hätte uns beide verletzen können.

»Und wennschon.« Sie reckte trotzig das Kinn. »Er hat das Tagebuch.«

»Was ist so wichtig an dem Tagebuch?«

»Ganz ehrlich? Ich habe keine Ahnung, nicht die geringste. Es wirkt harmlos. Aber wenn es jemand unbedingt haben will, dann muss mehr dahinterstecken.«

»Hast du eine Vermutung, was?«

Sie schüttelte den Kopf. »Nein.«

»Aber du glaubst, dass der Einbrecher der Mann war, der bei euch zu Hause gewesen ist.«

»Ja. Ich meine, ich denke schon. Ich konnte kein Gesicht erkennen. Und als er in Park Slope aufgetaucht ist, bin ich nicht zu Hause gewesen.«

Da wohnt sie also, dachte ich. Park Slope ist eine gute Gegend.

Zoe fuhr sich mit beiden Händen durchs Haar und seufzte. »Das war die ganze Geschichte. Wir sind hier und der Kerl ist mit dem Tagebuch auf und davon.«

»Dann werden wir ihn finden«, sagte ich.

Manchmal, ganz selten, kommt es vor, dass man ganz unüberlegt genau das Richtige sagt. Zoe Tenenbaum lächelte. Das hier war so ein Moment. Dass ich nicht die geringste Ahnung hatte, worauf ich mich da einließ, lag wohl auf der Hand. Dass ich Zoe Tenenbaum wiedersehen wollte, irgendwie auch.

2

Ich versuchte, mich abzulenken, indem ich mich durch YouTube klickte, mir Trailer zu neuen Filmen anschaute und drei, vier Zeilen eines Gedichtes kritzelte, die ich dann aber doch ziemlich schlecht fand und in den Papierkorb warf, bevor irgendjemand sie lesen und meine Meinung teilen könnte. Abends saß ich allein in meinem Zimmer und es kamen so viele Gedanken ungeordnet zusammen, dass es nicht einmal etwas brachte, das Fenster zu öffnen. Die Gedanken flogen nicht einfach nach draußen, und wenn doch, verfingen sie sich in den knorrigen Ästen des Baumes vor meinem Fenster, sodass ich sie jederzeit betrachten konnte.

Um diese Uhrzeit war unten auf der Straße nicht viel Verkehr, nur ab und zu fuhr ein Auto vorbei. Die Vespa stand vor dem Haus und sah mitgenommen aus. Quentin hatte es sich nicht nehmen lassen, sauer zu reagieren, aber das war natürlich verständlich. Ich versprach ihm, den Schaden zu bezahlen, und erzählte ihm eine Version der Geschichte, bei der ich nicht ganz so dämlich dastand. Das Ergebnis war das Gleiche und das wussten wir beide.

»Hauptsache, sie fährt noch«, sagte er abschließend.

Genau deswegen mag ich Quentin Klein. Er ist zwar manchmal exzentrisch, aber er bleibt trotzdem immer mit den Füßen auf dem Boden.

Und Zoe Tenenbaum?

Ich hatte sie zum *Rosebud* gebracht. Es brannte kein Licht im Kino und die Tür am Eingang war natürlich nicht verschlossen, weil Zoe sie vorhin in der Eile nicht abgeschlossen hatte.

»Die erste Vorstellung ist eben heute ausgefallen«, sagte sie, als wir dort ankamen und mir auffiel, dass sie eigentlich einen Film vorführen wollte, bevor der Einbrecher sie abgelenkt hatte und wir uns begegnet waren. »Um die Uhrzeit geht sowieso kaum jemand ins Kino«, erklärte sie. »Sehen wir uns wieder?« Das war die Abschiedsfrage.

»Morgen?«, fragte ich.

Wir nahmen uns vor, den Fahrer des Wagens ausfindig zu machen. Das wäre ein erster Schritt. Unterwegs hatten wir *Sunlight Services* gegoogelt. Wir würden rüber nach Williamsburg fahren müssen.

Zoe erzählte mir, dass sie einmal in der Woche in einer Gärtnerei in der Nähe des Prospect Park arbeitete. »Ich weiß, das ergibt keinen Sinn für jemanden, der sich eigentlich für Filme interessiert und das Kino liebt«, hatte sie gesagt. »Aber ich mag den Job und ich liebe es, mir die Hände schmutzig zu machen.«

Mir vorzustellen, wie sie Grünzeug in Blumentöpfe pflanzte, fiel mir nicht schwer. »Also«, fügte sie noch hinzu, »bis morgen.« Dann war sie im Kino verschwunden und ich machte mich auf den Weg in die Amity Street.

Ein wenig Zeit am Abend, um den Kopf freizukriegen, ja genau das brauchte ich. Unterwegs erledigte ich noch die Einkäufe für Mrs Green und brachte ihr die Einkaufstüte vorbei. Wir redeten kurz und dann zog ich mich, nachdem ich Quentin die Sache mit der Vespa gebeichtet hatte, in meine Wohnung zurück.

Ich musste die ganze Zeit an Zoe Tenenbaum denken. Allein ihr Name begleitete mich wie eine Melodie, die mir nicht mehr aus dem Kopf wollte. Dabei wusste ich kaum etwas über sie: Sie arbeitete im Kino ihres verstorbenen Großvaters, hatte die Highschool-Hölle vor Kurzem hinter sich gelassen und sich an der *New York Film Academy* für den Studiengang Screenwriting beworben, hatte aber für das Wintersemester eine Absage erhalten. Außerdem stand es in den Sternen, ob sie ein Stipendium bekommen würde, denn ohne Stipendium konnte sie die ganze Sache mit der *Film Academy* ohnehin vergessen. Und sonst? Sie lebte drüben in Park Slope, noch bei ihren Eltern. Sie war im Juli achtzehn geworden. Sie liebte Farben und darüber hinaus war sie so bezaubernd, dass unser Treffen vorhin eigentlich gar nicht echt gewesen sein konnte, weil mir so etwas normalerweise nie passierte.

Nur ganz kurz dachte ich daran, in welchen Schlamassel ich in Rockport geraten war und wie viel Glück ich gehabt hatte, dass ich so glimpflich davongekommen war. Vergangenes sollte vergangen bleiben, dachte ich. Die Geldsorgen und die Aussicht, in New York zu studieren, waren nur zwei der Gründe, weshalb ich hier war. Von der anderen Sache wusste hier niemand und das sollte auch so bleiben.

Ich machte mir einen Kaffee und googelte ein bisschen. Dann suchte ich Zoe Tenenbaum bei Facebook, fand sie aber nicht. Dafür gab es eine Internetseite des Kinos, auf der außer dem Programm und den Links zu den Trailern der aktuellen Filme nicht viel los war. Als Inhaber war immer noch Abraham Tenenbaum angegeben, ein Foto von ihm fand ich auch. Ich schaute mir das Bild eine Weile an und suchte nach Ähnlichkeiten zu Zoe. Ein alter Mann mit hagerem Gesicht und schütterem Haar. Tweed-Sakko, Rollkragenpulli, er sah aus wie ein Intellektueller aus den Siebzigern. Er hatte die gleichen strahlend blauen Augen wie seine Enkelin. Ja, sie sahen sich ähnlich. Aber trotzdem wirkte er anders als Zoe, irgendwie dunkler. Zoe war so bunt, während ich das Gefühl hatte, dass ihr Großvater von dunklen Schatten umgeben war.

Egal. Irgendwann schlief ich ein. Mitten in der Nacht wachte ich auf. Ich hatte etwas geträumt, konnte mich aber nicht daran erinnern, was es war.

Als am Morgen die Sonne aufging, fühlte ich mich müde und ausgelaugt. Der Gedanke an Zoe und das Geheimnis des Einbrechers ließ mich aber schnell wach werden. Zum ersten Mal seit langer Zeit fühlte sich mein Leben wieder *spannend* an.

Wir trafen uns am späten Nachmittag vor dem *Rosebud*, dann nahmen wir die Subway bis zur Lorimer Street in Williamsburg. »Wer kümmert sich denn heute um das Kino?« Die Plakate kündigten einen Film mit dem Titel *Empire of Things* an. Wir liefen zum Bahnsteig hinab, runter in den muffigen Untergrund. »Ich bin nicht die Einzige, die im *Rosebud* arbeitet«, erklärte mir Zoe. »Heute ist Fuzzy dran und morgen wieder ich.« Fuzzy hieß eigentlich Dennis Akerlof und war ein pensionierter Lehrer, der seit einigen Monaten im Kino, das ihn vorher nur als Besucher gekannt hatte, aushalf. »Ich schaue später noch mal vorbei, um ihm zu helfen. Vielleicht ist heute ja ein wenig mehr los als in den letzten Wochen und Monaten.«

Insgeheim fragte ich mich, wie viele Leute wohl einen Film wie *Empire of Things* anschauen würden, wenn ein paar Hundert Meter weiter im *United Artists* die neuesten Blockbuster liefen.

»Hast du den Einbruch der Polizei gemeldet?« Ich musste nicht mal laut reden, die Bahn war voll wie immer und wir standen eng beieinander.

»Wozu?«

»Na ja, normalerweise meldet man einen Einbruch.«

»Der Einbrecher hat nichts beschädigt. Keine Ahnung, wie er reingekommen ist, aber er hat die Tür geöffnet, ohne das Schloss kaputt zu machen. Und gestohlen wurde ja auch nichts.«

»Außer dem Tagebuch.«

»Das interessiert doch niemanden.« Sie sah genauso bunt aus wie gestern. »Wenn ich mich damit bei der Polizei melde, muss ich eine Menge Papierkram erledigen und das ist dann vermutlich auch schon alles.« Zoe liebte Farben, möglichst viele auf einmal, so viel war klar. »Nein, eine Anzeige ergibt gar keinen Sinn.«

Jetzt, da sie es sagte, klang es einleuchtend. »Was meint dein Vater dazu?«

»Er interessiert sich nicht für das Kino. Hat er noch nie. Großvater und er waren nicht unbedingt die besten Freunde.« Sie wirkte nachdenklich, als sie das sagte. »Wenn mein Dad von dem Einbruch erfährt, wäre das für ihn nur ein weiterer Grund, mich davon zu überzeugen, dass wir das Kino loswerden sollten.«

»Das will er?«

Sie nickte. »Außerdem würden sich meine Eltern Sorgen machen, wenn sie von dem Einbruch wüssten. Gibt es etwas Schlimmeres als Eltern, die sich Sorgen machen?«

Ich dachte kurz an den Ärger, den ich mir in Rockport eingehandelt hatte. »Nein«, murmelte ich. »Du hast recht.«

»Du bist der Einzige, der Bescheid weiß. Na ja, und Fuzzy, dem habe ich es auch erzählt.«

Wir ließen uns in der Bahn bis Williamsburg durchschaukeln, Zoe erzählte von ihrem Job in der Gärtnerei, bis wir an der Lorimer Street ausstiegen. »Weißt du, was, wir sind beide irgendwie gestrandet und wissen nicht weiter«, sagte sie, als wir wieder ans Tageslicht kamen. »Und damit meine ich nicht Williamsburg.«

»Das Niemandsland zwischen Highschool und dem, was noch kommt.« Genau das meinte sie.

Sie nickte. »Was willst du machen? Später, meine ich. Nach dem Diner.«

Der Herbst war hier grauer als in Brooklyn Heights. Vom Fluss her wehte ein kühler Wind. »Als ich herkam, war ich überzeugt, dass ich studieren will.« Kaum zu glauben, aber das hatte ich wirklich vorgehabt. »Irgendwas mit Literatur. Oder Psychologie. Keine Ahnung.«

»Aber?«

Ich sah sie an.

»Das war eine typische *Aber*-Betonung«, erklärte sie. »Ich will studieren, *aber …«*

»… aber ich weiß nicht, ob ich schlau genug dafür bin«, sagte ich, und als ich es sagte, fiel mir auf, dass ich es genau so meinte. »Na ja, und ob es wirklich das ist, was mich interessiert.«

»Was interessiert dich denn?«

»Im Diner zu arbeiten, ist okay.« Eigentlich wusste ich nicht, was ich wollte. »Alles andere wird sich ergeben.«

»Das habe ich nicht gefragt.«

Ich überlegte kurz: »Das Leben, denke ich. Interessiert das nicht jeden?«

Sie nickte. »Ja, das sehe ich auch so.«

»Was sagen deine Eltern dazu?«, fragte ich. Park Slope hörte sich nach geregelten Verhältnissen an.

»Die sehen das anders.«

Nicht weiter verwunderlich.

»Sie wollen natürlich, dass ich ein Ziel habe und einen Plan verfolge.«

»Und die *Film Academy* ist in ihren Augen kein Plan?«

»Die *Film Academy* ist der beste Plan, der *mir* eingefallen ist.« Sie seufzte. »Aber ob ich das wirklich will, weiß ich nicht mal selbst.« Ungefähr hundert Meter weiter sah ich den eingezäunten Parkplatz von *Sunlight Services.* »Außerdem«, fuhr sie fort, »sind viele der Studenten dort ein bisschen …« Sie hielt inne. »Na ja, da studieren viele Kinder von Berühmtheiten. Ich habe gelesen, dass die Kinder von Al Pacino und Steven Spielberg an der *NY Film Academy* studiert haben. Und die sind bestimmt tierisch überzeugt von sich.« Sie zuckte mit den Achseln. »Was wollen die also mit jemandem wie mir anfangen?« Sie lachte. »Ich mag ja nicht mal Hollywood.«

Das Leben, dachte ich, kann schon komisch sein. Zoe Tenenbaum hatte den Nagel auf den Kopf getroffen: Wir waren gestrandet. Irgendwo. Aber immerhin gemeinsam.

»Das ist es«, sagte ich.

Wir waren da.

Sunlight Services war in einem Gebäude untergebracht, das wie ein altes Motel mit Flachdach aussah. Eine elegante Leuchtreklame blinkte auf dem Dach, modern und in grellen Neonfarben, wirklich sehr hip. Auf dem riesigen Parkplatz standen jede Menge Autos, darunter extrem viele schwarze SUVs. »Es wird nicht einfach sein, den SUV mit der Beule und den Kratzern zu finden«, stellte ich fest.

»Stimmt, die sehen alle gleich aus«, sagte Zoe. »Ich hoffe, wir finden den Wagen.«

Wir betraten das Grundstück. »Lass es uns versuchen«, sagte ich.

Es war kein Angestellter in Sichtweite, also gingen wir erst mal durch die Reihen und untersuchten die Autos. Unser Plan war denkbar einfach: Wenn wir den Wagen mit den Kratzern finden würden, wäre schon mal sicher, dass der Wagen wirklich von hier kam. Wäre das der Fall, würden wir den Vermieter bitten, uns etwas über den Mieter zu verraten. Ob er das tun würde, war die entscheidende Frage. Im Notfall hätten wir das Kennzeichen und würden nachträglich Anzeige gegen unbekannt erstatten können. Das war der Teil des Plans, der mir am allerwenigsten gefiel, aber Zoe würde mich dabei ganz aus dem Spiel lassen.

Wie auch immer, wir sahen uns die Wagen, die infrage kamen, genauer an. Alle hatten den Aufkleber an der Rückseite, aber wir fanden keinen mit Kratzer.

Als wir ungefähr die Hälfte der Autos inspiziert hatten, sagte Zoe: »Vielleicht hat er den Wagen noch nicht zurückgebracht.«

»Ich würde den Wagen so schnell wie möglich wieder loswerden wollen, wenn ich so eine Nummer durchgezogen hätte.«

»Wenn du der Einbrecher wärst«, sagte sie und grinste.

Ich nickte.

Ein großer Mann in einem dunkelblauen Anzug und mit lose gebundener Krawatte kam auf uns zu. »Kann ich euch helfen?« Laut dem Schild auf seinem Jackett war er Mr Norberg von *Sunlight Services*.

»Ja vielleicht«, sagte ich.

Der Mann sah uns abschätzig an. Er hielt uns ganz offensichtlich nicht für zahlungsfähige Kunden. »Möchtet ihr etwa einen Wagen mieten?« Die Frage allein klang schon spöttisch.

»Nein«, sagte Zoe. »Natürlich nicht.« Ihr war auch klar, dass wir nicht wie potenzielle Kunden aussahen.

Ein kurzer Moment der Stille.

»Dann weiß ich nicht«, wurde Mr Norberg schnell konkret, »weshalb ihr beide hier herumstreunt und euch die Wagen anschaut.«

»Wir suchen einen Wagen, der Kratzer hat.« Zoe schenkte ihm ein unverbindliches Lächeln. »Hinten rechts und an der Rückseite.«

Der Mann starrte sie entnervt an und sagte, noch einigermaßen höflich: »Darf ich euch bitten, das Gelände zu verlassen.«

»Wir gehen sofort«, versprach ich.

»Aber können Sie uns vorher noch eine Frage beantworten?« Zoe zeigte ihr nettes Lächeln. »Eine einzige Frage nur. Bitte!« Augenaufschlag. Pling, pling. Sie konnte das gut.

Aber bei Mr Norberg wirkte es nicht. Er hatte kein Interesse, uns weiterzuhelfen. »Noch einmal: geht einfach«, forderte er uns auf.

»Wir sind auf der Suche nach dem Fahrer eines Wagens«, sagte Zoe unbeirrt.

»Es gab einen Unfall, wenn auch nur einen sehr kleinen«, erklärte ich. »Der Fahrer hat meinen Roller beschädigt. Dann ist er weitergefahren.«

»Wahrscheinlich hat er gar nicht gemerkt, was passiert ist.« Zoe blieb höflich und die ganze Zeit über lächelte sie wie jemand, der gerade für die Schauspielschule übt.

Der Mann hörte uns mit ausdruckslosem Gesicht zu. Seine Augen blieben kalt und teilnahmslos.

»Wir haben gedacht, dass Sie vielleicht wissen, wer den Wagen gefahren hat.«

»Der Wagen hat Kratzer«, bemerkte ich. »Ich meine, vielleicht wurde er ja auch woanders angemietet oder zurückgegeben.«

»Es gibt keine andere Filiale«, stellte Mr Norberg klar.

»Okay, dann ...«, sagte Zoe.

Mr Norberg seufzte, immer ungeduldiger. »Es ist euch beiden sicherlich bewusst, dass ich keine Informationen über unsere Kunden herausgeben darf.« Er schnaubte. »So läuft das nicht, versteht ihr!«

»Ja, ist schon klar«, gab ich ihm recht. »Wir haben gehofft, dass Sie vielleicht eine Ausnahme machen können.«

»Warum sollte ich das tun?«

Ich zog einen Zwanziger aus der Tasche. Betont lässig, als würde ich so etwas öfter tun.

Mr Norberg starrte mich ungläubig an. »Junge, wir sind hier nicht in einem schlechten Film. Du willst mich mit einem Zwanziger bestechen, damit ich dir Informationen über einen Kunden gebe?« Er lachte aufgesetzt, überheblich. »Meine Güte, was ist mit der Jugend von heute nur los? Hey, hört zu, ihr beiden, so funktioniert das nicht. Ihr habt hier nichts zu suchen und ich bitte euch ein letztes Mal zu gehen.«

»Aber es ist wichtig. Ich bin versichert und werde für den Schaden aufkommen. Ich habe den Unfall ja verursacht.«

»Und warum brauchst du dazu den Namen von dem Fahrer des Wagens?«

Zoe erklärte: »Wir haben den Unfall nicht gemeldet.«

»Weil ich meinen Führerschein nicht dabeihatte. Blöd, ich weiß.« Ein bisschen Wahrheit tut jeder Lüge gut.

Doch Mr Norberg kaufte mir nichts davon ab, ich sah es ihm an.

»Meine Versicherung«, versuchte ich, die Geschichte trotzdem weiterzuspinnen, »zahlt den Schaden aber nur dann, wenn ich ihr melde, wer an dem Unfall beteiligt war. Außerdem wird die Versicherung nur für den Schaden aufkommen, wenn ein Protokoll der Polizei existiert.«

»Und das gibt es eben nicht«, sagte Zoe.

»Wegen dem Führerschein hätte ich Ärger gekriegt«, ergänzte ich.

Mr Norberg schien von dieser Geschichte ganz fasziniert zu sein. »Du willst also den Namen des Kunden in Erfahrung bringen, damit du der Polizei ordentlich melden kannst, dass du in einen Unfall verwickelt warst, bei dem ein Sachschaden zu deinen Lasten entstanden ist.«

Ich nickte. »Das Kennzeichen des Wagens würde zur Not auch ausreichen.«

»Ihr wisst doch angeblich, dass es eins unserer Autos war«, meinte Mr Norberg.

»Ja, aber ich könnte der Polizei das Kennzeichen geben, die würden sich bei Ihnen melden und dann könnten Sie den Namen des Mieters der Polizei nennen und die Versicherung wäre auch zufrieden, weil sie sich dann an Ihren Kunden wenden könnte und ...«

»Stopp!«, rief Mr Norberg.

Wir schwiegen.

»Wisst ihr, was ich glaube?« Er baute sich vor uns auf. »Ich glaube, dass ihr beiden den Namen herausfinden wollt, weil ihr irgendetwas im Schilde führt. So ist es doch, oder? Ihr wollt die Polizei gar nicht ins Spiel bringen, weil irgendwas an der Sache faul ist. Ich glaube euch kein Wort. Verschwindet einfach.« Er deutete rüber zum Ausgang. »Haut ab und lasst euch hier nicht mehr blicken.«

Zoe berührte meine Hand, ganz kurz. »Komm!«

Dann warf sie Mr Norberg einen abschätzigen Blick zu. Wir verließen das Grundstück und gingen über die Straße. Drüben, auf der anderen Seite, stand eine Parkbank. Dort nahmen wir Platz und beobachteten den Autoverleih.

»Das war alles?«, fragte Zoe. Sie klang enttäuscht.

»In Filmen läuft das irgendwie besser«, sagte ich und grinste. Ich hatte wirklich gehofft, dass es einfacher sein würde, an den Namen heranzukommen, und dass es mit dem Zwanziger klappen würde.

Wir saßen eine Weile schweigend auf der Bank. Ich blinzelte in die Herbstsonne, die ein besonderes Licht zauberte.

»Ich habe eine Idee!«, rief Zoe plötzlich. Sie sah über die Straße zu dem Büro von *Sunlight Services*. »Kannst du erkennen, wer gerade im Büro ist?«

Die Sonne spiegelte sich im Fenster, aber man konnte es trotzdem erkennen. »Der Typ von vorhin.«

»Mr Norberg.«

»Genau der.«

»Okay, dann warten wir.«

»Was hast du vor?«

»Abwarten.«

Wir saßen also weiterhin still da, genossen den Sonnenschein und warteten.

»Sieht so aus, als hätten wir Glück«, meinte Zoe irgendwann. Ein Wagen fuhr auf das Gelände des Autoverleihs und Mr Norberg ging nach draußen zu dem Fahrer, um den Wagen auf Fehler zu inspizieren.

Zoe ergriff die Gunst des Augenblicks und schnappte sich ihr Telefon. Drüben, im Büro, stand eine Frau von ihrem Schreibtisch auf, ging zu einem anderen Arbeitsplatz, meldete sich am Telefon.

»Hallo, mein Name ist Chloe Mankiewicz«, behauptete Zoe, die ohne Skrupel perfekt lügen konnte. »Mein Vater hat gestern bei Ihnen einen Wagen gemietet und, wie er mir sagte, auch schon zurückgebracht.«

Eine kurze Pause.

»Wann genau er den Wagen zurückgebracht hat? Heute Morgen. Wann genau, kann ich Ihnen nicht sagen. Aber das Problem ist: Dad hat seinen Schal im Wagen vergessen. Na ja, sagen wir mal, er hofft, dass der Schal im Wagen ist. Es ist sein Lieblingsschal. Ein Geschenk von meiner Mom.« Sie genoss es, die Geschichte auszuschmücken. »Er hat den Schal schon sehr lange, wissen Sie?«

Wieder eine kurze Pause.

»Ja verstehe. Aber vielleicht hat man den Schal bei der Reinigung einfach übersehen. Ich meine ja nur, es wäre toll, wenn Sie nachschauen könnten. Wenn der Schal noch da ist, dann würde ihn jemand abholen kommen.« Sie grinste mich an.

»Der Name? Herman J. Mankiewicz.« Sie nickte. »Ja, nur gestern, glaube ich.« Zoe schaukelte fröhlich hin und her. »Das wäre außerordentlich nett, wenn Sie das tun könnten. Wirklich, wenn der Schal da ist, wird Dad so erleichtert sein, das können Sie sich gar nicht vorstellen.« Nur wenige Sekunden später sahen wir, wie eine Frau aus dem Büro nach draußen ging und einen ganz bestimmten Wagen suchte. Sie fand ihn offenbar, schaute hinein und kehrte dann ins Büro zurück, ohne den Schal gefunden zu haben.

»So ein Pech«, sagte Zoe, als die Frau wieder am Telefon war, »dann muss er ihn woanders verloren haben.« Sie verabschiedete sich und legte auf.

Dann sah sie mich erwartungsvoll an. »Und?«

»Was?«

»War ich gut?«

»Ja, du warst klasse.«

Sie lächelte siegessicher.

Vorsichtig fragte ich: »Und was hat uns das jetzt gebracht?«

»Eigentlich nicht viel«, sagte sie. »Aber jetzt wissen wir zumindest, dass der Wagen schon wieder zurückgebracht wurde. Und dass sich der Einbrecher den Wagen unter falschem Namen gemietet hat.«

»Unter demselben Namen, den er deinem Dad genannt hat.«

Ein breites Lächeln. »Ich hab einfach gepokert.«

»Du bist gut.«

Zoe nickte. »Ich kann mir nicht vorstellen, dass das ein Zufall ist.«

»Dass er einen falschen Namen benutzt?«

»Nein, dass er den Namen des Drehbuchschreibers von *Citizen Kane* verwendet.«

»Aber welchen Sinn soll das haben?«

»Keine Ahnung.« Sie zuckte die Achseln. »Er scheint jemand zu sein, der sich mit Filmen auskennt.«

»Und der davon ausgeht, dass andere das nicht tun?«

»Herman Mankiewicz«, sagte sie, »ist nicht gerade berühmt. Na ja, heute jedenfalls nicht mehr. Der Kerl muss sicher keine Angst haben, dass jemand den Namen kennt und ihn darauf anspricht, dass er genauso heißt wie ein längst vergessener Drehbuchautor aus der frühen Hollywood-Zeit.«

»Aber vielleicht will er genau das?«

»Was?«

»Eine Botschaft senden. An jemanden, der den Namen kennt.«

»Du meinst, er hat den Namen gewählt, weil er …«

»Ja, wer weiß?«

Zoe stand auf und begann, vor der Bank auf dem Gehweg auf und ab zu laufen. Ich sah ihr dabei zu.

»Aber es könnte noch etwas anderes bedeuten«, fiel mir plötzlich ein.

Sie blieb stehen. »Was denn?«

Eigentlich war es ganz einfach, vielleicht sogar *zu* einfach. »Wenn er den SUV unter einem falschen Namen gemietet hat, kann er nicht mit Kreditkarte bezahlt haben.« Es gab schließlich keine Kreditkarte, die auf Herman J. Mankiewicz ausgestellt war.

»Dann hat er also bar gezahlt«, führte Zoe den Gedanken zu Ende.

»Was einigermaßen ungewöhnlich ist. Immerhin muss man auch noch eine Kaution hinterlegen, wenn man ein Auto mietet.« Vor Kurzem erst hatte ich Ben Shtyngart beim Umzug nach Cobble Hill geholfen. Er hatte einen kleinen Lieferwagen gemietet. Und ohne Kreditkarte, Führerschein und Ausweis wäre da gar nichts gelaufen.

»Und die Versicherung.« Meistens musste eine Zusatzprämie gezahlt werden.

»Wenn er das alles in bar bezahlt hat«, mutmaßte ich weiter, »bedeutet das, dass er genügend Bargeld hat. Außerdem hat er weder seinen Ausweis noch seinen Führerschein vorgezeigt.« Die Sache wurde immer klarer. »Vermutlich hat er bar gezahlt, und wer immer ihm den Wagen überlassen hat, wird das Geld in die eigene Tasche gesteckt haben.« Das machte Sinn. Die meisten Dinge sind nicht wirklich kompliziert.

Ich sah Zoe an, dass sie den gleichen Verdacht hatte. »Mr Norberg?«, fragte sie.

Ich grinste. Womöglich war er deswegen so entnervt gewesen. »Es gibt nur einen Weg, das herauszufinden.« Ich stand auf und sah rüber zu *Sunlight Services.* »Wir gehen noch mal hin«, sagte ich. »Um dann werfen wir den Köder aus.«

»Glaubst du, das funktioniert?«

Die bestechend richtige Antwort lautete: »Wenn nicht, sind wir so weit wie vorher.«

Wir gingen also zurück und Mr Norberg, der jetzt wieder an seinem Schreibtisch saß, machte ein langes Gesicht, als er uns kommen sah. Wir betraten das Büro und schlossen die Tür hinter uns. Seine Kollegin, mit der wir vorhin telefoniert hatten, saß mit Ohrstöpseln an ihrem Computer und tippte irgendwas.

»Ich dachte, ich hätte mich unmissverständlich ausgedrückt«, sagte Mr Norberg.

»Ja, tut mir leid. Wir hätten nur noch eine letzte Frage.«

Er schaute gelangweilt auf die Uhr.

»Der Mann, der den SUV gemietet hatte«, begann ich, »den SUV, der mit meinem Roller zusammengestoßen ist, meine ich natürlich; also, dieser Mann hat Ihnen vielleicht nicht seinen richtigen Namen genannt.«

Zoe sagte: »Herman J. Mankiewicz, also, hey, wir wissen doch, dass das der Typ war, der das Drehbuch zu *Citizen Kane* geschrieben hat.«

Dazu sagte Mr Norberg nichts. Wahrscheinlich war es für ihn neu, dass Herman J. Mankiewicz das Drehbuch zu *Citizen Kane* geschrieben hatte.

Ich holte zum großen Schlag aus. »Und wenn es nicht Herman J. Mankiewicz war, der den Wagen gemietet hat, dann hat auch niemand mit einer Kreditkarte gezahlt, die auf einen Herman J. Mankiewicz ausgestellt ist.«

Zoe lächelte bezaubernd und sagte: »Ja, dann wurden die Kaution und die Miete vielleicht in bar bezahlt.«

Ich nahm all meinen Mut zusammen und sah Mr Norberg direkt in die Augen. »Hören Sie, uns ist egal, was mit dem Geld passiert ist, wir sind nur auf der Suche nach diesem Mann.«

»Herman J. Mankiewicz«, sagte Zoe.

»Der nicht so heißt«, sagte ich.

»Weil er 1958 gestorben ist«, ergänzte Zoe.

Ich schluckte. Wartete ab. So was hatte ich vorher noch nie gemacht.

Auf Mr Norbergs Gesicht zeichneten sich unzählige Emotionen ab. Erst wurde er rot, dann bleich. »Ihr beiden solltet jetzt verschwinden«, zischte er. »Und zwar ganz schnell. Bevor ich die Geduld verliere.«

»Wissen Sie, was an der ganzen Sache nicht stimmt?« Ich sprach leise, damit seine Kollegin nichts hörte. »Der Kilometerstand des SUV.« Das müsste der wunde Punkt für Mr Norberg sein. Er würde den Kilometerstand vermutlich mit dem nächsten Kunden in irgendeiner nicht ganz so korrekten Form abrechnen, alles unter der Hand, alles mit geschickter Buchführung.

»Ich weiß nicht, wovon ihr sprecht.« Mr Norbergs Gesichtsausdruck aber deutete darauf hin, dass er sehr wohl wusste, was wir meinten.

Ich zeigte nach draußen. »Von dem SUV mit der Beule

am hinteren Kotflügel. Ihre Kollegin ist vorhin dort gewesen. Ihr hat der Name Mankiewicz sehr wohl etwas gesagt.«

»Ihr kleinen Scheißer.« Mr Norberg bekam wieder ein rotes Gesicht und ich fragte mich, ob es eine gute Idee gewesen war, ihn in die Enge zu treiben.

Ich versuchte es noch einmal, diesmal versöhnlicher. »Hören Sie, Mr Norberg, wir suchen nur den Mann, der sich Herman Mankiewicz genannt hat.«

Mr Norberg schaute rüber zu seiner Kollegin, die über ihre Ohrstöpsel bei der Arbeit Musik hörte. Er seufzte »Sollte jemand unter falschem Namen ein Auto mieten«, sagte er, »was normalerweise, das muss ich betonen, nicht vorkommt, und sollte er dann auch noch bar bezahlen, damit niemand Fragen stellt«, er beugte sich vor, »was, glaubt ihr beiden Schlaumeier, wird er wohl an Informationen preisgeben?« Er richtete sich auf. »Es bleibt bei dem, was ich vorhin gesagt habe. Ich habe keine Ahnung, was ihr meint.« Er wirkte trotzig und irgendwie auch verzweifelt. Einen kurzen Moment lang tat er mir leid und ich selbst kam mir gar nicht mehr so cool vor wie vorhin. Vermutlich war Mr Norberg auf diesen Job angewiesen und verdiente sich ein wenig Geld nebenbei. Ich wusste nichts über ihn.

»Wie sah er aus?«, fragte Zoe. »Es ist wirklich wichtig. Wir sind keine Teenager, die Leute verarschen oder irgendeinen Scheiß machen. Ich sag Ihnen, warum wir hier sind: Jemand ist bei mir eingebrochen und hat etwas Wichtiges gestohlen. Nichts Wertvolles, glaube ich, aber etwas Wichtiges. Der Einbrecher hat Ihren SUV benutzt.

Wir haben ihn verfolgt, aber er ist entwischt. Es ist wirklich wichtig, dass wir ihn finden.«

Mr Norberg sah von einem zum anderen. Dann senkte er den Blick. »Okay, okay«, sagte er. »Wenn so ein Kerl auftaucht und einen Tausender springen lässt, nur damit alles unter dem Radar abläuft, dann sagt man nicht Nein und man fragt nicht nach.« Er schaute auf.

Ich schluckte. »Danke. Es geht uns wirklich nur um den Mann. Mit Ihnen hat das nichts zu tun.«

Mr Norberg schien beruhigt zu sein. »Ich kann euch nur beschreiben, wie er aussah«, sagte er.

»Und wie sah er aus?«, fragte ich.

»Wie jemand, der viel Geld hat. Und er sah nicht nur so aus, er hat sich auch so verhalten.«

Ich kannte diese Sorte Mensch.

Mr Norberg auch. »Er hat sich wie jemand benommen, der daran gewöhnt ist, dass man tut, was er sagt, weil er dafür bezahlt.«

»Was hatte er an?«, wollte Zoe wissen.

»Gut gekleidet. Anzug. Hut. Irgendwie elegant.«

Zoe nickte. »Und wie alt war er?«

»Ende vierzig, schätze ich. Keine Ahnung, ich bin nicht gut darin, das Alter von Leuten zu schätzen.«

»War er von hier?«, fragte ich.

Der Mann schüttelte den Kopf. »Hat sich nach Kalifornien angehört.«

»Kalifornien?« Ich wusste genau, dass Zoe jetzt an Hollywood dachte. Gab es da eine Verbindung zu ihrem Großvater, die sie bisher verschwiegen hatte? »Sind Sie sicher?«

»Er hat sich so angehört. Aber er kannte sich in New York aus.«

»Hm.«

Mr Norberg überlegte. »Als er den Wagen zurückgebracht hat, haben wir bei der Reinigung etwas gefunden. Eine Serviette mit dem Emblem des *Soho House.«* Er rollte mit den Augen. »War ja eigentlich klar, dass der Kerl in einem Schuppen wie dem *Soho* absteigt.«

»Das ist alles?«, fragte ich. Das *Soho House* war ein ziemlich bekanntes Luxushotel in Manhattan.

»Nicht ganz.«

»Was noch?«

»Vorhin«, sagte Mr Norberg, »kam eine Mail von der Verkehrsbehörde rein. Ein Ticket wegen Falschparkens.« Er zuckte die Achseln. »Kommt ja nicht gerade selten vor. Ich habe den Betrag umgehend beglichen, damit ist diese Sache vom Tisch.« Ich war mir sicher, dass er den Betrag aus eigener Tasche gezahlt hatte.

Zoe war neugierig. »Wo hat er denn falsch geparkt?«

»Im Greenwich Village. West 9th Street. Vorgestern um die Mittagszeit.«

Das Telefon klingelte.

»Das ist alles, was ich euch sagen kann.« Mr Norberg deutete zum Telefon. »Ich hoffe, ich sehe euch beide nie wieder.« Er streckte die Hand nach dem Hörer aus. »Ach ja, und viel Glück bei der Suche.« Er lächelte, nur kurz, und auf einmal schien er gar kein so schlechter Kerl mehr zu sein. Die Welt, dachte ich, ist eben nicht einfach nur schwarz oder weiß. Dann nahm Mr Norberg das Gespräch an.

Zoe und ich verließen *Sunlight Services*. Hier gab es nichts mehr zu tun.

Als wir wieder auf der Straße und auf dem Weg zur Subway waren, blieb Zoe plötzlich stehen. Sie schloss die Augen und ließ den Wind über ihr Gesicht streifen. Blätter wehten um unsere Füße herum. Dann sah sie mich an und lächelte. »Wir sind dem Geheimnis ganz dicht auf der Spur«, sagte sie und sie klang voller Tatendrang. »Komm, ich muss zurück ins *Rosebud.*« Dann lief sie los. »Es wird Zeit, dass du das Kino kennenlernst.«

3

Manchmal entwickeln sich die Dinge schneller, als man sie begreifen kann. Und das, was ich mit Zoe erlebte, war so was.

Nach unserem Besuch bei *Sunlight Services* fuhren wir mit der Subway zur Court Street und redeten unterwegs kaum. Es gibt Momente, in denen man einfach schweigen und nachdenken muss. Die Spur, die wir in Williamsburg aufgenommen hatten, war, wenn man genauer darüber nachdachte, mehr als dürftig und wir waren beide nicht sicher, wie wir jetzt weiter vorgehen sollten. Die erste Freude, etwas in Erfahrung gebracht zu haben, wich der Ernüchterung. Eine Serviette aus dem *Soho Hotel* war ein netter Hinweis, aber wohin sollte er uns führen? Das Ticket wegen Falschparkens irgendwo im Greenwich Village war zwar eine interessante Information, brachte uns aber auch nicht weiter, weil wir ja nicht wussten, *warum* der Fahrer des SUV dort gewesen war und – diese Frage war noch spannender – bei *wem* (immerhin hatte er den Wagen geparkt, weil er dort etwas zu erledigen hatte – aber: *Was?*). Und der kalifornische Akzent, den Mr Norberg erkannt zu haben glaubte, war auch keine Erkenntnis, die eine Antwort auf die Frage nach der Identität des Mannes geben konnte. Nichts davon war eine richtige Spur, also eine, die wirklich irgendwohin führte. Also schwiegen wir und dachten nach. Außerdem war es vielleicht eine gute Idee, sich die Worte für später aufzuheben.

»Ich war immer gerne hier«, sagte Zoe, als wir beim Kino ankamen. »Früher durfte ich bei meinem Großvater all die Filme schauen, die mich meine Eltern niemals hätten sehen lassen.«

Die Sonne war fast untergegangen. Die Fassade des Gebäudes war unscheinbar, wenn man von dem großen Schild absah, das wie ein Stück Zelluloidfilm aussah, auf dem in großen Lettern der Name *Rosebud* stand. Im Kino brannte Licht, das warm und sehr gemütlich wirkte. Es gab sogar richtige Schaukästen, die Szenenbilder aus den Filmen, die gerade liefen, zeigten. Das Kino selbst war in einem Haus untergebracht, das sich zwischen wesentlich größere und moderner gestaltete Gebäude zwängte, eins davon ein Bürogebäude, das andere ein typisches Wohnhaus mit einer Boutique im Erdgeschoss.

»Seit wann gibt es das Kino?«

»Seit Ende der Fünfzigerjahre«, erklärte Zoe. »Früher war es größer, aber dann hat man das Haus geteilt.« Sie deutete auf das Bürogebäude. »Es gab zwei echt riesige Kinosäle. Ich kann dir die alten Fotos zeigen. Einfach der Wahnsinn! Beide waren so groß wie ein richtiges Theater.« Sie seufzte. »Aber dann wurde alles umgebaut. Übrig geblieben sind drei kleine Kinosäle und ein Foyer.«

Sie ging vor und hielt mir die Tür auf. Ich betrachtete die Plakate der Filme, die gerade liefen.

»So hat Großvater es gekauft«, sagte sie. »Als kleines Kino.«

Wir traten ein.

Eine halbrunde Treppe führte hinauf in den ersten Stock, wo sich Stehtische mit Barhockern befanden. Die Wände waren in einem warmen Rot gestrichen. Plakate von alten Filmen in einfachen Rahmen schmückten die Wände: *Der Club der toten Dichter, Casablanca, Boyhood, Interstellar, Nobody's Fool, Forrester gefunden* und *Der unsichtbare Dritte*. Das Foyer sah genauso aus wie das einzige Kino in Rockport früher mal ausgesehen hatte. Alles wirkte wie aus der Zeit gefallen. So, als sei das *Rosebud* selbst einmal die Kulisse für einen Film gewesen. Die Leuchtstäbe an den Wänden, die Plakate, der Geruch nach Popcorn und Kaffee, die leise Musik im Hintergrund.

»Das ist Vince Guaraldi«, sagte Zoe.

Klaviergeplänkel, sehr jazzig.

»Aus den *Peanuts*-Filmen. Ich lasse immer alte Soundtracks laufen.«

Zoe selbst kam mir auch ein wenig vor wie aus der Zeit gefallen. Ich konnte sie mir gut vorstellen, wie sie in einem Film aus den Sechzigern von geheimnisvollen Männern verfolgt wird und am Ende das Rätsel, an dem alle verzweifeln, löst. Sie wäre mutig, und immer wenn sie ins Bild käme, würde man beschwingte Musik hören (irgendeinen coolen Soundtrack, zu dem man tanzen könnte).

»In zwanzig Minuten beginnt die Vorstellung«, sagte sie.

Ich murmelte nur: »Ja.« Dann sah ich mich weiter um.

Außer uns waren nur ein paar Gäste da, die Kaffee tranken und leise redeten, Bücher lasen oder sich einfach nur die Plakate anschauten. Die Kasse und die Bar waren hinter derselben Theke untergebracht. Ein älterer Mann mit einem dünnen Kinnbärtchen und einer Halbglatze, kariertem Hemd, Jeans und Halstuch stand dort und begrüßte Zoe.

»Das ist Fuzzy«, stellte sie ihn vor.

»Dennis Akerlof.« Das Funkeln in seinen Augen ließ ihn jünger wirken, als er war. *»Fuzzy,* so haben mich meine Schüler immer genannt«, erklärte er, fast entschuldigend. Warum sie ihn *Fuzzy* genannt hatten, sagte er nicht.

»Tom«, sagte ich nur.

Er schüttelte meine Hand und lächelte. *»Fuzzy* ist okay.«

»Er ist jetzt schon seit einigen Monaten im *Rosebud«*, erklärte Zoe. »Großvater und er haben sich früher, als er nur Besucher war, immer über die Filme, die gerade liefen, unterhalten.«

»Wir hassten beide Filmkritiken«, sagte Fuzzy. »Und meistens haben uns gerade die Filme, die schlechte Kritiken bekommen haben, am besten gefallen.« Er lachte. »Das hat mich wohl sofort für den Job qualifiziert.« Fuzzy hatte das Gesicht eines Ex-Lehrers, der es früher wahrscheinlich kaum übers Herz gebracht hat, schlechte Noten zu verteilen. Er sah nach *Mathematik* und *Naturwissenschaften* aus, aber ich fragte nicht nach.

Zoe zog ihre Jacke aus und ging zu einer Tür, hinter der sich ein Raum mit einem kleinen Tisch, zwei Stühlen und einer Mikrowelle befand. »Du kannst deinen Kram hierlassen.« Sie warf die Jacke über einen der Stühle. Ich legte meine daneben.

Auf dem Tisch lagen Zeitschriften herum, zwei Taschenbücher, eine Schachtel mit Keksen.

»Das ist das Kabuff.«

Ich stellte mir vor, wie sie in diesem Raum Tee trank und sich entspannte – in diesem Kino konnte es wahrscheinlich überhaupt nicht hektisch zugehen.

»Sieht gemütlich aus.«

»Hier hat das Tagebuch gelegen«, sagte sie fast beiläufig, dann wandte sie sich wieder Fuzzy zu. »Viel los heute?«, fragte sie ihn und schloss die Tür hinter sich.

»Vier Besucher für *Empire of Things* und zwölf für *Can a Song save your Life?*«, antwortete er.

»Sechzehn Besucher am frühen Abend«, murmelte sie, »wir müssen irgendwann noch wegen Überfüllung schließen.« Zoe seufzte. »Die Masse steht bestimmt drüben beim UA Schlange, um *Captain America Civil War* zu sehen.« Sie sprach leise, damit die wenigen Gäste sie nicht hörten. »Egal, ich übernehme dann die Filme.«

»Geht klar«, sagte Fuzzy.

Ein Paar kam eng umschlungen und gut gelaunt die Treppe hoch, kaufte Tickets für *Can a Song save your Life?*, bestellte zwei Cola, dazu eine Packung Kekse und verschwand im Kino eins.

»Perfekt, die Zuschauerzahlen steigen ja doch noch.« Zoe sah mich an: »Komm, ich zeig dir den Rest.«

Wir gingen eine Treppe zum nächsten Stockwerk hinauf.

»Normalerweise sind wir zu zweit, weil das am besten ist«, erklärte sie. »Früher waren das oft Großvater und ich, dann Großvater und Fuzzy. Jetzt sind nur noch Fuzzy und ich übrig. Zur Not kann auch einer allein die beiden Kinos bedienen, aber besser sind zwei.« Sie zwinkerte mir zu. »Denke, dass Fuzzy froh ist, dass ich die Projektoren übernehme.«

»Vielleicht kommt noch jemand nach.«

»Ja, die Hoffnung stirbt zuletzt.«

Ich fragte mich, wie es wohl für sie gewesen war, als sie allein ins Kino gekommen und den Einbrecher entdeckt hatte.

»Wir haben, wie gesagt, zwei Kinosäle in Betrieb«, erklärte Zoe weiter. »Kino eins, das ist das größere der beiden, mit sechsundneunzig Sitzplätzen, und dann gibt es noch Kino zwei mit vierundfünfzig Plätzen und davon sind immerhin sechs Kuschelbänke.«

An diesem Abend liefen ein Film, in dem es um Musik und Liebe geht, und einer, der das Leben einer einsamen Frau, der eine abgemagerte Katze zuläuft, zeigt. Was für eine Mischung!

»Es gibt noch einen dritten Kinosaal mit hundertdreißig Sitzplätzen, aber der wird nicht mehr genutzt.« Wir liefen durch einen gewundenen Korridor bis zu einer Tür, die Zoe öffnete. Sie schaltete das Licht an. Ich erkannte einen Kinosaal, der früher bestimmt einmal elegant ausgesehen hatte. Jetzt stand überall Gerümpel herum. Kisten und Kartons stapelten sich auf den Sitzen und in den Reihen. »Hier müsste mal jemand aufräumen«, meinte Zoe, »aber irgendwie komme ich einfach nicht dazu.« Sie lachte. »Großvater kam auch nie dazu. Er meinte, dass es gut war, einen Raum wie diesen zu haben.«

»Wir hatten zu Hause eine Schublade, die eine ähnliche Funktion hatte«, sagte ich. »Irgendwo sucht sich das Gerümpel seinen Platz.« Das sagte meine Mutter immer.

»Ja, das stimmt.« Zoe schloss die Tür zum Kinosaal wieder. »Wir zeigen jeden Abend zwei Filme, aber nicht jeden Abend die gleichen.«

An der Wand hing eine Ankündigung für ein Konzert.

»Ach ja, das war eine Idee, die Großvater ausprobieren wollte«, sagte sie. »Einmal im Monat einen Saal für ein Konzert vermieten. Oder Stand-up-Comedy. Na ja, irgendwas in dieser Richtung eben.«

Ich betrachtete das Plakat, das, im Retro-Stil der Fünfziger, eine Sängerin namens *Holly Go!* ankündigte.

»Die ist nett, war letzten Monat hier.« Zoe seufzte. »Ihre CDs verkaufen sich aber leider nicht gut.«

»Was passiert jetzt mit dem Kino?«, wollte ich wissen.

Zoe zögerte. Dann zuckte sie die Achseln. »Lass uns lieber über etwas Schöneres reden«, schlug sie vor. »Komm, es wird jetzt Zeit. Ich zeig dir den Vorführraum für die anderen beiden Säle.«

Sie führte mich in einen kleinen Raum, der zu beiden Seiten schmale Guckfenster hatte.

»Wir befinden uns genau zwischen den beiden Kinosälen.«

Durch die schmalen Fenster in dem lang gezogenen Raum konnte man in die beiden Kinos schauen. Wie Fuzzy bereits angekündigt hatte, war nicht viel los.

»Als Großvater das Kino übernommen hat«, erzählte Zoe, »war es hier immer voll. Jeden Abend. Die Leute sind gerne ins Kino gegangen, weil gute Filme liefen. Filme, die anders waren als die Serien im Fernsehen. Und weil das Kino ein Treffpunkt war. Man sah die Filme nicht nur, man redete auch ausgiebig darüber. Man saß vor und nach dem Film gemeinsam herum und quatschte.« Sie lächelte. »Mein Großvater hat mir immer wieder davon erzählt und es hat sich nach einer kleinen, heilen Welt angehört.«

»Wann war das?«

»Großvater hat es Ende der Siebzigerjahre gekauft. Weißt du, ich stelle mir das sehr romantisch vor. Ein richtiges Kino, noch mit richtigen Filmen auf Zelluloid. Drüben, in dem Saal, der nicht mehr genutzt wird, haben wir noch eine Telleranlage, auf der man die großen Filmrollen abspulen kann.« Sie hielt inne. »Aber dann, sagte Großvater, kamen zuerst die Videorekorder und danach dann das Internet und seitdem gehen die Leute nicht mehr so oft ins Kino. Und wenn sie doch gehen, dann strömen sie in diese blöden Multiplex-Dinger und ziehen sich den Hollywood-Mist rein. Das war etwas, das Großvater nie wollte. Er wollte nie Filme zeigen, die Mist sind. Keine Filme, die nichts zu sagen haben.«

»Wie ist er gestorben?« Ich wusste nicht, warum ich das gerade jetzt fragte.

Sie schloss die Tür des Vorführraums und schaltete dann die beiden Projektoren ein.

»Ich ...«

Sie antwortete schnell: »Ein Schlaganfall.« Sie sah mich nicht an, als sie das sagte. »Er ging nicht mehr ans Telefon und ich machte mir Sorgen.« Sie wirkte jetzt sogar ein bisschen wütend. »Dad machte sich nie Sorgen um ihn. Dad und Großvater waren ... sie waren einfach kein gutes Team.« Sie drückte ein paar Knöpfe. »Na ja, dann bin ich zu ihm nach Hause gefahren und habe ihn gefunden. Er hat noch gelebt, keine Ahnung, wie lange er schon dort gelegen hatte.« Ihre Stimme wurde jetzt ganz leise. »Er lag in der Küche, auf dem Boden. Ich habe den Krankenwagen angerufen und gewartet, bis sie gekommen sind und ihn mitgenommen haben. Gestorben ist er erst eine Woche später.« Sie wirkte nachdenklich. »Ist schon seltsam, wenn man einfach so aus dem Leben geschleudert wird. Ohne jede Vorwarnung.« Sie sah mich an. »Er hat noch richtig viel vorgehabt.« Ein tiefer Seufzer. »Fragst du, weil du wissen willst, ob es vielleicht einen Zusammenhang mit dem Auftauchen des Fremden gibt?«

»Nein, eigentlich wollte ich es einfach nur wissen.« Ich klang kleinlaut, obwohl ich das nicht wollte.

»Schon gut«, sagte sie.

Sie sprang zwischen den beiden Vorführgeräten hin und her. LED-Anzeigen blinkten.

»Im Kinosaal drei gibt es, wie gesagt, noch einen alten Projektor. Das hier läuft alles digital. Keine Filmrollen mehr, kein Surren, wenn der Film abläuft. Das hier ist kein Handwerk mehr, das kann eigentlich jeder.« Sie kontrollierte die Bildschirmanzeige. »Du bekommst den kompletten Film auf Disc oder Festplatte geliefert, manchmal auch auf einem Stick. Dann legst du ihn ein und das ist dann alles. Es funktioniert wie ein DVD-Player, ist nur größer. Aber sonst die gleiche herzlose Technik. Sie sah mich an. »Und los geht's.«

Die beiden Filme starteten jetzt, Zoe kontrollierte in den Sälen, ob alles stimmte. »Das läuft alles vollautomatisch. Wie am Computer. Einfach programmieren, zurücklehnen, abwarten.« Sie lugte erneut durch die beiden Fenster. »Wenigstens haben sie fast alle Popcorn gekauft.«

Ich stellte mich neben sie und schaute mir den Anfang von *Can a Song save your Life?* an.

»Schöner Film«, sagte sie.

Herbstfarben erhellten den Kinosaal. Zoe stand dicht neben mir und schaute sich auch den Film an. Eine Weile standen wir so da, schwiegen einfach. Einen Film wie den hier mit einem Mädchen zu sehen, das man mochte, war schon schwierig. Den Film mit einem Mädchen anzuschauen, das man kaum kannte, war irgendwie noch schwieriger.

Wir standen nur da und sagten beide nichts.

Dann ging Zoe zu dem anderen Fenster und kontrollierte den Film, der gerade in Kino zwei lief.

»Du machst das jeden Abend?« Ich hatte meine Sprache wiedergefunden.

Sie nickte. »Als Großvater noch gelebt hat, war ich nicht jeden Tag hier. Aber seit seinem Tod schon.«

»Nur Fuzzy und du?«

»Ja.«

Sie schwieg wieder.

Dann, nach einer Weile, sagte sie: »Ich will nicht, dass das Kino schließt.«

Ich zog es vor, nichts zu antworten.

»Ich bin viel zu jung, um es zu übernehmen. Außerdem würde Dad mich eher umbringen, als mich hier arbeiten zu lassen.«

»Dein Dad mag kein Kino?«

»Er mag Kino«, sagte Zoe, »aber er hasst das *Rosebud.*«

»Warum?«

»Keine Ahnung. Er hat es immer gehasst.«

»Dann will er es nicht behalten?«

Sie schüttelte den Kopf. »Dad und das *Rosebud?* Nein, er will es wirklich verkaufen. Dad konnte mit Großvaters Leidenschaft nie viel anfangen.« Sie seufzte. »Deswegen wird es vermutlich darauf hinauslaufen, dass er es verkauft. Und dann schnappt es sich jemand, der nur auf das Gebäude scharf ist. Er macht alles dicht, baut um, renoviert und nach einem Jahr ist es ein Klamottenladen oder ein Bürogebäude oder was weiß ich.« Sie redete nicht gern darüber, aber jetzt schien es ihr gutzutun. »Die Zeiten für ein kleines Kino sind schwierig. In den letzten Jahren sind die Einnahmen immer weiter zurückgegangen. Vor sechs Jahren hat Großvater auf digitale Projektoren umgerüstet. Die Filmindustrie hat das alles hier subventioniert, weil sie die digitale Technik pushen wollte. Ist billiger. Na ja. Trotzdem blieben die Einnahmen aus. Außerdem sind die Kosten gestiegen. Die Projektoren hier schlucken nämlich das Dreifache an Strom wie die gute alte Anlage, die keiner mehr nutzt. Außerdem ziehen sich die meisten Leute eben ihre Filme aus dem Internet oder gehen – wie gesagt – in diese Riesenkinos.«

»Das ist schade. Aber kein Grund, das Kino aufzugeben. Es gibt immer einen Ausweg.«

»Das sehe ich genauso. Ich will unbedingt weitermachen. Wäre mir sogar noch lieber als ein Studium.« Sie fasste an einen der Projektoren und dann sah ich, was sie in der Hand hielt. »Großvater hätte es so gewollt, da bin ich sicher.« Sie zeigte mir ein farbstichiges altes Foto von Abraham Tenenbaum als jungem Mann, Ende der Siebzigerjahre. Schlaghosen und Rollkragenpulli. Auch die

Frisur war richtig Siebziger. Die Koteletten waren einfach unschlagbar. Seine Augen funkelten unternehmungslustig wie von jemandem, der dem Leben mit Humor und Gelassenheit begegnet.

»Er hat als Kameramann gearbeitet, damals in den Siebzigern.«

Auf dem Foto stand er vor dem *Rosebud*.

»Aus irgendeinem Grund hat er damit aufgehört«, sagte Zoe. »Das Filmgeschäft wäre ihm zu verlogen, hat er oft behauptet. Ich weiß nicht, ob das der wahre Grund war. Na ja, er hat dann das Kino gekauft und geführt. Das war schon immer sein Traum gewesen.«

»Willst du deswegen etwas mit Film studieren?«

»Ich weiß gar nicht genau, ob ich das wirklich will. Eigentlich will ich das nur, weil mir nichts anderes einfällt.«

Das konnte ich verstehen. »Mir geht es ähnlich.«

»Filme sind mein Leben, das waren sie schon immer.«

Draußen, in den Kinosälen, erwachten die Geschichten aus Licht zum Leben.

»Wie kam dein Großvater zum Film?«

Zoe betrachtete das Foto in ihrer Hand. »Er war Handelsvertreter für eine Firma namens Simplex, die Kameras hergestellt hat.« Sie klemmte das Foto wieder zurück an den Projektor. »Er hat schon immer mit Filmleuten zu tun gehabt. Die Siebzigerjahre, das hat er immer gesagt, seien eine richtig gute Zeit gewesen für das Kino. Es gab viele junge Regisseure, die wie wild experimentiert haben. Steven Spielberg war einer von ihnen, er hat damals *Duell* gedreht. Martin Scorsese hat *Taxi Driver* gemacht und Francis Ford Coppola *Apocalypse Now.*«

Die meisten Filme, die sie nannte, kannte ich nur vom Hören.

»Großvater sagte oft, dass die Filme damals *echt* gewesen wären.«

Ich fragte mich wieder, was Mr Mankiewicz hier nur gesucht hatte.

»Mein Großvater hat ein paar Filme mit einem Regisseur gedreht, den heute keiner mehr kennt. Daryl Van Zorn. Schräger Name, schräger Typ.«

»Du bewunderst deinen Großvater sehr«, stellte ich fest.

»Er hat mir nie gesagt, was ich zu tun oder zu lassen habe. Er hat mir immer nur gesagt, das alles möglich ist, wenn man es nur will.« Sie schaute in den Saal hinaus. »Er war ein verdammt guter Großvater.« Sie schluckte. »Er fehlt mir so. Das alles hier war *unsere* Welt. Normalerweise war er immer hier. Immer! Ich kann mich nicht erinnern, dass er mal nicht da war.«

»Und deine Eltern?«

»Die sind anders. Dad ist Informatiker, arbeitet bei einer Internetfirma in Queens. Und Mom ist Lehrerin an einer Highschool. Ich war oft bei Großvater, und wenn ich bei ihm war, dann war ich immer im Kino.« Sie lächelte. »Wir haben manchmal sogar hier geschlafen, dann hat er eine Matratze auf den Boden gelegt und nur für mich einen alten Film laufen lassen.« Sie schluckte. »Das war in dem anderen Kinosaal, der jetzt voller Gerümpel ist.« Sie sah mich nicht an, aber ich merkte, dass sie heimlich eine Träne wegwischte.

»Zoe?«

»Ist schon gut«, murmelte sie leise.

Tiefes Durchatmen, dann ging es ihr wieder besser.

»Er hat alte Filmrollen gehabt. Horrorfilme aus den Fünfzigern und so. Hitchcock-Filme und eine ganze Reihe von Liebesfilmen. Du weißt schon, diese Filme mit Audrey Hepburn, Doris Day und Joan Fontaine.«

»Damit bist du aufgewachsen?«

Sie lachte, befreit von den Tränen. »Ja irre, oder? Die Filme findest du heute alle bei YouTube, aber nur, wenn du danach suchst. Und wer sucht schon danach? Aber ich kenne sie alle. Wir haben uns stundenlang die alten Filme angeschaut und er hat mir erklärt, warum sie die Geschichten früher so erzählt haben; du weißt schon, so und nicht anders. Er hat mir gesagt, dass es eine offizielle Vorschrift gegeben hat, die es einem Regisseur verboten hat, einen langen Kuss in einer einzigen Einstellung zu zeigen, und dass Alfred Hitchcock sich darüber hinweggesetzt hat, indem er den Kuss immer und immer wieder geschnitten und dann aus einer anderen Perspektive gezeigt hat.« Ihre Augen leuchteten, als sie das sagte. »Er hat mir erklärt, wie Ray Harryhausen all die Trickeffekte erfunden hat. Und dass Merian C. Cooper – das ist der Regisseur, der *King Kong* gedreht hat – ein richtiger Abenteurer gewesen ist.« Sie berührte das Foto, das am Projektor klemmte. »Ich vermisse Großvater so. Ihn und die Filme und alles, was jetzt nicht mehr da ist.«

Ich wusste, was sie fühlte. Dinge, die unwiderruflich fort sind, tun noch lange weh. Ich fragte: »Wo hatte er die alten Filme her?«

»Die wollte niemand mehr. Er war immer auf der Suche nach alten Filmrollen. Die meisten Filme, die wir uns angeschaut haben, sind drüben in Kino drei. Sie sind Teil des Gerümpels.«

»Das klingt traurig«, sagte ich.

Zoe nickte. »Das *ist* traurig«, sagte sie. »Aber das Leben geht weiter.« Sie schniefte leise und ich ließ mir nicht anmerken, dass ich die neue Träne bemerkt hatte. »Weißt du, was das Verrückte ist?«, fragte sie kurz darauf.

»Was?«

»Ich habe keine Ahnung, warum ich dir das alles erzähle.«

»Manchmal passiert so was.«

»Normalerweise passiert das nur in Programmkinofilmen. Fremde laufen sich über den Weg und dann reden sie stundenlang über das, was ihnen am Herzen liegt. Aber läuft das im richtigen Leben so? Normalerweise nicht. Wenn man diese Filme sieht, dann fragt man sich immer, warum der Autor oder der Regisseur das so geschrieben hat. Es kommt einem komisch vor, irgendwie falsch.« Sie lächelte mich an. »Aber eigentlich kommt es einem doch nur deswegen so falsch vor, weil man es nicht selbst erlebt. Ich meine, die wenigsten Menschen sind offen für andere. Schau dir all die Leute auf der Straße doch an. Keiner sieht den anderen. Sie laufen alle ihrem eigenen Leben hinterher und erkennen gar nicht, dass es da noch andere gibt.«

»Es fühlt sich jedenfalls gut an, in so einem Programmkinofilm zu sein.« Kaum zu glauben, dass ich das gerade gesagt hatte.

Wir sahen einander an.

»Wenn der Einbrecher nicht hier gewesen wäre«, meinte sie, »dann wären wir uns nie begegnet.«

Dem war nichts hinzuzufügen. Ich nickte.

Hier waren wir also.

In einem halbdunklen Vorführraum in einem kleinen Kino in Brooklyn. Alles war möglich, denn das war unser Film. Zoe Tenenbaum war ein Mädchen, wegen dem man im Kino sitzt und ins Träumen gerät. Aber dann war der Augenblick auch schon vorüber und wir standen immer noch da, beide schweigend und irgendwie ratlos.

Schließlich fragte ich sie: »Was, glaubst du, stand in dem Tagebuch?«

Sie blinzelte, so, als müsste sie erst wieder in den Moment zurückfinden. »Das, was in Tagebüchern so steht.« Irgendwie schien sie erleichtert zu sein, über das Tagebuch zu sprechen. »Gedanken«, sagte sie. »Sonst nichts. Keine wichtigen Geheimnisse jedenfalls. Großvater war Kinobesitzer. Wie viele Geheimnisse kann ein Kinobesitzer schon haben?«

Manche Menschen, dachte ich, haben mehr Geheimnisse, als man vermutet. Manche Menschen können sie gut verbergen.

»Glaubst du, wir haben eine Chance, den Einbrecher ausfindig zu machen?«

»Vielleicht taucht er von allein wieder auf«, mutmaßte ich. »Wenn er das, wonach er gesucht hat, im Tagebuch nicht findet, dann …«

Sie nickte. »Ja, dann wird er weitersuchen.« Sie rieb sich die Augen. »Großvater muss den Mann gekannt haben, sonst ergibt das alles doch gar keinen Sinn. Er klaut das Tagebuch, aber gesucht hat er wahrscheinlich etwas anderes.«

»Was kann er hier im Kino denn gesucht haben?«

»Hier gibt es nichts Wertvolles.«

»Und die Filme?«

»Du meinst die alten Filmrollen, die in den Kartons verpackt sind?«

»Du hast gesagt, dass viele davon sehr alt sind.«

Sie winkte ab. »Ja, aber die sind nichts wert. Das sind keine Originalkopien oder so was. Nur normale Filmrollen, die keiner mehr braucht. Außerdem gibt es die Filme jetzt alle auf DVD oder online.«

Mr Mankiewicz sah in meiner Vorstellung aus wie die Profi-Gangster in den alten Schwarz-Weiß-Filmen. Anzug, Fedora-Hut, vielleicht ein Schal. Eine Knarre unterm Arm? Vielleicht. Trotzdem ergab das alles keinen Sinn. Er verschafft sich Zugang zum Kino, sucht nach etwas. In dem Kabuff hinter der Theke findet er zufällig das Tagebuch von Abraham Tenenbaum. Zoe taucht auf. Er steckt das Tagebuch ein und verschwindet. So war es wohl gelaufen.

Aber machte das Sinn? Doch nur, wenn er nach etwas anderem gesucht hatte.

»Das, was er gesucht hat«, sagte ich, »muss hier im Kino sein.«

Zoe stand auf und schaute durch das Fenster in den Kinosaal. »Aber hier gibt es nur alte Filme«, betonte sie noch einmal. Sie schaute auf das Foto ihres Großvaters. »Das *Rosebud* läuft nicht gut. Und die Träume, die wir verkaufen«, sie deutete auf den Film, der zu Ende ging, »sind nicht viel wert.«

Irgendwie schien das eine Sackgasse zu sein, das erkannten wir beide.

»Hilfst du mir beim Aufräumen?«, fragte sie. Eigentlich war es eine Bitte: Lass uns nicht mehr über das Tagebuch und Mr Mankiewicz reden.

»Ja klar. Gerne.«

Aufzuräumen war ein guter Plan. Und gute Pläne sollte man in die Tat umsetzen – das jedenfalls sagt Bridget ziemlich oft.

Als die Vorstellungen zu Ende waren, half ich Zoe dabei, den von den Zuschauern zurückgelassenen Müll wegzuräumen. Fuzzy räumte die Bar auf, säuberte die Popcorn-Maschine und schloss die Kasse ab. Ich lief in den beiden Kinos mit dem Staubsauger durch die Reihen.

Dann schalteten wir die Lichter aus und gingen nach draußen. Es war kalt geworden. Fuzzy verabschiedete sich und ließ uns allein vor dem *Rosebud* stehen.

»Ich nehme die Subway bis nach Park Slope«, sagte Zoe.

Die Scheinwerfer der vorbeifahrenden Autos streiften uns.

»Ich bring dich zur Station«, schlug ich vor.

Wir gingen nebeneinanderher. Die Leute strömten in Massen aus dem *United Artist*. »Ich hab's dir gesagt«, grummelte Zoe und warf den Kinobesuchern böse Blicke zu. *Captain America Civil War* war der Film des Abends.

»Sei nicht traurig.«

Sie blieb vor dem großen Kinocenter stehen. Drinnen war alles so riesig, wie es die Fassade mit dem vielen Glas und den übergroßen Lettern U und A vermuten ließ. Die Plakate, die Pappaufsteller, die Bar, die Sitzgruppen, die Rolltreppen, der Kassenbereich. Steril und modern, ein durchdachtes Design, das in jedem Kino dieser Unternehmensgruppe gleich aussah, hier und in Manhattan und in all den anderen Städten, in denen es *United Artist*-Kinocenter gab.

»Das *Rosebud«*, sagte sie, »hat immerhin eine Seele.«

Ich berührte sie an der Schulter, aber nur kurz. Sie sah mich von der Seite an. Ihr Haar fiel ihr ins Gesicht.

»Das hier ist doch kein Kino«, ergänzte ich. »Das Ding sieht aus wie der verdammte Todesstern.«

Zoe musste plötzlich lachen. Und ich auch.

Den Rest des Weges legten wir schweigend zurück.

»Da drüben ist die Subway«, sagte sie schließlich. »Ich muss los, wenn ich den Zug erwischen will.« Sie schlug den Kragen ihrer Jacke hoch. Das Licht der Straßenlaternen spiegelte sich in ihren Augen. »Danke«, fügte sie hinzu. »Für alles.«

Bevor ich so richtig verstand, was sie jetzt vorhatte, gab sie mir einen Kuss auf die Wange und im nächsten Moment lief sie schon rüber zur Subway-Station. Ich sah ihr hinterher und das, was gerade geschehen war, machte mich glücklich. »Zoe Tenenbaum«, flüsterte ich leise und dachte: *Oh Mann!* Dann machte ich mich auf den Weg nach Hause und summte leise das Lied, das ich vorhin in *Can a Song save your Life?* gehört hatte.

4

Der nächste Tag verlief ohne besondere Vorkommnisse, bis der Mann im *Rosebud* auftauchte und sich alles änderte.

Ich hatte Zoe angeboten, ihr am Abend im Kino zu helfen. Fuzzy hatte keine Zeit, weil die Familie seiner Tochter aus New Hampshire zu Besuch da war, und mein Job im *Thunderbird* endete gegen fünf. Was lag also näher, als im Kino auszuhelfen und Zoe wiederzusehen?

»Was ist los mit dir?«, fragte Quentin neugierig, als er mir morgens, vor der Arbeit, im Treppenhaus begegnete. »Du bist ja unerträglich gut gelaunt.« Er grinste breit. »Für deine Verhältnisse jedenfalls.«

»Mir geht's gut«, antwortete ich. Schließlich war das die Wahrheit.

Der Job im *Thunderbird* ging mir, wie immer, leicht von der Hand. Der Herbst war so bunt, wie er eigentlich immer sein sollte, und ich hatte das Gefühl, dass nichts meine Laune trüben konnte. Ben Shtyngart kam früher als erwartet von der Uni ins Diner und so konnte ich rechtzeitig los, um eine halbe Stunde vor der ersten Vorstellung im *Rosebud* zu sein. Ich hörte unterwegs zur Court Street Musik über Kopfhörer, Wilco und Okkervil River, und fühlte mich richtig gut.

»Du bist wirklich gekommen«, begrüßte mich Zoe. Sie ließ gerade frischen Kaffee durch die Maschine laufen.

Mir fiel nichts Besseres ein, als einfach nur Ja zu sagen.

Außer uns beiden war noch niemand im Kino. Wir standen uns gegenüber. Sahen uns an. Sonst nichts.

»Du kannst die Kasse übernehmen«, schlug sie vor. »Ich bereite die Filme vor.«

»Ist gut.«

Ein Lächeln, ein ganzer Moment, der verstrich.

Zoe Tenenbaum wirbelte dann rüber in den Vorführraum und ich machte mich mit der Kasse und den Ticketrollen vertraut. Es gab hier noch diese kleinen Tickets auf der Rolle, die zum Abreißen.

Ich schaute mir das Programm des Abends an: In Kino eins lief, wie am Vorabend, *Can a Song save your Life?*, in Kino zwei gab es *Hail Caesar!*, irgendwas Schräges über das alte Hollywood mit George Clooney, das wie eine Komödie mit Tiefgang aussah. Im Foyer schwebten jazzige Klavierklänge, die angenehm zur schummerigen Beleuchtung passten. Der Kaffeeduft machte sich breit, die ersten Gäste kamen. Es war mehr los als am Vorabend und das freute mich für Zoe. Zu behaupten, das *Rosebud* sei gut besucht, wäre aber übertrieben gewesen.

Ich verkaufte die Tickets und genoss es irgendwie, sie von der Rolle zu reißen. Es war nur langsam möglich, denn sonst rissen die Tickets ein, und die Tatsache, dass man es nur langsam tun konnte, machte einen angenehm ruhig.

»Sieht aus, als würde es dir Spaß machen.« Ich hatte gar nicht bemerkt, dass Zoe wieder da war. Sie stand neben mir und deutete auf die Ticketrolle.

Ich nickte. »Kennst du noch eine Bibliothek, in der die Bücher, die man ausleihen möchte, gestempelt werden?«

»Nur die Schulbibliothek«, sagte sie.

Die öffentlichen Bibliotheken in der Stadt waren mittlerweile vermutlich alle mit Scannermarkierungen versehen.

»Das hier ist so ähnlich.«

Sie legte mir die Hand auf die Schulter, nur ganz kurz. »Du machst das gut«, sagte sie und schmunzelte.

»Ich weiß«, antwortete ich.

Ein weiterer Kunde stand vor mir. Ein Mann mit Mantel und Hut, der so aussah, wie man sich einen Polizeichef in einem *Batman*-Film vorstellt. Einmal *Hail Caesar!*, das passte irgendwie. Gleich nach ihm kam ein Pärchen, das sich für die Lovestory entschieden hatte.

»Ich verschwinde im Vorführraum«, sagte Zoe, die mir dabei zugeschaut hatte, wie ich die Gäste bediente. »In fünf Minuten beginnen die Filme.« Während wir redeten, liefen bereits die Werbung und die Trailer, alles programmiert. Die Hauptfilme aber musste Zoe manuell starten. Danach würde für ungefähr zwei Stunden Ruhe einkehren.

Nachdem Zoe die Filme gestartet hatte, kam sie zurück ins Foyer. Ab und zu kam der eine oder andere Gast nach draußen, um sich ein Getränk oder Süßkram zu kaufen, schnell zur Toilette zu gehen oder, was seltener vorkam, zu telefonieren.

Zoe und ich redeten über dies und das: die Highschool, Filme, Musik, das, was draußen in der Welt so passierte. Wenn wir schwiegen, dann hörten wir die Tonspuren aus den Kinos, leise wie Stimmen im Hintergrund, aus dem einen Kino-Songs, die sich unplugged anhörten, aus dem anderen Soundtrack-Fetzen, die klangen, als liefe dort ein Thriller, in dem Tanznummern vorkamen.

Zoe saß auf dem Stuhl neben mir und wiegte ihren Körper leicht im Takt der leisen Musik hin und her. Wenn sie redete, spielten ihre Hände, so sah es aus, die Sätze in der Luft nach. Wieder dachte ich, dass alles an ihr bunt war, und damit meinte ich nicht nur das, was sie trug.

Wir redeten nur kurz über Abraham Tenenbaum und die Sache mit dem Tagebuch.

»Meine Großmutter ist vor fünfzehn Jahren gestorben«, erzählte mir Zoe. »Ich kann mich kaum an sie erinnern.« Sie seufzte. »Mein Großvater hat nur nette Dinge über sie geschrieben, in seinem Tagebuch. Dabei hatte sie ihn verlassen. Komisch, oder? Die beiden waren getrennt und trotzdem hat er sie geliebt.«

»Erwachsene sind manchmal seltsam«, stellte ich fest.

Sie schaukelte hin und her. »Ja, das Leben«, meinte sie, »ist es auch.« Sie sah mich an, mit diesem Blick, bei dem ich nur *Oh Mann!* denken konnte. Im Film, das war mir klar, würde jetzt irgendwas passieren. Doch bei uns verflog der Moment, einfach so. Vielleicht war das gut so, vielleicht auch einfach nur dämlich.

»Hail Caesar!«, sagte sie, »ist gleich vorbei.« Sie sprang auf und lief zum Projektor und ich schaute ihr nach. *Oh Mann!*

Die Gäste kamen aus dem Kino und einige von ihnen bestellten sich noch Kaffee und blieben eine Weile, um über den Film zu diskutieren. Dann endete kurz darauf die Lovestory in dem anderen Kino. Die Gäste, die diesen

Film gesehen hatten, steuerten direkt auf den Ausgang zu, die beiden Pärchen eng umschlungen, die anderen Gäste mit wehmütigem Blick. Manche tippten wild auf ihren Handys herum. Gleich, wenn alle weg wären, würden wir die beiden Säle aufräumen. Und dann? Würde ich Zoe wieder, wie gestern, zur Subway bringen? Würden wir vielleicht noch etwas bei dem mexikanischen Imbiss essen, der ganz in der Nähe des Kinos war?

Ich begann schon mal, die Reste aus der Popcorn-Maschine zu kehren.

Zoe kam kurz darauf ins Foyer und sah, wie die letzten Gäste gingen. Nur der Mann mit dem Hut war noch da, schaute sich die Filmplakate an und nippte im Stehen an seinem Kaffee. Nach einer Weile drehte er sich um, kam auf mich zu, stellte die Tasse mit dem Unterteller vor mir ab.

Zoe machte die Kasse fertig.

»Du bist also seine Enkelin.« Die Stimme des Mannes klang nicht unangenehm.

Zoe erschrak trotzdem. »Was haben Sie gesagt?«

Der Mann nickte mir freundlich zu. Dann sagte er, Zoe zugewandt, erneut: »Du bist seine Enkelin.«

Ich stellte mich neben Zoe. »Wer sind Sie?«

Er griff in seine Manteltasche und hielt etwas in der Hand, das er Zoe reichte. »Das gehört dir, glaube ich.«

Sie schluckte.

Es war das Tagebuch von Abraham Tenenbaum. Ein schwarzes Notizbuch, an den Ecken zerdrückt, mit einem Gummiband, das alles zusammenhielt. Zettel steckten darin und womöglich die eine oder andere Postkarte.

Zoe nahm das Tagebuch entgegen. Ihre Hand zitterte. »Sind Sie Mr Mankiewicz?«

Hageres Gesicht, stechende Augen, eine Erscheinung wie aus einem Agentenfilm. Jemand, der sich in dunklen Gassen eine Zigarette anzündet, sodass der Schein des Feuerzeugs nur Teile des Gesichts offenbart. Der Hut passte zu ihm, alles andere auch. Die Stimme so leise, dass alles, was er sagte, geheimnisvoll klang – wie eine Andeutung.

»Mankiewicz ist schon lange tot«, sagte der Mann.

»Ich weiß«, sagte Zoe.

Sie starrte das Tagebuch an. Dann öffnete sie es, schaute hinein.

»Es fehlt nichts«, sagte der Mann.

Sie klappte es wieder zu, spannte den Gummizug darüber. »Was wollen Sie von mir?«

Er lächelte erneut dieses Lächeln, schmallippig, vielleicht ein wenig spöttisch, ein Lächeln, bei dem nicht klar war, ob es freundlich sein sollte oder nicht. »Ich denke, dass wir es trotzdem bei dem Namen belassen können«, sagte er. »Mr Mankiewicz. Ja, das sollte ausreichend sein. Mein richtiger Name tut nichts zur Sache.«

»Wir könnten die Polizei rufen«, sagte ich.

»Wozu?«

»Um ihnen alles zu erzählen?«

»Alles?«

»Ja.«

»Das wäre dann nicht viel, würde ich meinen.« Kalifornischer Akzent, ja, das kam hin.

»Was wollen Sie von mir?«, fragte Zoe wieder.

»Zuerst einmal«, begann er, »möchte ich mich für die

Unannehmlichkeiten, die ich vorgestern verursacht habe, entschuldigen.« Er seufzte gespielt theatralisch. »Und dann wollte ich das Tagebuch zurückbringen. Es gehört mir nicht. Und es steht nichts darin, was für mich von Wert ist.«

»Wer sind Sie?« Zoe legte das Tagebuch in die Schublade unter der Kasse.

»Mr Mankiewicz, das sagte ich doch.«

»Sie wissen, was ich meine.«

Er sah sich um. »Das ist ein schönes Kino«, stellte er fast beiläufig fest, »aber leider bringt es kein Geld. Nicht *genug* Geld. Seht ihr, damit stehen wir vor dem Kernproblem der Filmbranche. Etwas kann noch so schön sein, wenn es kein Geld einbringt, ist es nichts wert.«

Zoe funkelte ihn wütend an. »Das sehe ich anders.«

»Du bist jung. Aber im Grunde deines Herzens weißt du, dass es so ist.«

»Was wollen Sie?«

Er ging zu einem der Tische und ließ sich auf einem Barhocker nieder. »Ich glaube, das wird ein längeres Gespräch. Es ist gemütlicher, wenn man es im Sitzen führt. Ich bin nicht mehr der Jüngste, müsst ihr wissen.« Richtig alt schien er aber auch nicht zu sein. Ich bin nicht gut darin, das Alter von Menschen zu schätzen, aber ich denke, dass er ungefähr so alt wie mein Vater sein musste. »Du möchtest wissen, weshalb ich hier bin?« Er beobachtete Zoe genau.

»Je eher Sie uns das erklären, desto schneller können Sie wieder von hier verschwinden«, sagte sie.

»Du bist nicht gerade höflich«, sagte Mr Mankiewicz.

»Ich habe dir gerade das Tagebuch von Abraham Tenenbaum zurückgebracht.«

»Das sie vorher gestohlen hatten.«

»Dafür hatte ich gute Gründe.«

Ich folgte Zoe zu dem Tisch, an dem der Mann saß. »Na, dann bin ich aber mal gespannt.«

Mr Mankiewicz faltete die Hände. »Fangen wir noch mal von vorne an.« Er war die Ruhe selbst. »Du hast gefragt, was ich will. Gut, ich sage es dir.« Er sah mich an. »Ich sage es natürlich *euch beiden*.« Er grinste. »Ihr seid zusammen?«

Die Frage war unnötig. Ich spürte, wie mir warm wurde. »Sagen Sie endlich, was sie wollen!«

»Einen Film«, sagte er. »Genau genommen: *Filmrollen*.«

»Zelluloid?«

»Nitratfilm. 35 mm. Drei Filmrollen in Blechdosen.« Er nickte. »Aber vielleicht sollte ich mit Abraham Tenenbaum beginnen.« Ein Blick zu Zoe. »Immerhin hat er das alles in Gang gebracht.«

Zoe wirkte angespannt.

»Du weißt, dass dein Großvater früher einmal beim Film gearbeitet hat.«

»Natürlich.« Sie nickte.

»Das ist jetzt ziemlich genau vierzig Jahre her.«

»Was haben Sie damit zu tun?«

»Sagen wir einfach nur, ich *habe* etwas damit zu tun.« Der Mann hielt die Hände noch immer ruhig gefaltet auf dem Tisch. »So, wie es aussieht, kennst du dich ein bisschen mit Kino aus. Sagt dir der Name Daryl Van Zorn etwas?«

»Der Regisseur?«

Mankiewicz nickte. »Ja genau, Van Zorn war Regisseur. Er hat zwei Filme gedreht, die erfolgreich waren. Damals. *Schuld* und *Vergebung*. Heute würde man sie vermutlich als *hard-boiled* bezeichnen. Harte Krimis, die die schmutzige Realität des Polizeialltags zeigen. Van Zorn starb Ende der Achtzigerjahre bei einem Autounfall.« Er winkte ab. »Aber darum geht es mir nicht. Bevor Daryl Van Zorn berühmt geworden ist«, seine Stimme wurde leiser und klang noch geheimnisvoller, »hat er einen Film gemacht, der nie in die Kinos kam.« Er sah uns beide eindringlich an. »Ihr fragt euch, warum? Der Film wurde nie fertiggestellt.« Er machte eine Pause. *»Die Geheimnisse von Brooklyn,* das war der Titel des Films. Ein Krimi, wie all seine späteren Werke. Genau genommen eine Detektivgeschichte.«

»Ein guter Film?«, fragte Zoe.

Er zuckte die Achseln. »Wer weiß?«

Das hörte sich *geheimnisvoll* an.

»Damals wurden Filme auf Zelluloid aufgenommen«, erklärte er. »Wenn der Film in die Kinos kam, wurden Kopien erstellt und diese wurden dann an die Kinos verschickt.«

»Ich weiß«, sagte Zoe. »Und?«

Mr Mankiewicz ließ sich nicht beirren. »Von jedem Film, der in den Kinos lief, existierten also unzählige Kopien. Je erfolgreicher ein Film war – das heißt, in je mehr Kinos er gleichzeitig startete –, umso mehr Kopien gab es von ihm. Aber da *Die Geheimnisse von Brookyln* nie in den Kinos gezeigt wurde«, er genoss es, unsere volle

Aufmerksamkeit zu haben, »gab es nur eine Handvoll Kopien. Und diese paar Kopien sind im Lauf der Zeit verschwunden oder haben sich von allein zerstört. Zelluloid ist empfindlich. Wenn man es nicht gut behandelt, kann es leicht beschädigt werden. Wir sprechen hier von einer Lebensdauer von bis zu vierzig Jahren, wenn die Filme nicht sachgemäß gelagert werden. Dann zeigen sich die typischen bernsteinfarbenen Verfärbungen und das Bild im Film bleicht langsam aus. Die Filmbehälter sind meistens aus Blech und bekommen mit der Zeit einen Rostring.« Er zwinkerte Zoe zu. »Aber jemand, der beim Film gearbeitet hat, weiß natürlich, wie man Zelluloidfilme behandelt, stimmt's?«

Ich fragte mich, worauf er hinauswollte. »Sie sind also auf der Suche nach einer Kopie des Films.«

Er seufzte. »Ganz so einfach ist es leider nicht.«

Wir warteten ab. Zoe stand dicht neben mir.

»Daryl Van Zorn«, erklärte Mankiewicz, »besaß zwei Kopien, die zerstört wurden. Die Kopie, die das Studio in seinem Archiv gelagert hatte, landete im Lauf der Jahre auf dem Müll. Weitere Kopien gab es nicht.« Er sah uns beide an. »Das glaubten zumindest alle.« Er hob den Finger. »Bis vor vier Wochen.«

»Was ist vor vier Wochen passiert?«, fragte ich.

»Vor vier Wochen erhielt ich einen Anruf. Jemand teilte mir mit, dass es noch eine allerletzte Kopie des Films gäbe.« Seine Hände wurden unruhiger. »Er bot mir an, ich könnte die Filmrollen kaufen, wenn ich daran interessiert sei.«

Wir ahnten es beide.

Mankiewicz bestätigte es: »Der Anrufer war Abraham Tenenbaum.«

»Mein Großvater hatte noch eine Kopie dieses Films?«

»Ja, das war wirklich interessant. Denn eigentlich hätte er keine besitzen dürfen.« Mankiewicz wirkte auf einmal angespannt.

»Was sind diese Filmrollen wert?« Zoe sah ihn ungläubig an.

»Dein Großvater kannte sich gut aus mit alten Filmen. Er wusste genau, was man für ein Original wie dieses verlangen konnte.«

»Wie viel wollte er haben?«

»Fünfhunderttausend«, sagte Mankiewicz.

Wir starrten ihn an.

»Sie verarschen mich!«, rief Zoe.

Er schüttelte den Kopf.

»Wer zahlt fünfhunderttausend Dollar für drei alte Filmrollen?«

»Ich«, sagte Mankiewicz.

»Sind Sie reich?« Ich konnte mir die Frage nicht verkneifen.

»Ich verfüge über das nötige Geld«, antwortete er.

Dass das nicht das Gleiche ist, war mir klar.

»Was hat Großvater damit zu tun?«

Mankiewicz zuckte die Achseln. »Warum dein Großvater diese Filmrollen besitzt, kann ich dir nicht sagen. Obwohl ich natürlich eine Vermutung habe.« Er beugte sich vor. »Weißt du, wer damals zum Filmteam gehörte? Na?«

Zoe konnte es nicht fassen.

»Abraham Tenenbaum«, sagte Mankiewicz, »war der Kameramann.«

»Sie glauben, er hat eine Filmkopie gestohlen?«

Mankiewicz winkte ab. »Ich würde nicht sagen, dass er sie gestohlen hat. Keiner von uns weiß, was genau damals passiert ist. Aus einem Grund, den keiner von uns kennt, ist die Filmkopie in den Besitz deines Großvaters gelangt. Er hat sie all die Jahre über gelagert, angemessen gekühlt, er war ja Fachmann. Vor vier Wochen hat er sich dann, aus einem Grund, der mir unklar ist, dazu entschlossen, mich zu kontaktieren und mir die Filmkopie zum Kauf anzubieten.«

»Für die Summe, die Sie genannt haben.«

Er nickte. »Keinen Cent weniger.«

»Das ist schräg«, murmelte Zoe.

Der Grund, den Abraham Tenenbaum gehabt hatte, lag auf der Hand. Finanzielle Probleme. Das *Rosebud* lief nicht gut.

Mankiewicz sagte: »Okay, kommen wir nun also zum eigentlichen Problem.«

Es gab immer ein Problem. Sonst wäre alles ja viel zu einfach.

»Wir haben uns getroffen und dein Großvater hat eine Anzahlung von mir bekommen«, erklärte Mankiewicz, »und er hat mir die erste Filmrolle übergeben, damit ich mich davon überzeugen konnte, dass der Film auch einwandfrei erhalten ist.«

»Wie hoch war die Anzahlung?«

»Die Hälfte des vereinbarten Betrages. Ist ja klar, dass er für eine Teillieferung auch eine Anzahlung bekommt.«

Zoe schnappte nach Luft. »Sie haben meinem Großvater eine Viertelmillion Dollar als Anzahlung gegeben?«

Nicken.

»Einfach so?«

Erneutes Nicken.

»Ich …«

»Du hattest keine Ahnung, dass dein Großvater so viel Geld besitzt?«

Sie schüttelte den Kopf. »Und wo ist das Geld? Der Notar, der die Erbschaft verwaltet, hat keinen Betrag dieser Größenordnung auf den Bankkonten entdeckt. Mein Vater hätte das ja wohl erfahren.«

Mankiewicz machte ein bedauerndes Gesicht. »Die Frage kann ich dir leider nicht beantworten.«

Zoe rieb sich die Augen, atmete tief durch. »Und jetzt? Was wollen sie von mir?«

»Die anderen beiden Filmrollen.« Mankiewicz seufzte. »Das Leben ist manchmal nicht fair. Es tut mir leid, dass dein Großvater gestorben ist.« So langsam kam er zum Kern der Sache. »Hör zu, die Vereinbarung war ganz einfach. Eine halbe Million für den kompletten Film. Drei Filmrollen. Gut erhalten.« Er wurde ernst. »Ansonsten platzt der Deal.«

»Sie glauben also, dass wir die anderen beiden Filmrollen noch haben?«

»Ich glaube, dass Abraham Tenenbaum sie irgendwo lagert.« Er schaute sich im Kino um. »Wo?« Ein theatralischer Seufzer. »Ich habe nicht die geringste Ahnung.«

Ich sagte: »Wir sollen sie für Sie suchen?«

»Ich hatte gehofft, dass Abraham Tenenbaum die Filmrollen irgendwo deponiert hat, wo man sie leicht findet. Dass sie eventuell mit einem Hinweis versehen wurden, für wen sie bestimmt waren.« Er deutete auf sich selbst. »Mr Mankiewicz war auch der Name, unter dem mich dein Großvater gekannt hat.«

»Deswegen sind Sie bei uns zu Hause gewesen.«

Er nickte. »Ich hatte gehofft, dass die Filmrollen vielleicht dort für mich hinterlegt sind. Dein Vater hat anscheinend mit dem Kino nicht viel zu schaffen.«

»Das haben Sie gut erkannt.« Sie klang bitter.

»Und mit deinem Großvater auch nicht.«

Zoe schluckte.

»Dann habe ich gehofft, die Filmrollen hier im Kino zu finden.«

Deswegen war er vorgestern im *Rosebud* gewesen.

»Aber das haben Sie nicht«, sagte ich.

»Nein.«

»Stattdessen haben Sie das Tagebuch gefunden.«

Er nickte. »Ein schöner Zufall. Ich hatte gehofft, darin einen Hinweis zu finden.«

Zoe funkelte ihn wütend an. »Aber?«

»Fehlanzeige.«

»Also bringen Sie das Tagebuch zurück?«

Mankiewicz faltete die Hände wieder. »Ich dachte, die Sache lässt sich unauffällig regeln.«

Aha! Das war also der springende Punkt! »Sie wollen nicht«, sagte ich, »dass jemand davon erfährt.«

Erneutes Nicken.

Zoe zögerte. »Das verstehe ich nicht.«

»Warum die Geheimniskrämerei?« Ich verstand es auch

nicht. »Sie sind hier eingebrochen und dann verschwunden. Dann tauchen Sie wieder auf, bringen das Tagebuch zurück und erzählen uns die ganze Geschichte.«

Mankiewicz seufzte, diesmal klang es echt. »Ich sagte bereits, dass es kompliziert ist.«

»Warum haben Sie nicht direkt gefragt?« Der Einwand von Zoe war berechtigt. Die beiden hätten genau dieses Gespräch auch schon vor zwei Tagen führen können.

»Streng genommen gehören die Filmkopien dem Studio«, erklärte Mankiewicz.

»Aber das Studio hat den Film nie veröffentlicht«, gab ich zu bedenken.

»Das ist egal. Die Rechte gehören dem Studio. Punkt. So läuft das nun mal in der Branche.« Er wirkte zum ersten Mal genervt. »Deswegen sollte das alles nicht publik werden, deswegen die *Geheimniskrämerei,* wie du so schön gesagt hast.«

»Das verstehe ich nicht.«

»Wenn bekannt wird, dass es noch eine Kopie des Films gibt, wird das Studio sein Eigentum einfordern.«

»Und das wollen Sie nicht«, sagte ich.

»Genau, Junge. Ich will einfach nur den Film kaufen. Alles andere hat niemanden zu interessieren.«

»Warum sind Sie so scharf auf den Film?«, fragte ich ihn.

»Das«, sagte Mankiewicz, »geht dich nichts an.«

Irgendwo, dachte ich, ist hier immer noch ein Rätsel versteckt. Die Geschichte, die er erzählte, klang zwar in sich logisch, aber vielleicht war es genau das, was mich stutzig machte.

Mankiewicz wandte sich nun an Zoe: »Und hier kommst

du ins Spiel.« Jetzt wurde er konkret. »Du hast deinen Großvater gut gekannt. Vielleicht weißt du, wo die Filmkopien sind?«

Zoe schüttelte den Kopf. »Er hat diesen Film nie erwähnt.«

»Wirst du mir helfen, ihn zu finden?«

Sie sagte nichts.

»Andernfalls muss ich die Anzahlung zurückfordern.« Jetzt ließ er die Katze aus dem Sack.

Zoes Mund stand weit offen. »Aber wir haben das blöde Geld nicht.«

»Abraham Tenenbaum hat das Geld in bar erhalten. Die Steuerbehörde ist unser aller Feind.« Er hielt die Hände ruhig, fixierte Zoe. »Das, was ich dir vorschlage, ist also Folgendes: Du besorgst mir die letzten beiden Filmrollen und ich zahle dir die ausbleibende Summe. So, wie ich es mit deinem Großvater vereinbart habe. Alle bekommen, worauf sie scharf sind. Alles wird gut.«

»Oder?«

»Du zahlst die Viertelmillion zurück.« Jedes Wort war wie ein Messerstich.

»Aber das kann ich nicht.« Sie wirkte entsetzt, dann wütend. »Außerdem«, sagte sie, *»muss* ich es auch nicht. Ich meine, wir kennen uns nicht. Wir haben kein Geschäft miteinander.«

»Du hast ja so recht mit allem. Und, darüber hinaus, den gleichen Starrsinn wie dein Großvater.« Er lächelte überheblich. »Das ist ein nettes Kino«, sagte er, die Hände wieder ganz, ganz ruhig gefaltet. »Stell dir nur vor, was du mit einer halben Million Dollar daraus machen könntest!« Er beugte sich vor. »Und stell dir vor, was einem so schönen, kleinen Kino alles zustoßen kann. Allein wenn ich daran denke, wie viele Kinos schon den Flammen zum Opfer gefallen sind.« Er machte ein betroffenes Gesicht und sah ihr direkt in die Augen.

»Das ist nicht Ihr Ernst.« Zoe starrte ihn fassungslos an.

Mankiewicz erhob sich. »Besorgt mir die Filmrollen und alles wird gut!«

Zoe schluckte.

»Wie können wir Sie kontaktieren, falls wir den Film finden?«, wollte ich wissen.

»Ich wohne im *Soho House*«, sagte er.

Ohne ein weiteres Wort zu verlieren, verließ er das *Rosebud*.

Wir blieben zurück in der Stille des leeren Kinos, sprachlos und in der ohnmächtigen Gewissheit, dass sich gerade alles geändert hatte.

5

Und dann? Mr Mankiewicz war gegangen, wir saßen immer noch im Kino. Das, was er gesagt hatte, war auch noch da. Keiner von uns musste es aussprechen, doch wir wussten beide, dass wir dasselbe dachten: Die Geschichte, in die wir da hineingeraten waren, hatte etwas Unwirkliches. Es war wie in diesen alten Filmen, die damit beginnen, dass ein Privatdetektiv gelangweilt in seinem heruntergekommenen Büro sitzt und mit einer Stimme, der man die vielen Zigaretten und den Whiskey anhört, aus dem Off sagt: *Es war ein Tag wie jeder andere, ich saß in meinem Büro und …* und dann ist man als Zuschauer auf einmal mittendrin in dem Rätsel, das es zu lösen gilt. Aber im richtigen Leben gab es so was eigentlich nicht. Wie gesagt: *eigentlich*.

Zoe saß mir gegenüber am Tisch und schwieg. Dann flüsterte sie: »Ist das gerade wirklich passiert?« Sie schluckte. »Verdammt, das gibt es doch nicht. Das *ist* wirklich passiert.«

»Ja.« Punkt. Es *war* passiert. Mr Mankiewicz, dessen Name so falsch war wie nur irgendwas, hatte das alles wirklich gesagt. Wort für Wort. Gerade eben, hier im Kino.

»Du hast auch gehört, was er über das Geld gesagt hat?« Zoe wirkte, als sei sie gerade aus einem Traum erwacht.

Ihre Augen waren so unruhig wie ihre Hände, die die ganze Zeit mit dem Programmflyer, der auf dem Stehtisch lag, beschäftigt waren, das Papier falteten, drehten, erneut falteten, so, dass es immer kleiner wurde, und so lange, bis man es nicht mehr weiterfalten konnte. »Sag einfach, dass du das auch gehört hast.«

Ich nickte. »Das, und alles andere auch.« Die Drohung, die Forderung, einfach alles.

Sie atmete aus und es klang wie der längste Seufzer der Welt. »Großvater hat noch nie im Leben so viel Geld gehabt.« Sie wirkte völlig durch den Wind. »Eine Viertelmillion. Und das ist nur die Anzahlung. Wo soll er das ganze Geld denn bloß versteckt haben?« Sie schaute sich um. »Bestimmt nicht hier im Kino. Nein, das kann ich mir nicht vorstellen. Und in seiner Wohnung ...« Sie stockte, als sei da plötzlich ein unüberwindbares Hindernis aufgetaucht. »Mom und Dad waren nach seinem Tod in der Wohnung.« Sie war ganz durcheinander. »Die hätten das Geld doch bestimmt gefunden, ganz sicher. Aber da war nichts. Großvater hat nichts Wertvolles besessen. Nur das *Rosebud*. Aber das ist ja nicht viel wert.«

»Du hast gesagt, dass dein Großvater Geld brauchte.«

»Ja klar, das Kino läuft nicht gerade gut. Großvater brauchte immer Geld. Aber er kam auch immer irgendwie mit dem, was er so hatte, über die Runden.« Sie sah mich an. »Mensch, eine halbe Million. Und eine Viertelmillion hat er angeblich schon bekommen. Weißt du, was das Verrückte daran ist? Ich habe nichts gemerkt. Kannst du dir das vorstellen? Bekommt eine Viertelmillion und sagt mir nichts!« Sie wirkte ein bisschen enttäuscht, weil er ihr das verschwiegen hatte. »Er hat im letzten Jahr einen Kredit aufgenommen. Die Heizung musste erneuert werden, im Winter waren einige der alten Rohre aufgeplatzt. Na ja, und die letzten Raten des Kredits, mit dem er die neuen Projektoren finanziert hatte, mussten auch noch abbezahlt werden. Ja, er hat dringend Geld gebraucht.« Sie lachte, verzweifelt und verlegen. »Aber wer braucht kein Geld? Alle sind doch immer scharf auf Geld.«

Ich dachte an meine Eltern und daran, wie vielen Menschen in diesem Land es ähnlich ging wie ihnen. Kredite mussten zurückgezahlt werden, es gab weniger Jobs, die Geschäfte liefen schlechter, alles wurde schwieriger, komplizierter. »Passt das alles zu ihm?«, fragte ich schließlich. »Zu deinem Großvater, meine ich.«

»Was genau meinst du?«

»Die Sache mit dem Film und so.«

»Dass er einen alten Film besitzt, den er verkaufen möchte?«

»Ja.« Nicht jeder würde das tun.

Sie zuckte die Achseln. »Na ja, es ist nur ein Film.«

»Ein ziemlich wertvoller Film«, gab ich zu bedenken.

»Wertvoll für Mankiewicz«, sagte sie, »das in jedem Fall. Irgendwas Besonderes muss an dem Film dran sein. So geheimnisvoll, wie er getan hat.«

Ich schwieg.

»Eine halbe Million Dollar. Hey, ich kann mir so viel Geld nicht mal vorstellen«, sagte sie.

»Ich auch nicht.« Sich den Betrag konkret in Banknoten vorzustellen, ging wirklich gar nicht. Wie sah das aus? Befand es sich in einem großen Koffer, der heimlich in einer dunklen Seitengasse von einem Mann mit Mantel an einen anderen Mann mit Mantel übergeben worden war? Oder hatten sich Abraham Tenenbaum und Mankiewicz hier im Kino getroffen? Ergab das alles überhaupt irgendeinen Sinn? Es ging hier um einen Film, der nie in den Kinos gelaufen war. Dessen Kopien (die wenigen, die existiert hatten) alle im Lauf der Jahre verschwunden waren. Was hatte Mankiewicz überhaupt damit zu tun?

»Tom, ich habe keine Ahnung, wo die Filmrollen sein könnten«, sagte Zoe. »Das ist das Problem. Der Kerl will die Filmrollen oder das Geld. Und diese Drohung, dass dem Kino etwas zustoßen könnte …« Sie sah hilflos aus. »Ich bin dafür, ihm die blöden Filmrollen zu geben. Wir müssen sie finden. Und die Viertelmillion auch.« Sie lächelte resigniert.

»Zuerst sollten wir in dem ungenutzten Kinosaal suchen.«

»Ich glaube nicht, dass sie da sind«, sagte sie schnell. »Großvater hätte den Film nicht dort gelagert.«

Eine Filmrolle hatte er Mankiewicz immerhin schon übergeben. Vermutlich als einen Beweis dafür, dass sich der Film wirklich in seinem Besitz befand.

»Eigentlich können die anderen beiden Blechdosen nur hier oder in der Wohnung sein.« Zoe schien nicht wohl bei dem Gedanken zu sein, in seine Wohnung gehen zu müssen.

»Oder es gibt ein Schließfach«, gab ich zu bedenken.

Sie überlegte. »Du meinst, er hat das Geld und die beiden Blechdosen mit dem Film in einem Schließfach deponiert?«

»Könnte doch sein.« Beides wäre dort sicher. Und die Steuerbehörde würde nichts von dem Geld erfahren.

»Die Blechdosen sind ziemlich groß. Es müsste ein großes Schließfach sein.«

»Es gibt sehr große Schließfächer.«

»Wenn das so wäre, müsste es einen Schlüssel geben«, gab sie zu bedenken.

»Vielleicht gibt es den ja.«

Sie rieb sich die Augen. »Dann müssten wir also zuerst den Schlüssel finden.« Sie schüttelte den Kopf. »Nein, das ist mir alles viel zu kompliziert. Es muss eine einfachere Lösung geben. Großvater war niemand, der sich komplizierte Pläne ausdachte. Nichts im Leben, hat er immer betont, sei kompliziert. Die Menschen würden sich die Dinge kompliziert machen, damit sie eine Ausrede hätten, warum irgendwas nicht so läuft, wie sie es sich gewünscht haben. Dass meine Großmutter sich damals von ihm getrennt hat, das sei einfach so passiert, hat er mir mal erzählt. Ich habe damals nicht verstanden, was er damit meint. Manchmal, hat er gesagt, liebt man sich einfach nicht mehr. Das passiert einfach.« Sie musste bei dem Gedanken lächeln. »Er war richtig zuversichtlich gewesen, obwohl er seit der Trennung allein leben musste. Er hatte Zeit, sich um das Kino zu kümmern. Dad hat ihn deswegen gehasst, glaube ich. Er hat ihm die Schuld dafür gegeben, dass alles so gekommen ist.«

Ich sagte nichts.

»Eigentlich weiß ich gar nicht, was ganz genau passiert ist. Wahrscheinlich gibt es in jeder Familie Dinge wie diese.«

»Was meinst du?«

»Geheimnisse«, sagte sie. »Sachen, die verschwiegen werden.«

Ich nickte nur.

Ja, Geheimnisse gibt es immer. Wir alle tragen sie mit uns herum, manchmal sind sie so groß, dass wir sie am liebsten vergessen würden.

»Was ist mit dem Film?«, fragte ich.

Die Geheimnisse von Brooklyn.

Bisher hatten wir uns noch gar nicht über den Film selbst unterhalten.

»Lass uns nachschauen.« Zoe ging rüber zur Kasse, schnappte sich ihr Smartphone aus der Jacke und ging online. »Kennst du imdb?«

Ich sah sie fragend an.

Sie rollte mit den Augen und lächelte. »Eine Filmdatenbank«, erklärte sie und suchte online danach. »Da findest du alles, was du wissen willst. Über fast jeden Film.« Sie schaute auf das Display. »Da, schon gefunden!« Ihre Augen überflogen alles. »*Die Geheimnisse von Brooklyn.* Regie: Daryl Van Zorn. Hauptrollen: Clayton Stewart, Olivia Leigh. Und noch ein paar andere, die keiner kennt.« Sie scrollte die Seite entlang. »Produktionsjahr: 1976. Drehort: New York, hauptsächlich Brooklyn und New Jersey. Verleih: keiner. Produktionsgesellschaft: Hustvedt Films.« Sie las den Namen erneut, murmelte: »Nie davon gehört.«

»Klingt schwedisch oder norwegisch«, sagte ich.

Sie zuckte die Achseln und fuhr fort. »Inhalt: Ein Privatdetektiv sucht nach einem Mann und verliebt sich in dessen Schwester. Blablablabla. Nichts Besonderes.« Sie las weiter. »Besonderheiten: Der Film wurde nicht fertiggestellt. Aha! Und, das passt, kein Verleih. Wussten wir ja schon. Es gab auch keine Uraufführung. Nichts. Sieht so aus, als habe der Film nicht die geringste Bedeutung.«

»Das ist alles?«

Sie nickte. »Ja. Sonst nichts. Das ist alles. Wir können uns später noch durch die Liste der Schauspieler klicken, aber was in aller Welt soll das bringen?« Sie sprang plötzlich auf. »Komm!« Sie lief los, ohne auf mich zu warten. »Ich muss einfach nachschauen, auch wenn ich nicht glaube, das wir was finden!«, rief sie über die Schulter.

Ich folgte ihr in den ungenutzten Kinosaal.

Zoe schaltete das Licht an. Das Durcheinander aus Kartons und Kisten war wie ein Dschungel. Die Filmrollen, die aus manchen Kartons herauslugten, steckten in großen Blechdosen, die alle verschlossen waren. Es gab auch Kartons mit Videokassetten und Kisten, die randvoll mit Büchern waren. Meistens großformatige Bildbände, die etwas mit Kino zu tun hatten: Science-Fiction, Crime Noir, Horror. Ein paar Citadel-Filmbücher, darunter einige Schauspielerbiografien. Ein ganzes Sammelsurium, das die Geschichte des Films in Europa und Hollywood zum Inhalt hatte. Und dazwischen, ohne erkennbares System, hier und da Blechdosen, die Filmrollen enthielten. Super-8-Filme und andere.

»Keine Angst«, sagte Zoe, »das sind keine Nitratfilme.«

Ich wusste, ehrlich gesagt, nicht, worauf sie hinauswollte und sah sie fragend an.

»Nitratfilme sind Sprengstoff«, erklärte sie. »Sie können sich leicht entzünden und in den Blechdosen sind sie wahre Bomben. Das hier sind zum Glück fast alles neuere Kopien von alten Filmen.« Sie ging durch die Sitzreihen, kletterte über Kisten und Kartons, suchte nach etwas, das wie ein Hinweis aussah. Sie öffnete den einen oder anderen Karton, schaute hinein, machte ihn wieder zu. »Hier finden wir nichts«, sagte sie schließlich. »Wo auch immer Großvater diese Filmrollen versteckt hat, hier sind sie bestimmt nicht. Das hatte ich mir schon gedacht.«

Ich stand vor einer Kiste und zog eine Blechdose heraus, ganz behutsam. Ein sauber angebrachter Aufkleber mit der Aufschrift *Arsen und Spitzenhäubchen* prangte auf der Blechdose.

Zoe trat neben mich.

»Den habe ich so geliebt«, sagte sie. »Cary Grant und Peter Lorre.« Ganz verträumt berührte sie die Blechdose. »Ist schon eine Zeit lang her, als wir uns den angeschaut haben. Mittlerweile laufen alte Filme wie der hier nicht mal mehr im Fernsehen. Weißt du, warum? Weil das Format nicht zum Breitbild der Geräte passt und die Bildqualität zu schlecht ist. Das alles müsste aufwendig restauriert werden.« Sie seufzte. »Außerdem ist es nicht mit dem Erlebnis zu vergleichen, den Film auf der Leinwand zu sehen. Nichts ist damit vergleichbar.«

Wir verließen den Kinosaal, machten das Licht aus, ließen, was immer dort drinnen gelagert war, ruhen.

»Wir haben etwas übersehen«, sagte ich, als wir zurück im Foyer waren.

Zoe sah mich an.

»Dein Großvater muss Mankiewicz gekannt haben.«

»Wie kommst du denn darauf?«

»Na ja, er hat die Filmrollen gefunden und erkannt, wie wertvoll sie sind, und dann hat er sich direkt an Mankiewicz gewandt.«

Sie nickte. »Ja, genau das hat Mankiewicz gesagt. Warum ist mir das vorhin nicht aufgefallen?«

»Er hätte die Filmrollen doch irgendwem anbieten können. Einem Museum. Oder mehreren Interessenten. Im Internet gibt es doch bestimmt Börsen, auf denen mit so was gehandelt wird.«

»Großvater hat das Internet nicht gemocht.«

»Aber das Kino hat eine Homepage.«

»Die hat er nur machen lassen, weil ich ihn darum gebeten habe.«

Ich nickte. »Er hat sich also direkt an Mankiewicz gewandt. Warum?«

»Weil er genau wusste, dass Mankiewicz so viel zahlen würde?« Sie formulierte es als Frage, obwohl es eigentlich gar keine Frage war. »Er hat aber nie von jemandem mit diesem Namen gesprochen.«

»Vielleicht hat dein Großvater seinen richtigen Namen gekannt.«

Zoe sah mich an. »Du meinst wirklich, die beiden kannten sich?«

»Ja! Vielleicht von früher.«

»Aber Mankiewicz ist nicht so alt. Der kann nicht viel älter als meine Eltern sein.«

»Das heißt, als dein Großvater beim Film gearbeitet hat, muss Mankiewicz noch ein Kind gewesen sein.«

»Genau.« Zoe pfiff durch die Zähne. Wenn sie nachdachte, legte sie den Kopf leicht schief, wodurch ihr ein paar Haare ins Gesicht fielen. »Mich wundert aber etwas ganz anderes, nämlich dass Großvater einen so hohen Preis für die Filmrollen verlangt hat.« Manchmal griff sie ganz gedankenverloren nach einer schmalen Strähne, steckte sie sich dann, ohne es zu merken, in den Mund und knabberte darauf herum. »Er hat nie über den Wert der Filme gesprochen. Ein Film war für ihn immer eine Geschichte. Und der Wert einer Geschichte liegt im Auge des Betrachters.«

»Vielleicht war *Die Geheimnisse von Brooklyn* eine Ausnahme?« Immerhin war er damals an den Dreharbeiten beteiligt und er hatte definitiv gewusst, dass es keine Kopien mehr gab. Wenn er also, zufällig oder nicht, über eine Kopie gestolpert wäre, so hätte er sehr wohl ahnen können, dass der Film wertvoll war. Knappe Dinge sind nun mal teuer. So läuft das im Leben.

Zoe überlegte, zuckte die Achseln. »Vielleicht wusste Großvater auch nur, dass er *Mankiewicz* so viel wert war.« Da war ein neugieriges Funkeln in ihren Augen. »Nicht jeder würde so viel Geld zahlen. Nur jemand, dem der Film, aus welchem Grund auch immer, am Herzen liegt.«

Es fiel mir schwer zu glauben, dass Mr Mankiewicz irgendwas so richtig am Herzen liegen konnte. Er wirkte so kühl und überlegt. Ich konnte mich natürlich irren. »Aber was hat Mankiewicz mit diesem Film überhaupt zu tun?«

»Keine Ahnung. Vielleicht ist er einfach nur ein Sammler?«

»Das glaube ich nicht.«

»Warum?«

»Nur so ein Gefühl. Ich meine, der Film ist nie gezeigt worden. Und der Regisseur ist auch nicht sonderlich bekannt. Gut, die Filme, die er später gemacht hat, sind wohl einigermaßen bekannt. Trotzdem ist Daryl Van Zorn keine Berühmtheit. Ich meine, er ist kein Kult-Regisseur, dessen gesamtes Werk für irgendwen interessant ist. Warum also sollte der Film für einen Sammler wichtig sein? Sammlerstücke sind normalerweise begehrt, wenn sie etwas Besonderes sind.«

»Oder einfach nur selten.«

Was auf diesen Film zutraf.

»Von den Darstellern habe ich auch noch nie gehört.« Sie schaute auf ihr Smartphone, ihr Finger tippte auf einen Link. »Clayton Stewart hat in einer Reihe von B-Movies mitgespielt. Ende der Achtzigerjahre war aber, wie es aussieht, Schluss mit dem Filmen.« Zoe wurde auf einmal ganz blass. Ihre Augen weiteten sich, dann vergrößerte sie das Foto, das sie sich gerade anschaute. »Sag mir, dass das nicht wahr ist.« Sie hielt mir das Smartphone hin, sodass ich das Foto des Darstellers sehen konnte.

»Mist«, sagte ich, »das kann nicht sein.«

»Er sieht genauso aus.«

»Ja, stimmt.«

Konnte das sein? Die Ähnlichkeit war verblüffend.

»Das ist Mankiewicz!«, rief sie.

Nein, das war nicht möglich. Ich schüttelte den Kopf. »Das kann nicht Mankiewicz sein.« Das Foto war eine Set-Fotografie von einem anderen Film.

»Schau dir die Jahreszahl an. 1976.« Zoe war völlig aus dem Häuschen.

»Vielleicht ist es ein Verwandter?« Etwas Besseres fiel mir nicht ein.

Sie klickte zur Biografie von Clayton Stewart. »Bingo!«, rief sie. »Clayton Stewart hat einen Sohn und zwei Töchter. Clayton Stewart junior.«

War das die Möglichkeit? »Dann ist Mankiewicz der Sohn von Clayton Stewart?«

»Ja.«

»Der Sohn des Hauptdarstellers von *Die Geheimnisse von Brooklyn.*«

Womit zumindest eine Frage beantwortet war. »Dein Großvater«, sagte ich leise, »hat ihn also mit Sicherheit gekannt.« Immerhin war er der Kameramann. »Er hat Clayton Stewart senior gekannt.«

»Er hat den Namen nie erwähnt«, meinte Zoe.

»Bist du dir sicher?«

»Ganz sicher.«

Wir betrachteten beide das Foto. Mr Mankiewicz aka Clayton Stewart junior sah seinem Vater zum Verwechseln ähnlich. Der Schauspieler musste damals, 1976, so Mitte vierzig gewesen sein. Die gleichen Augen, der gleiche Zug um die Mundwinkel. Es war, als würde man einen Geist erblicken.

»Und was sagt uns das?«, fragte Zoe.

»Keine Ahnung.« Ich zuckte die Achseln. »Was?«

»Nichts.«

»Nichts?«

»Na, bringt uns das alles etwa weiter?«

»Ein bisschen schon. Wenn dein Großvater wusste, dass Clayton Stewart sich für den Film interessieren könnte, dann macht es auch Sinn, dass er ihn kontaktiert hat. Clayton war immerhin der Hauptdarsteller. Vielleicht ist ihm dieses Erinnerungsstück das viele Geld wert.«

»Pure Nostalgie? Für eine halbe Million?«

»Es gibt schlimmere Gründe.«

Zoe war nicht wirklich überzeugt. »Und was hat sein Sohn mit der ganzen Sache zu tun?«

»Vielleicht hat er ihn nur vorgeschickt, um das alles zu regeln. Clayton Stewart senior muss schon weit über achtzig sein.«

Zoe klickte sich weiter durch die Datenbank. »Er lebt in Los Angeles, steht hier. Er hat schon seit einiger Zeit keinen Film mehr gedreht.«

Ich suchte auf meinem Smartphone nach Clayton Stewart, diesmal senior. »Er hat wirklich sehr seltsame Filme gedreht.« Historienfilme wie *Atlantis, das Land jenseits der Zeit* und *Gracchus, Schlächter von Rom*. Eine ganze Reihe von ziemlich krass aussehenden Monsterfilmen: *Dinosaurier greifen an, T-Rex in Dallas* und *Die Nacht der Todesfledermäuse*. Entdeckerfilme wie *Die geheimen Mönche von Shangri-La, Die grauenhafte Verschwörung der Mönche von Shangri-La* und *Das Ende der Mönche von Shangri-La*. Nicht zu übersehen Filme wie *Der Riesen-Alligator* und *Riesen-Alligator 2*. Dann gab es noch Perlen wie *Die wilden Hunde von Saigon* und *Kanonenfutter USA*, Kriegsfilme mit heldenhaften Söldnertruppen. Ende der Neunzigerjahre dann noch ein paar Filme, in denen er nur Gastauftritte hatte: *Die Liebenden der Lenox Avenue* und *Die Raubtiere von Beverly Hills*. »Anscheinend war er ganz erfolgreich mit all dem Zeug.«

»Kennst du irgendwas davon?«

Ich schüttelte den Kopf.

»Ich habe früher mal *Killer-Alligator* gesehen«, gestand sie und musste grinsen.

»Guter Film?«

»Ein richtig guter B-Movie. Der Alligator hat nie echt ausgesehen.«

Jedenfalls wussten wir jetzt, welche Filme Clayton Stewart senior gemacht hatte.

»Aber warum hat Mankiewicz nicht seinen richtigen Namen genannt?« Das ergab noch immer keinen Sinn. »Er musste doch davon ausgehen, dass wir, sobald wir den Titel des Films kennen, danach googeln und ihn früher oder später erkennen.«

»Es war ihm egal«, meinte Zoe. »Er hat ja zugegeben, dass es nicht sein echter Name ist. Promis checken oft unter falschem Namen ein, damit man sie in Ruhe lässt.«

»Sagt wer?«

»Die *Cosmopolitan.*« Sie lächelte mich an. »Und einige Filme mit Julia Roberts.« Dann senkte sie den Blick wieder aufs Smartphone.

»Aber Clayton Stewart junior ist nicht berühmt«, gab ich zu bedenken.

Sie hielt mir ihr Smartphone hin, sagte: »Doch, ist er.«

Ich las. »Er ist Drehbuchautor?«

»Und Produzent. Derzeit entsteht ein Film, den beide gemeinsam produzieren. Eine gesellschaftskritische Komödie, die etwas mit der Finanzkrise zu tun hat. Jeff Goldblum und Ryan Gosling sind dabei. Hier: Die Vorproduktion hat schon begonnen.«

»Aber wenn es da steht, ist es kein Geheimnis.«

»Vielleicht will er einfach nur nicht, dass sein Name ins Gespräch kommt.«

»Ergibt das Sinn?«

»Aus seiner Sicht vermutlich schon.« Zoe knabberte wieder auf der Haarsträhne herum. »Okay, okay«, murmelte sie, »dann hat Großvater also Clayton Stewart senior kontaktiert, weil er ihm den Film verkaufen wollte.«

Sie hörte auf, an ihrem Haar zu knabbern, sah mich an. Ich schaute weg und tat so, als hätte ich das Knabbern gar nicht bemerkt.

»Sein Sohn ist jedenfalls nicht zimperlich damit, Drohungen auszusprechen«, sagte Zoe.

Das war der Teil der Geschichte, der immer noch seltsam war. »Das ist nichts, was wir ihm nachweisen können«, gab ich zu bedenken. »Am Ende ist das alles unwichtig. Sie haben deinem Großvater eine ganz schöne Stange Geld gezahlt und wollen jetzt die anderen beiden Filmrollen. Warum der Film wichtig für sie ist, kann uns doch egal sein. Wir müssen nur schauen, dass wir den Film irgendwo finden.«

Zoe seufzte. »Bleiben also nach wie vor die beiden entscheidenden Fragen.«

»Wo sind die Filmrollen? Wo ist das Geld?«, sagte ich.

»Jedenfalls nicht hier im Kino.«

»Vielleicht gibt es hier geheime Ecken«, meinte ich.

Sie schüttelte den Kopf. »Du kannst Sachen unter den Sitzen verstecken, aber das ist auch schon alles. Bessere Verstecke gibt es nicht.«

Die Filmrollen, wie auch das Geld, mussten woanders

sein. Es stand außer Frage, dass wir das eine oder das andere würden finden müssen, am besten natürlich beides.

»Glaubst du, er meint das ernst?«

»Die Drohung, dem Kino könnte was zustoßen?«

Sie nickte, jetzt ängstlich.

»Es geht immerhin um viel Geld«, sagte ich. »Außerdem haben wir keine Ahnung, wie wichtig dieser Film für ihn ist. Was ist, wenn der Film nicht nur nostalgische Erinnerungen birgt, sondern auch ein dunkles Geheimnis? Eins, das für beide Stewarts von Bedeutung ist.«

»Dann würden sie sich wohl kaum davon abhalten lassen, an die Filmrollen zu kommen. Wie auch immer und egal zu welchem Preis.«

»Vielleicht solltest du mit deinem Vater reden?«, schlug ich vor.

Zoe erschrak. »Nein.«

»Aber ...«

»Auf keinen Fall!«

»Ich ...«

»Er darf nichts davon erfahren. Er wird sofort die Polizei einschalten.«

Okay. Die Polizei einzuschalten, lag mir auch fern.

»Ich muss das allein regeln«, sagte sie.

»*Wir*«, verbesserte ich sie.

»Was?«

»*Wir* müssen das allein regeln.«

»Du musst das nicht tun.«

Ich warf ihr so eine Art Harrison-Ford-Blick zu. »Ich weiß.«

»Ich meine, es könnte gefährlich werden.«

»Ein Grund mehr, bei dir zu bleiben.«

Sie senkte den Blick. Eine Strähne ihres Haars (die gleiche wie vorhin) fiel ihr ins Gesicht und berührte ihre Nasenspitze.

»Komm, ich bring dich nach Hause«, schlug ich vor. Es war schon spät.

Zoe Tenenbaum lächelte und das, ganz ehrlich, war mir Antwort genug.

Prospect Park liegt südöstlich von Brooklyn Heights, eine Wohngegend, die den Vorteil hat, einen großen Park in ihrer Nähe zu haben. Tagsüber sieht man hier Mütter, die Kinderwagen schieben, und Männer, die hip aussehen, Bärte tragen, Jobs in der IT-Branche oder sonst wo haben, Hunde spazieren führen, ihre Fahrräder an Geländern anketten, während sie in den Coffeeshop springen, um sich einen *Espresso to go* zu kaufen. Abends ist wenig los auf den Straßen, man muss weniger Angst davor haben, Gestalten mit dunklen Absichten zu begegnen als anderswo. Die Straßenlaternen sind hell und es ist ruhig. Die Straßen sind sauber und die Häuser ordentlich aufgereiht wie Spielzeuge, und das alles in den Farben des Herbstes, selbst dann, wenn es schon dunkel ist.

Zoe Tenenbaum wohnte in der 8th Avenue, ganz in der Nähe des Prospect Park.

Wir hatten die Subway in der Nähe der Synagoge in der 14th Street verlassen und gingen den Rest des Weges zu Fuß. Blätter wirbelten um uns herum, der Wind war wie ein Versprechen auf den Winter, der kommen würde.

Zoe trug ihre bunte Jacke, die sie wie eine Kunststudentin wirken ließ. »Das ist das Viertel, in dem ich aufgewachsen bin.« Sie streute kleine Geschichten aus wie Zettel, auf denen Gedanken und Erinnerungen standen. Hier sei sie mit dem Fahrrad gestürzt, als sie zehn war, dort hatte es früher einmal einen großen Hund gegeben, vor dem sie sich gefürchtet hatte. Da war ein Zeitschriftenladen, in dem sie für ihren Großvater die geliebten Zigarren gekauft hatte.

»Er liebte Schimmelpennincks«, erinnerte sie sich. »Nur die und keine anderen.«

Abraham Tenenbaum, erfuhr ich, hatte bei vielen Dingen seine Prinzipien gehabt.

»Wir sind oft spazieren gegangen, als ich klein war«, erinnerte sie sich. »Er ist oft zu uns nach Hause gekommen, um mit mir durch den Park zu streunen.« Sie erzählte von den Eichhörnchen, die sie beobachtet hatten, und den Stöcken, die er aus Ästen für sie geschnitzt hatte. »Wenn wir unterwegs waren, dann hat er mir immer Geschichten erzählt. Die meisten davon sind Filme gewesen, für die ich noch zu jung gewesen bin. Er hat sie mir erzählt und so getan, als seien es Bücher, die er gelesen hatte.« Sie lächelte, als sie neben mir herging. »Für Großvater waren Bücher und Filme zwei Seiten der gleichen Medaille.«

Ich lächelte.

Sie schaute nach vorne. »Als ich größer wurde, besuchte ich ihn im Kino, sooft es nur ging.«

Dann blieb sie plötzlich stehen. »Du musst mir helfen«, bat sie.

Ich spürte den Wind im Gesicht und sah zu, wie er ihr Haar zerwuselte.

»Kannst du mich morgen begleiten?«

»Wohin?«

Sie wollte über irgendetwas mit mir reden, aber es fiel ihr nicht leicht. »Als Großvater starb«, sagte sie, »da war ich diejenige, die ihn gefunden hat.« Sie hatte mir davon erzählt, aber nur kurz. »Als ich klein war, dachte ich immer, dass er sich einsam fühlen müsste, weil Großmutter ihn verlassen hatte. Ich war noch zu jung, um zu erkennen, dass er sich einfach nur frei fühlte.« Sie schaute zu einem der Bäume hinauf. »Das war wohl nur fair, sie hat sich, glaube ich, auch frei gefühlt.«

Wir gingen weiter.

»Es war ein wunderschöner Tag«, erinnerte sie sich. »Ein perfekter Tag. Einer von den Tagen, an denen du glaubst, dass gar nichts schiefgehen kann. Ich habe ihn ein paar Mal angerufen, weil ich ihn abends im Kino treffen wollte, aber er ist nicht ans Telefon gegangen. Ich bin irgendwann unruhig geworden und zu ihm gefahren. Das hab ich dir ja schon erzählt. Den Schlüssel zur Wohnung hatte ich schon lange. Ich komme also in die Wohnung und ich spüre, dass etwas anders ist. Weißt du, die Wohnung hat sich anders angefühlt als sonst. Man hat nichts gehört und alles hat verlassen gewirkt, aber ich habe gespürt, dass er da ist. Ich habe gespürt, dass etwas nicht stimmt. Und irgendwie habe ich gleich, nachdem ich die Wohnung betreten hatte, gewusst, dass der Tag doch nicht so perfekt sein würde und eigentlich ein Tag ist, an dem alles schiefgehen kann.« Sie steckte die Hände in die Jackentaschen und sah aus, als würde sie sich am liebsten ganz in die Jacke verkriechen.

Ich trottete neben ihr her und hörte zu, weil das manchmal das Beste ist, was man für jemanden tun kann.

»Und dann«, sagte sie, »habe ich ihn gefunden.« Sie sah mich nicht an, als sie das sagte. Ihr Blick war nach vorne gerichtet, dorthin, wo irgendwo ihr Elternhaus sein musste. »Er lag auf dem Rücken und war ganz bleich.« Ihre Augen starrten ins Leere. »Seine Augen waren halb geöffnet und wahrscheinlich hatte er sich beim Sturz auf die Zunge gebissen, denn da war ein Rinnsal aus Blut und Spucke an seinem Kinn.« Sie ging auf einmal langsamer und mit gesenktem Blick. Die Tränen in ihren Augen konnte sie trotzdem nicht verbergen. »Ich habe die Polizei angerufen und den Krankenwagen und dann, ganz am Schluss erst, Dad. Dann habe ich mich neben Großvater auf den Boden gesetzt und seinen Kopf gehalten und ihn gestreichelt, so, wie man ein Kind streichelt. Ich habe mit ihm gesprochen, aber er hat nichts gesagt. Keine Ahnung, ob er mich gehört hat. Weißt du, ich rede mir gerne ein, dass er mich noch gehört hat. Aber sicher bin ich mir da nicht. Ich habe an all die Dinge denken müssen, die er mir erzählt hat, und mir wurde bewusst, wie schnell ein Leben vorbei sein kann.« Sie hielt inne und jetzt schaute sie mich an. »Irgendwann kam dann der Notarzt und kurz darauf die Polizei. Dad kam als Letzter. Wir sind ins Krankenhaus gefahren und dort hat es noch eine Woche gedauert, bis er gestorben ist.« Sie sah mich immer noch an, so, als suche sie etwas in meinen Augen. »Der Punkt aber ist, dass ich seit diesem Tag nicht mehr in der Wohnung gewesen bin.« Sie bückte sich und hob ein Blatt vom Boden auf, drehte es in der Hand hin und her. »Ein Ahornblatt«, sagte sie. »Großvater hat Ahornbäume geliebt. Er meinte, dass jeder Mensch in seinem Garten einen Ahorn haben sollte.«

Ich fragte mich, ob sie in der Gärtnerei arbeitete, weil ihr Großvater Ahornbäume geliebt hatte.

Sie betrachtete das Blatt. Dann gingen wir weiter.

»Dad und Mom meinten, ich sollte mir ein Erinnerungsstück aussuchen. Etwas, von dem er gewollt hätte, dass ich es besitze. Aber ich konnte das nicht. Ich konnte nicht noch einmal in seine Wohnung gehen.« Sie schluckte. »Das Kino hat noch einige Tage, nachdem er gestorben war, nach ihm gerochen. Kannst du dir das vorstellen? Ich hatte manchmal das Gefühl, dass er direkt hinter mir steht.« Sie berührte sanft meinen Arm. Sie zitterte ein wenig, ich konnte es spüren. »Kannst du morgen mit mir in die Wohnung gehen?«, fragte sie. »Ich schaff das nicht allein.«

Leise, weil es ein Versprechen war, sagte ich: »Ja.«

Sie zog die Hand wieder zurück und lächelte. Sie wischte sich die Tränen aus den Augen, holte tief Luft. »Da vorne wohne ich«, sagte sie und zeigte auf ein typisches Backsteinhaus mit Treppe und hohen Fenstern, Geländern und Blumentöpfen auf den Fensterbänken. »Da oben ist mein Zimmer.«

Sie ging vor und ich folgte ihr bis zur Treppe. Dort blieben wir stehen. Wenn sie auf der ersten Stufe stand, waren wir gleich groß.

»Danke, dass du mich hergebracht hast«, sagte sie.

»Kein Ding.«

»Und danke, dass du mich morgen begleitest.«

Ich zwinkerte ihr aufmunternd zu, was, wie ich hoffte, einigermaßen verwegen und lässig rüberkam.

So standen wir da, eine ganze Weile, und außer den Blättern wehte uns nur wilde Verlegenheit um die Füße. Die Sekunden kamen mir wie Minuten vor. Coolness, so viel ist klar, sieht anders aus.

Dann umarmte mich Zoe, plötzlich und fest, ganz fest. Ich konnte ihre Haare riechen, ihren Atem spüren, ihr Zittern. Ich drückte sie an mich und hielt sie fest. »Wir sehen uns morgen«, sagte sie, als wir die Umarmung lösten. Kein Kuss, dafür ein Lächeln. Sie hüpfte die Treppenstufen hinauf und war im Haus verschwunden, ehe ich kapierte, dass das gerade wirklich passiert war.

Einen Moment noch stand ich da und sah ihr nach. Dann machte ich mich auf den Heimweg, irgendwie verlegen, ziemlich durcheinander und eine Melodie summend, die beschwingt war und bunt.

6

Am nächsten Morgen schien die Sonne – nicht nur draußen, sondern auch in mir drin. Es gibt diese Momente, in denen man sich eingestehen muss, dass sich etwas verändert hat, und damit meine ich etwas wirklich Wichtiges; und obwohl es eigentlich gar keine Zweifel gibt, hat man trotzdem diese nagenden Gedanken, die einen an allem zweifeln lassen. Und dass ich mich an diesem Morgen *genau so* fühlte, hatte natürlich nur einen einzigen Grund: Ich war verliebt. Das Problem war nur, ich war mir nicht sicher, ob Zoe auch verliebt war.

Ich hörte abwechselnd die Decemberists und Mark Ronson (featuring Bruno Mars) und fühlte mich wie eine Mischung aus *Easy Come, Easy Go* und *Uptown Funk* (was mit Sicherheit nicht das schlechteste Gefühl am Morgen ist).

Es war ein wunderschöner Herbsttag, meine Schicht im *Thunderbird* würde bis zum Nachmittag dauern, danach könnte ich mich nach Red Hook aufmachen, damit Zoe Tenenbaum die Wohnung ihres Großvaters nicht allein betreten musste.

Bis dahin war es ein ganz normaler Tag: Ich trank Kaffee, sah, noch etwas verschlafen, hinaus auf die Straße, im Treppenhaus hielt ich einen kurzen Small Talk mit Quentin, holte die Einkaufsliste von Mrs Green und lief rüber zum Bus, der mich in die Montague Street brachte. Ich begrüßte Bridget und tat, was man im Diner eben so tut. Das ist das Gute an der Arbeit, sie lenkt einen ab. Man spricht mit den Kunden, führt hier und da Gespräche, erfährt Neuigkeiten, Gerüchte, philosophiert mit manchen über Politik, über Amerika, die Welt, eben über alles, was in der Zeitung oder in den Netzwerken steht. Dann, ehe man sichs versieht, ist der Vormittag auch schon vorbei.

»Du siehst aus, als hättest du noch was vor«, stellte Bridget fest.

»Du bist neugierig.«

Sie warf mir einen langen Blick zu. »Sei nett zu dem Mädchen«, gab sie mir mit auf den Weg.

»Woher …«

Sie hob den Finger. »Ich weiß alles.«

»Schon klar«, sagte ich.

Sie musste lachen.

»Bis morgen«, fügte ich hinzu. Manchmal muss man kein langes Gespräch führen, um viel zu sagen.

Ich nahm den nächsten Bus und schaute mir die Stadt an, die an mir vorbeizog. Die Straßen, die Häuser, die Menschen, alle im warmen Licht des Herbsttages. Hier bin ich zu Hause, dachte ich plötzlich und konnte nicht einmal sagen, ob dieser Gedanke mich erschreckte oder nicht. Rockport war weit weg, heute mehr denn je, und das nicht nur in Meilen gemessen.

Ich kramte die Ohrstöpsel raus und hörte Musik. *All the Way* von Kat Edmonson.

Dann war ich auch schon da.

Die Wohnung von Abraham Tenenbaum befand sich in Red Hook, Ecke Columbia Street und West 9th. Ein Bus fuhr genau bis dorthin, fast vor die Tür, könnte man sagen. Zoe wartete auf mich an der Haltestelle, die sich vor einem indischen Schnellrestaurant mit Dachterrasse namens *Columbia Deli* befand. Aber weder der billig wirkende *Limo & Car Service* daneben noch die ziemlich schäbig aussehende Filiale des *Liberty Tax Service* gegenüber erweckten den Eindruck, sich in einer netten Vorortnachbarschaft zu befinden. Die Wohnhäuser, die alle wie übergroße backsteinrote Bauklötze aussahen, säumten die breite Straße und erinnerten eher an ein Industriegebiet als an eine Gegend, in der man gut wohnen konnte. In einem dieser unpersönlichen Wohnblöcke jedenfalls musste Abraham Tenenbaum gelebt haben.

»Tom!« Zoe lächelte und war schon wieder so bunt wie die Blätter, die überall herumwehten.

Ich ging auf sie zu und wusste nicht so recht, wie ich sie begrüßen sollte. »Ich bin spät dran«, sagte ich.

All the way.

Zoe warf mir ein ganz und gar bezauberndes Lächeln zu, dann rutschte ihr die Tasche von der Schulter, was vermutlich reine Absicht war. Sie bückte sich schnell und hob sie auf und damit war die Situation jeder Verlegenheit beraubt. »Danke, dass du hergekommen bist«, sagte sie. »Großvater wohnt da vorne.« Sie bemerkte den Fehler sofort. »Sorry, er *wohnte* da vorne.«

Wir gingen zu dem Wohnblock.

Unzählige Klingelknöpfe befanden sich neben dem Eingang, dazu noch unzählige Briefkästen.

»Als ich ihn gefunden habe«, sagte Zoe und starrte die Klingelknöpfe an, als seien dort Erinnerungen verborgen, »wusste ich genau, wie schrecklich es sein würde, sein Namensschild zu sehen und zu wissen, dass er nicht mehr da ist.« Sie deutete auf ein Schild, dessen Plastikverkleidung fehlte. Ein paar Reste klebten noch an dem Metall. »Als er gestorben ist«, sagte sie, »bin ich abends allein hergekommen und habe es abgemacht. Ich hab das Plastik mit einem Schraubenzieher aufgekratzt und das Papierschildchen entfernt. Es sollte schnell gehen, deswegen sieht man noch die Spuren. Ich wollte nicht, dass mich einer sieht.« Sie berührte den Klingelknopf, der zu dem namenlosen Schild gehörte, und drückte ihn tief ein. Man hörte nichts. »Ich habe das Schildchen aufgehoben, nur so, weißt du, keine Ahnung, warum. Vielleicht werde ich es irgendwann wegwerfen, vielleicht auch nicht. Ich konnte den Gedanken nicht ertragen, dass sein Name noch da steht.« Sie hielt inne. »Ist das verrückt?«

Ich schüttelte den Kopf.

»Ich wollte einfach, dass alle es sehen. Jeder, der ihn nicht gekannt hat in diesem Haus, sollte wissen, dass er nicht mehr da war. Dass irgendjemand fehlt.« Sie kramte den Schlüssel aus ihrer Tasche und öffnete die Tür.

Wir gingen rein.

Das enge Treppenhaus war genauso kalt, wie man es sich vorstellt, wenn man das Gebäude von außen betrachtet. Unsere Schritte hallten lauter, als ich es erwartet hatte.

»Früher kam es mir nie so still vor«, sagte Zoe.

Wir stiegen schweigend die Treppe hinauf, irgendwie fast ehrfürchtig.

Die Wohnung befand sich im zweiten Stock. Nach dem Treppenhaus: ein langer Korridor, viele Türen, mit Knäufen, die alle beängstigend gleich aussahen. Wer immer hier wohnte, kannte vermutlich seine Nachbarn nicht.

»Hier ist es.«

Zoe öffnete die Tür, atmete tief durch, lugte in die Wohnung hinein wie jemand, der darauf wartet, dass ihn jemand begrüßt, weil bisher immer jemand da gewesen war, der sie begrüßt hatte.

Es war still in der Wohnung, warmes Licht, gedämpft durch Vorhänge, erhellte die staubigen Reste eines ganzen Lebens.

»Es riecht noch so, wie es immer gerochen hat.« Zoe trat nur zögerlich ein. Jeder Schritt schien ihr schwerzufallen. »Irgendwann wird auch der Geruch weg sein.«

Ich folgte ihr.

»Es wird nicht mehr lange dauern und jemand anderes wird hier leben. Komischer Gedanke. Jemand, der keine Ahnung hat, wer Abraham Tenenbaum gewesen ist.«

»Kommst du klar?«, fragte ich.

Sie sah aus, als würde sie gleich in Tränen ausbrechen. »Ja, geht schon.«

Anders als im Kino schien Abraham Tenenbaum hier gegenwärtiger zu sein. Ihn zu spüren, jemanden, den ich nie gekannt hatte, war seltsam. Jede Wohnung hat ihren ganz eigenen Geruch. Diese hier roch wie Papier und trockene Luft.

»Lass uns nach den Filmrollen und dem Geld suchen«, sagte Zoe.

Ich schloss die Tür hinter mir. Sofort wirkte die Wohnung wärmer und ruhiger. Sie war nicht groß, aber groß genug für jemanden, der allein lebte. Keine Heizung klapperte, die Wärme kam allein vom Sonnenlicht, das auf die Fenster knallte.

Das, dachte ich, war also Abraham Tenenbaums Leben jenseits des Kinos gewesen.

Eine kleine Küche, ein Wohnzimmer mit einem Balkon, der zur Straße hinausging, das Bad, sehr dunkel, ein Schlafzimmer mit nur einem Bett mit Tagesdecke, auf der aussortierte Kleidungsstücke lagen, ungeordnet, übereinandergeworfen, notdürftig gestapelt. Alle möglichen Gegenstände standen in kleinen Häufchen überall auf dem Boden herum. Dazu Kisten mit Sachen, die man vielleicht noch brauchen konnte oder auch nicht. Es waren Dinge des täglichen Lebens: Geschirr, Besteck, Küchenutensilien, Batterien, ein Wecker, Vasen aus Glas, in denen seit Wochen keine Blumen mehr gestanden hatten, ein alter Staubsauger, ein Set mit Nähzeug, Schuhe, Putzmittel, alles ungeordnet.

»Es ist krass«, murmelte Zoe, »wie viele Sachen man besitzt.«

Ich sagte nichts.

»So viel Kram.«

Ich trat neben sie, legte ihr sanft die Hand auf die Schulter.

Sie sah mich an, ging einen Schritt nach vorn, bückte sich, hob etwas auf. Ein Etui, in dem keine Brille lag.

»Mom und Dad waren schon hier«, sagte Zoe. »Haben *geräumt.*« Sie betrachtete das Etui in ihrer Hand. *»Wir müssen räumen,* genau so haben sie es formuliert. Klingt schrecklich, oder?«

Klingt nach wegwerfen, dachte ich, sagte es aber nicht.

Die Kleiderschränke standen offen, einige Schubladen in der Küche auch. Jemand hatte den Kühlschrank leer gemacht und dann abgetaut. Auf den Anrichten standen ein paar Konservendosen und Gewürze, ein Bügeleisen, Glühbirnen. Zwischendrin standen Plastiksäcke an den Wänden, in ihnen Hemden, Handtücher, Wäsche. Im Wohnzimmer dann die Bücherregale. Alles war ordentlich und es sah vermutlich noch genauso aus, wie Abraham Tenenbaum es hinterlassen hatte.

»Vielleicht hat er das Geld in einem Buch versteckt«, sagte ich.

»So viel Geld passt doch nicht in ein Buch.«

»Vielleicht hat er es ausgeschnitten.«

Sie sah mich fragend an.

»Das Buch, meine ich. Ich habe das früher gemacht.«

»Früher?«

»Als ich klein war.« Es klang fast wie eine Rechtfertigung.

»Warum?«

»Als Versteck.«

»Was hast du darin versteckt?«

»Wenn ich Mist gebaut habe«, erinnerte ich mich, »dann hat mein Vater oft Sachen weggeworfen.«

»Wie meinst du das?«

»Genau so, wie ich es sage.« Das war eines der vielen Dinge, die ich in Rockport zurückgelassen hatte. »Er kam dann in mein Zimmer und hat sich Sachen genommen. Dinge, die mir wichtig waren. Spielsachen und so.«

»Spielsachen?«

»*Star Wars*-Figuren.«

Sie musste schmunzeln.

»Baseballsammelkarten.«

»Was hat er damit gemacht?«

»Er hat sie in den Müll geworfen. Die Baseballkarten hat er zerrissen. Ich musste dann zuschauen.«

»Wozu sollte das gut sein?«

»Bestrafung.«

»Wofür?«

Ich versuchte, einigermaßen lässig und abgeklärt zu wirken. »Für dies und das«, murmelte ich. »Eine miese Note in der Schule, die ich verschwiegen habe. Was Jungs so anstellen.«

»Das ist bescheuert.«

»Ich weiß.« Eltern machen oft bescheuerte Sachen.

»Und dann hast du die Sachen in Büchern versteckt?«

»Genau, ich habe mit einem Messer irgendein Buch ausgeschnitten. Es musste nur ein dickes Buch sein. Ich hatte eine große Gesamtausgabe von *Der Herr der Ringe,* die hatte die perfekte Größe. Ich habe das Buch aufgeklappt und ein Loch in die Mitte geschnitten, sodass das Buch innen hohl war. Ein super Versteck für alles Mögliche, was klein genug war, um da reinzupassen.«

»Und dein Dad hat das nie herausgefunden?«

»Nein, hat er nicht.« Ich dachte daran, wie ausgefuchst ich mir vorgekommen war. »Deswegen habe ich *Der Herr der Ringe* nie gelesen.« Erst im Kino hatte ich erfahren, worum es in dem Buch ging (und während ich die Filme gesehen hatte, musste ich an meinen Vater denken).

Sie sah sich um. »Ich glaube nicht, dass Großvater so was gemacht hat.«

»Wer weiß«, gab ich zu bedenken.

Ich ging zu dem Regal und las die Titel der Bücher, die dort standen: *Der Fänger im Roggen. Moby Dick. Mond über Manhattan*. Und ein paar Klassiker, von John Steinbeck bis Hemingway. *Der Distelfink* von jemandem namens Donna Tartt. Es gab jede Menge Bücher über Filme, große Bildbände, die mit europäischem Kino und Hollywood zu tun hatten, Biografien von Regisseuren.

»Das ist das Kino, das er gemocht hat«, sagte Zoe.

Einige der Namen, die dort standen, kannte ich vom Hörensagen (Steven Spielberg, Woody Allen, George Lucas, klar, Wes Anderson), andere kamen mir nur vage bekannt vor (Federico Fellini, Pedro Almodóvar, Werner Herzog und François Truffaut – Namen, fremd und sehr *europäisch).* Ich zog eines der Bücher aus dem Regal: *Meisterwerke des Autorenfilms – Kaplan, Coppola, Corman & Co.* Einige der Filmplakate, die auf dem Cover abgedruckt waren, kamen mir bekannt vor.

»Großvater mochte Autorenfilme.«

Ich nickte, obwohl ich keine Ahnung hatte, was sie meinte.

»Das war so eine Art *New Hollywood*. Wenn einer alles macht«, erklärte sie, »dann nennt man es Autorenfilm.«

»Du meinst Geschichte, Regie, Schnitt, Ton und so.«

»Genau. Der Regisseur ist wie der Autor bei einem Buch. Er macht fast den ganzen Film allein. Oder mit nur ganz wenigen Leuten«, erklärte sie. »Als Großvater jung war, war es cool, Autorenfilme zu machen.«

Es war so was wie eine Revolution. »Sie wollten Filme anders machen als die alten Regisseure.«

»Ja, sie waren alle Helden und wollten das Kino neu erfinden.« Sie bewunderte ihren Großvater wirklich sehr.

Ich stellte das Buch ins Regal zurück.

»Er hat viel gelesen«, sagte Zoe, »aber nur die Bücher hier waren es wert, aufgehoben zu werden.« Sie seufzte und fing an, eines nach dem anderen aus dem Regal zu ziehen, aufzuschlagen, hineinzuschauen. »In dem Haus«, erklärte sie, »in dem Großmutter und er gewohnt haben, gab es noch viel mehr Bücher, hat mir mein Vater erzählt. Das ganze Haus war mit Büchern vollgestopft, bis unters Dach. Überall Regale, in jeder Ecke. Aber als Großvater ausgezogen ist, hat er nur diese hier mitgenommen.« Unermüdlich suchte sie weiter.

Die Bücher selbst waren kleine Schätze, aber in keinem fanden wir Geld. Zettel mit Einkaufslisten, Notizen, Briefmarken und Postkarten, ja, aber bestimmt keine Viertelmillion Dollar.

Und die Filmrollen?

Wir suchten in den Schränken, unter dem Bett, hinter der Couch, in der Kommode, im Bad.

Nichts.

Nirgends fanden wir das, wonach wir suchten.

Es gab noch einen Keller. »Aber der ist zu feucht«, sagte Zoe. »Steht im Winter oft unter Wasser, weil das Abwassersystem in der Gegend nicht mehr mitspielt, sobald der Schnee taut. Da unten lagert man keine Filmrollen. Und Geld auch nicht.«

Sie kniete vor einer Kommode und holte ein paar Fotoalben aus der untersten Schublade.

»Willst du sehen, wer er war?«, fragte sie.

»Wenn das für dich okay ist.«

»Ja, ist es.«

»Wäre es für ihn okay gewesen?«

Sie nickte. »Ja«, antwortete sie. »Ich glaube, er hätte dich gemocht.«

»Warum?«

»Weil du bist, wie du bist.«

Wir setzten uns auf die Couch, nachdem wir das Gerümpel dort beiseitegeschafft hatten.

»Die hier hat er mir nie gezeigt.« Drei große Alben lagen auf ihrem Schoß. »Außer ein paar einzelnen Fotos hat er mir nie welche gezeigt.«

»Warum?« Bisher hatte ich angenommen, dass Abraham Tenenbaum so ziemlich alles mit seiner Enkelin geteilt hatte.

»Die Vergangenheit ist nicht wichtig«, zitierte sie ihn. »Das hat er mir immer gesagt, wenn ich etwas Bestimmtes wissen wollte. *Wir leben im Hier und Jetzt und alles, was wir hinter uns gelassen haben, soll auch dortbleiben.*«

Sie öffnete das erste Fotoalbum. Die typischen hellen Farben, die man mit den Sechzigern verbindet. Fotos mit gewellten Ecken, die noch in Geschäften entwickelt worden waren. Bilder aus einer vergangenen Zeit. *Die Vergangenheit ist nicht wichtig.*

Dafür, dass er das gedacht hatte, hatte er doch sehr viele Fotos besessen, die die Vergangenheit festhielten.

»Sieh mal!«

Still saßen wir nebeneinander und Zoe blätterte behutsam die Seiten um, enthüllte, Foto für Foto, auf Polaroids und gelbstichigen Fotos, die Vergangenheit von Abraham

Tenenbaum. Die meisten Fotos waren Schnappschüsse. Fast alle hatte er ordentlich eingeklebt, einige steckten zwischen den festgeklebten Fotos. Ein Stummfilm aus einzelnen Aufnahmen, in dem die Jahre wie Blätter fielen. An den Rändern der Seiten, neben den Fotos oder darunter, standen kurze Kommentare, die einen Hinweis darauf gaben, wann das Foto gemacht worden war oder wer die Personen auf dem Bild waren. Eine kunterbunte Ansammlung von Namen: Bekannte, Freunde, Kollegen, Menschen, Gesichter, die ein Leben gestreift haben, flüchtig oder nachhaltig, das konnte man allein vom Betrachten der Bilder nicht sagen. Abraham Tenenbaum, der jung ist und fröhlich lacht, mit Frauen in Cafés sitzt oder auf Parkbänken, der Motorrad fährt und dessen Haar die gleiche Farbe hat wie das seiner Enkelin, der ein kluges Gesicht hat, der ein hübsches Mädchen mit einer wilden Hippiefrisur in den Armen hält und, auf einem anderen Foto, küsst.

»Das ist meine Großmutter«, erklärte Zoe. Die Frau auf dem Foto war so schön wie die Schauspielerinnen in alten Schwarz-Weiß-Filmen. »Judith Tenenbaum.« Ein paar Schnappschüsse von der Hochzeit unter einem Baldachin. »Das ist eine *Chuppa«*, sagte Zoe. Die Musik war fast spürbar, der Takt, zu dem sich alle bewegt haben. Abraham Tenenbaum mit *Kippa,* er trägt einen weißen Anzug, Judith Tenenbaum ein einfaches weißes Kleid und einen Schleier, der ihr Gesicht verbirgt. Scherben eines Weinglases, das zertreten wurde. Dann, ein paar Seiten weiter, die Fotos aus dem Krankenhaus, knapp ein Jahr später: Judith und Abraham mit ihrem neugeborenen Baby, beide so stolz und glücklich. Judith Tenenbaum, die erschöpft lächelt. »Das ist mein Dad«, erklärte Zoe. »Ezekiel Napoleon Tenenbaum.«

»Cooler Name.«

»Zeke«, sagte sie, »so will er genannt werden. Großvater nannte ihn immer Ezekiel. Dad hat das gehasst.«

Sie blätterte weiter, weiter und weiter.

Abraham und Judith Tenenbaum am Frühstückstisch, im Garten und irgendwo unterwegs. Abraham beim Lesen eines Buches.

»Er ist in Queens aufgewachsen, Großmutter kam aus New Jersey.«

Lustige Fotos von Familienfesten. Geburtstage, Kaffeekränzchen, Zoes Dad, der, noch ein Baby, auf dem Boden herumkrabbelt. Abraham Tenenbaum mit einem großen Koffer und einer Kamera.

»Das muss die Zeit gewesen sein, als er noch Handelsreisender gewesen ist.«

Als sie am Ende des Albums angekommen war, legte sie es beiseite und schlug das nächste auf.

»Das müssen die Siebzigerjahre gewesen sein.«

Die Schwelle zu seinem neuen Leben. Filmaufnahmen, irgendwo in Brooklyn, eine typische Straße. Ein Stativ mit einer Kamera, hinter der Abraham Tenenbaum posiert; daneben ein Mann mit einem Mikrofon, lässig gegen einen Baum gelehnt. Zwei Darsteller, ein Mann und eine Frau, die auf der Treppe des nahen Hauses sitzen und etwas lesen, das ein Drehbuch sein könnte. Das Gesicht des Mannes sieht man, die Frau hat den Blick gesenkt, sodass man nur ihre Haare erkennt.

»Das ist Clayton Stewart!«, rief Zoe. Er sah wirklich aus wie sein Sohn. »Und das hier muss Olivia Leigh sein.« Daneben standen noch weitere Namen (mit Anmerkungen in Klammern): Speedy (Ton) und Hank *(»Ismael«)*. Es gab jede Menge Bilder von den Dreharbeiten in Brooklyn. Das war alles.

»Sieht aus, als hätten sie viel Spaß gehabt.«

Die Gesichter auf den Fotos sind entspannt. Alle geben sich sehr *künstlerisch* und intellektuell.

Zoe blätterte weiter. Auf den Fotos vergehen die Jahre. Die Mode ändert sich, Schlag auf Schlag, die Gesichter werden älter, ernster, irgendwie weicht die Freude aus ihnen, jene Freude, die ein paar Jahre früher noch so spürbar gewesen ist. Es gibt Bilder aus den Achtziger- und Neunzigerjahren, die das *Rosebud* zeigen, das fast genauso aussieht wie heute. Nur die Plakate an den Wänden lassen vermuten, in welchem Jahr die Aufnahmen gemacht wurde. Weitere Fotos zeigen das Foyer mit Kinobesuchern, Abraham Tenenbaum im engen Vorführraum, damals noch mit einem Monstrum von Abspielgerät.

»Das ist eine Telleranlage, wie man sie früher benutzt hat«, erklärte Zoe. »Dort wurden die Filmrollen eingelegt und der Vorführer musste aufpassen, wann die eine Rolle zu Ende war und er auf die nächste überblenden musste.«

Abraham Tenenbaum war kein junger Mann mehr, aber auf den Fotos, die sein Gesicht zeigten, sah man lebendige, wachsame Augen. Aber irgendetwas ließ ihn traurig wirken, ich wusste aber nicht, was es war. Er sah aus wie jemand, der das, was er erreicht hatte, nicht so richtig genießen konnte.

»Das bin ich!«, rief Zoe, als sie die nächste Seite umgeblättert hatte.

Ein Baby, winzig klein, in Abraham Tenenbaums Arm. Wieder im Krankenhaus. »Das ist Mom.«

Ein stolzer Großvater mit glücklichen Augen. Keine Spur mehr von dem Ausdruck von vorhin. Eine reservierte Großmutter mit kalten Augen und wenig Lachfältchen. »Ein paar Jahre später ist sie gestorben«, sagte Zoe. »Ich hätte sie gern besser kennengelernt.«

Dann wieder Fotos vom Kino und von Filmplakaten. Von alten Männern, die im Park Schach spielen, rauchen, diskutieren, essen. Abraham Tenenbaum, der mit Zoe den Zoo besucht, vor dem Affenhaus, den Elefanten. »Ich habe die Elefanten geliebt«, erinnerte sie sich. »Und die Eichhörnchen.« Dann viele Fotos, die Zoe als Kind zeigen, das langsam älter wird. Am Ende ist sie fast schon das Mädchen, das auf meine Vespa aufgesprungen ist. Sie war schon immer bunt. Hat gerne gelacht.

Irgendwann klappte sie das Album zu und sagte: »Ein ganzes Leben passt hier rein. Verrückt, oder?«

Sie stand auf und legte die Alben dorthin zurück, wo sie sie gefunden hatte. Dann ging sie zum Fenster und schaute nach draußen. »Wie er sich wohl gefühlt hat?« Sie sagte nicht: *an dem Tag, an dem er gestorben ist,* aber ich wusste sofort, dass sie genau das meinte.

Ich stand ebenfalls auf und wollte zu ihr gehen. Da bemerkte ich die graue Box auf dem Boden neben der Kommode, auf der eine leere Blumenvase stand. Es war ein alter Anrufbeantworter. Ein Lämpchen blinkte grün auf, ein regelmäßiger Rhythmus. »Wer hat angerufen?«

Zoe sah es jetzt auch.

Sie kniete sich neben die Box, hob sie hoch. »Keine Ahnung«, sagte sie. »Das Ding hat keine Digitalanzeige. Muss uralt sein.« Es sah aus wie die Geräte aus den Achtzigern, die man manchmal auf Flohmärkten findet. »Großvater hatte kein Smartphone. Nicht mal einen Computer. Das *Rosebud* ist erst online gegangen, als er die neuen Projektoren angeschafft hat und die meisten Filme digital übermittelt wurden.« Sie sah mich an, dann drückte sie auf Wiedergabe.

Als sie ihre eigene Stimme hörte, erschrak sie. Schlagartig wurde mir bewusst, dass dies die Anrufe von Zoe waren, vom Tag, an dem sie ihren Großvater in der Wohnung gefunden hatte. Jetzt zerrissen sie die Stille, aber Zoe ließ das Band laufen.

Ich bin's. Versuche es gleich noch mal.

Wo steckst du?

Hey, so langsam mach ich mir Sorgen. Ruf mich bitte zurück. Zur Sicherheit hinterließ sie ihre Telefonnummer.

Zoe hier!

Abraham Tenenbaum, das gibt Ärger! Es klang noch scherzhaft, aber nicht sehr.

Wenn du nicht ans Telefon gehst, komm ich vorbei.

Ich komm jetzt vorbei.

Großvater? Ich bin im Bus. Vielleicht spinnt dein Telefon nur. Ich hoffe es.

Ich bin unten auf der Straße.

Hörst du die Klingel nicht? Quatsch, was red ich denn hier? Vermutlich ist dein Telefon im Eimer. Akku leer oder so was. Ich habe den Schlüssel dabei. Bin gleich bei dir.

Erschreck dich nicht, wenn ich reinkomme.

Zoe stoppte die Wiedergabe. Sie war ganz bleich geworden. »Das war an dem Tag, als ich ihn gefunden habe.«

Ich nickte nur.

»Beim letzten Anruf war ich schon hier oben. Draußen, vor der Tür. Ich habe angerufen, während ich die letzten Stufen raufgelaufen bin, und dann, vor der Tür, habe ich gehört, dass das Telefon klingelt.« Sie hatte Tränen in den Augen. »Das war der Moment, in dem ich es gewusst habe.« Sie fuchtelte mit der Hand in der Luft herum und versuchte, nicht zu weinen. Was ihr aber nicht gelang. »Ich habe gespürt, dass etwas Schlimmes passiert ist.« Sie starrte die graue Box an. »Ich habe ihn in der Küche gefunden.« Sie deutete in die Richtung. »Er lag einfach auf dem Boden. Auf dem Rücken. Und ...« Dann konnte sie nichts mehr sagen.

Ich ging zu ihr hin, kniete mich neben sie und umarmte sie, bis sie aufhörte zu weinen. Ich flüsterte ihr irgendwas Tröstendes zu, murmelte es leise in ihr Haar.

Sie schüttelte den Kopf. »Tut mir leid, Tom. Ich wollte das nicht. Ich dachte, dass ich das besser hinkriege.«

Das grüne Lämpchen blinkte noch immer.

Zoe bemerkte es, bevor ich etwas sagen konnte.

»Da ist noch eine Nachricht auf dem Gerät.« Sie sah mich fragend an. »Es hat sonst niemand mehr angerufen.« Sie streckte die Hand aus, legte den Finger auf den Knopf für die Wiedergabe.

Zuerst traute sie sich nicht, dann drückte sie ihn.

Abe! Speedy hier. Du wolltest dich doch melden. Eine Männerstimme. Sie klang rauchig, ziemlich alt und aufgeregt. *Was hat Clayton gesagt?* Eine Pause. *Spielt er mit?* Dann legte er auf.

Das Band in der Mini-Kassette lief weiter.

Noch mal ich, Speedy. Melde dich!

Das Band stoppte endgültig. Das grüne Lämpchen erlosch.

Stille.

Wir starrten beide die graue Box an.

»Wer war das?«, fragte ich.

Zoe zuckte die Achseln. Schließlich sagte sie: »Speedy.«

»Speedy?«

»Ja.«

Wir dachten beide dasselbe.

Zoe sprang auf, schnappte sich die Fotoalben und blätterte so lange in dem einen herum, bis sie das Foto gefunden hatte.

»Da, das ist er.« Ein Mann um die dreißig, fotografiert bei den Dreharbeiten zu *Die Geheimnisse von Brooklyn*, irgendwo hier in der Gegend, im Jahr 1976. Dazu der Kommentar: *Speedy (Ton)*. »Speedy, das muss er sein.« Sie war ganz aufgeregt. »Mist, da steht natürlich kein Nachname.«

»Was glaubst du?«

Ich sagte: »Er hat etwas von der Sache gewusst, ganz klar.«

Was hat Clayton gesagt?

»Clayton ist also Clayton Stewart?«

Ich nickte. »Wäre ein zu großer Zufall, wenn er es nicht wäre.«

»Aber was hat das zu bedeuten?«

Mit einem Mal waren wir beide wieder ganz aufgedreht. War das die neue Spur?

»Kennst du jemanden, der Speedy heißt?«

Zoe schüttelte den Kopf.

Wir starrten das Foto an. Speedy war mittlerweile ein alter Mann. Er würde nicht mehr so aussehen wie auf dem Foto.

Ich griff nach meinem Smartphone und ging online. Die Filmdatenbank, imdb. Ich fand den Film und scrollte mich durch die Informationen. »Da steht es!« Ich kam mir echt gerissen vor. *»Speedy Zimmermann.«* Ein weiterer Klick zu Google und die Suche ging weiter.

»Speedy Zimmermann«, murmelte Zoe. »Das ist doch kein Name.«

Die Suchergebnisse führten nur zur imdb zurück. »Mist.« Das war alles. Keine Telefonnummer oder Adresse.

»Nichts«, sagte ich leise.

»Kein Mensch heißt Speedy«, sagte Zoe.

»War einen Versuch wert«, meinte ich.

»Wir wissen nicht mal, wo er lebt. Theoretisch kann er überall leben.« Ich klickte den Namen erneut bei imdb an. »Nichts. Der hat außer diesem einen Film nichts mehr gemacht.«

»Mist«, fluchte Zoe. Sie stand auf und lief im Wohnzimmer herum. »Was wollte er von Großvater?«

»Er hat sich so angehört, als wüsste er Bescheid.«

»Du meinst, Großvater hat ihm etwas von den Filmrollen gesagt?«

Ich zuckte die Achseln. »Und dem Geld? Keine Ahnung.«

»Vielleicht waren die beiden Freunde.«

»Vielleicht wollten sie sich das Geld teilen?«

Zoe starrte mich an. »Wie kommst du denn darauf?«

»Nur so. Ich meine, es könnte doch sein. Sie haben beide an dem Film mitgearbeitet, damals. Dann tauchen plötzlich die Filmrollen wieder auf. Dein Großvater nimmt Kontakt zu Clayton Stewart auf.«

»Er klang aufgeregt«, stellte Zoe fest.

Sie ging zum Anrufbeantworter zurück, spulte das Band ein Stück zurück und ließ die Nachricht erneut abspielen. *Abe! Speedy hier. Du wolltest dich doch melden. Was hat Clayton gesagt? Spielt er mit?* Kurz darauf: *Noch mal ich, Speedy. Melde dich!*

»Er hört sich an wie jemand, der darauf gewartet hat, dass man ihn informiert, wie die Sache weitergeht.«

Sie nickte. »Ja, stimmt.«

Schweigen.

Dann, plötzlich, sagte Zoe: »Komm, lass uns gehen.« Sie schnappte sich ihre Jacke und die Tasche. Sie sah sich ein letztes Mal in der Wohnung um, auch in der Küche. Es war ein erstes Abschiednehmen, hastig und schnell. Vielleicht war das der einzige Weg, wie sie es tun konnte.

Ich folgte ihr nach draußen, wo es mittlerweile schon dämmerte. Es war kühl, wenn die Sonne weg war. Die Straßenlaternen schalteten sich ein.

Wir hatten eine Spur und Zoe Tenenbaum sah aus wie jemand, der entschlossen war, sie zu verfolgen. Und zwar sofort.

7

Es gab keinen anderen Weg. »Ich muss mit Dad reden.« Zoe war nicht gerade wohl bei dem Gedanken, das konnte man ihr ansehen. »Er will eigentlich nichts mehr davon hören, das weiß ich.« Wir saßen im Bus, der uns nach Park Slope brachte. »Er interessiert sich nicht für das Kino. Schon gar nicht, wenn es Probleme gibt. Aber er ist der Einzige, dem die Namen auf den Fotos etwas sagen könnten.« Sie machte ein Gesicht wie jemand, der bald zum Zahnarzt muss.

Der Bus quälte sich langsam durch den Abendverkehr von Red Hook in Richtung Prospect Park. So langsam zeigte die Stadt ihr Nachtgesicht. Die Fahrgäste im Bus beachteten einander nicht, jeder hing seinem eigenen kleinen Leben nach – und das war alles, was die meisten interessierte. *Die Geheimnisse von Brooklyn,* dachte ich. Wie passend für das, was da draußen los war.

»Ich hab dir ja schon erzählt, dass er für das *Rosebud* möglichst schnell einen Käufer finden will. Das Letzte, was er hören will, ist, dass ich irgendwelche Filmrollen suche, weil jemand gedroht hat, das Kino abzufackeln oder so was. Ich muss mir eine andere Geschichte für ihn ausdenken. Normalerweise kann man gut mit ihm reden. Sogar über Dinge, über die er eigentlich nicht reden will.«

»Du willst ihn anlügen?«

Sie warf mir einen tadelnden Blick zu. »Lügst du deine Eltern nie an?«

»So war das nicht gemeint.«

»Wenn man es ehrlich meint und mit guten Absichten tut«, sagte sie, »dann ist es keine richtige Lüge.«

Ich nickte nur.

»Hat Großvater immer gesagt.«

Die Weisheiten des Abraham Tenenbaum, dachte ich. Auch ein guter Titel.

»Was, glaubst du, hat Speedy Zimmermann mit alldem zu tun?«, fragte ich.

Sie zuckte die Achseln. »Vielleicht waren sie nur gute Freunde.«

»Ja, gute alte Freunde.«

Zoe zögerte kurz. Dann sagte sie leise: »Eigentlich hat Großvater nie viele Freunde gehabt. Er hatte das *Rosebud.* Das war alles.« Ein Lächeln. »Na ja, und mich hatte er auch noch.«

Wir saßen nebeneinander in dem muffigen Bus und sahen unsere Spiegelbilder im Fensterglas an. Sie sahen durchsichtig aus, hinter ihnen schwebten Geschäfte und Autos durch die Dämmerung. Eine Welt, die so weit entfernt war wie ein anderer Planet und doch so nah, dass man sie greifen konnte.

»Tom?«

Mein Spiegelbild sah ihres an.

»Hast du viele Freunde?«

Die Frage überraschte mich ein wenig.

»Ich meine …« Sie hielt inne. »Okay, das klingt jetzt sehr schräg.«

»Nein«, sagte ich schnell. »Eigentlich nicht.«

Schweigen.

»Und?«

Ich räusperte mich kurz, rutschte auf dem Sitz hin und her. »Hier in New York gibt es Quentin«, begann ich, »meinen Nachbarn.« Das, was Quentin war, kam einem Freund zumindest nahe. »Wir quatschen oft, abends. Im Treppenhaus. Trinken ein Bier und so.« Eigentlich war er eher ein Nachbar, wenn auch einer, den ich gut kannte.

»Und sonst?«

Ich dachte an Rockport und beschloss, Rockport zu vergessen. »Bridget. Ihr gehört das Diner, in dem ich arbeite. Dann ist da noch Ben Shtynegart, auch ein Student, der mehr arbeitet als studiert.« Wenn man darüber nachdenkt, kann einem das Leben auf einmal seltsam klein vorkommen. »Das sind die Leute, mit denen ich in Brooklyn zu tun habe.« Okay, das klang dämlich. »Ich meine«, fügte ich entschuldigend dazu, »die meiste Zeit über arbeite ich und den Rest der Zeit verbringe ich damit, irgendwie nichts Bestimmtes zu tun.«

»Das glaube ich nicht.«

»Wie meinst du das?«

»Du siehst nicht aus wie jemand, der nie irgendwas Bestimmtes tut.«

Ich zögerte. Ein paar Reihen vor uns saß ein altes Ehepaar, alle anderen Fahrgäste gehörten nicht zueinander. »Na ja, etwas tue ich schon. Wenn ich es dir sage, lachst du bestimmt.«

»Ich lache gern.«

»Nein, ernsthaft.

»Komm, sag schon.« Sie gab mir einen Stups von der Seite.

»Es ist mir peinlich.«

»Komm schon.« Sie drehte sich zu mir. »Jetzt wird es ja richtig interessant.«

»Nein, ernsthaft.«

»Das sagst du schon zum zweiten Mal.«

»Oh.«

Sie starrte mich an. Fixierte mich. »Ist dir das unangenehm?«

»Nein.«

»Gut.«

Sie starrte weiter. »Ich glotze dich so an, bis du es mir sagst.«

»Okay«, sagte ich und seufzte, wartete aber noch einen Moment ab.

Sie starrte mich weiter an. Eigentlich hätte sie das stundenlang tun können.

»Ich schreibe manchmal.«

Jetzt war sie diejenige, die »Oh« sagte. Überrascht und neugierig.

»Aber es ist nicht gut.«

»Das sagen alle, die gut sind.«

»Ich nicht. Ich bin nicht gut.«

»Was schreibst du?«

»Gedichte.«

Sie sagte wieder: »Oh!« Diesmal klang es begeistert.

»Ja, das ist alles.« Ich fragte mich plötzlich, was die anderen Leute, die mit uns im Bus saßen, wohl so machten.

Darüber konnte man Gedichte schreiben. Schlaglichter, Momente, Gedanken.

Aber eigentlich interessierte mich nur Zoe.

Da war ein Funkeln in ihren Augen. »Du siehst nicht aus wie jemand, der Gedichte schreibt.«

»Niemand, der Gedichte schreibt, sieht aus wie jemand, der Gedichte schreibt«, sagte ich. Vielleicht bildete ich mir das Funkeln auch nur ein.

»Wer ist dein Vorbild?«, wollte sie wissen.

»Leonard Cohen, Bruce Springsteen«, antwortete ich. »Und natürlich Bob Dylan.«

»Die singen.«

»Sie singen Gedichte.«

Sie lachte. »Kein Lehrer in der Highschool würde das so sehen.«

»Deswegen hab ich die Highschool gehasst.«

Sie ließ nicht locker. »Zeigst du die Gedichte jemandem?«

Ich wartete einen Moment, bis ich sagte: »Nein, niemandem.«

Sie nickte.

»Normalerweise erzähle ich nicht mal jemandem, *dass* ich welche schreibe.«

Ein Lächeln. Zoe sah mir direkt in die Augen. Es kam mir vor, als sei sie so nah bei mir wie nie zuvor.

Ich starrte sie an, schluckte. »Wie sieht's bei dir aus?«

»Womit?«

»Mit Freunden. Ich meine, du kümmerst dich um das Kino. Arbeitest einmal in der Woche in der Gärtnerei.«

»Meine liebste Freundin«, sagte sie, »ist nach der Highschool für ein Jahr nach Europa gegangen. Kelly kommt im Frühjahr zurück.« Sie biss sich auf die Lippe, neigte den Kopf ein wenig zur Seite. »Vielleicht lernst du sie dann kennen.«

Ich nickte schnell, weil ich nicht wollte, dass das *Vielleicht* zu groß werden würde. Anstatt *Vielleicht* hätte sie auch sagen können: *Wenn du dann noch da bist, lernst du sie kennen.* Und dann? *Willst du denn, dass ich dann noch da bin?*, hätte ich fragen können (wenn sie die Frage gestellt hätte). Stattdessen fragte ich nur: »Und jetzt?«

»Jetzt kümmere ich mich um das Kino.«

Sie schaute nach draußen, ich auch. »Wenn ich ausgehen will«, sagte Zoe schließlich, »dann ist da immer jemand, der mitkommt. Kein Problem. Ich kenne viele Leute, aber das sind keine Freunde. Das ist wie Facebook. Nur Leute, die man kennt. Wie viele von denen, die du kennst, kennen dich?«

Ich verstand, wie sie das meinte. »Bridget, vielleicht. Bridget ist im gleichen Alter wie meine Mom, aber ganz anders.«

Auf einmal musste Zoe lachen.

»Was ist? Habe ich was Komisches gesagt?«

»Nein, es ist nur ... ich meine, wir sitzen hier im Bus und erzählen uns unser Leben.«

»Ja.«

»Vielleicht schreibst du mal ein Gedicht darüber.«

»Ja vielleicht.« Noch ein großes *Vielleicht,* das ich auch durch ein *Bestimmt* hätte ersetzen können.

»Vielleicht schreibst du mal ein Gedicht über *mich?* Und das Kino?«

»Ja vielleicht.«

Bestimmt!

Sie sah mich wieder so an. Eindringlich.

»Weißt du, was?« Sie kicherte leise.

Ich war verunsichert.

»Du bekommst rote Ohren, wenn du verlegen bist.«

»Ich bin nicht verlegen«, verteidigte ich mich.

»Es ist nicht kalt. Und du hast rote Ohren.« Sie berührte das eine Ohr. »Hier«, sagte sie. Dann berührte sie das andere Ohr. Sanft. »Und hier.« Sie zog die Hand zurück. »Ich mag deine Ohren.«

Ich starrte sie an. Verlegen? Na ja, ein bisschen vielleicht. »Ich habe meine Ohren noch nie gemocht.«

»Weil sie leicht abstehen?«

Ich rollte mit den Augen, zog ein Gesicht.

Zoe richtete den Blick nach vorne. »Wir sitzen gemeinsam im Bus und reden über deine Ohren.« Sie musste lachen. Es klang wie ein Lied. »Das ist verrückt. Wenn wir in einem Film wären, würde man dieses Gespräch bestimmt rausschneiden, weil es so abgefahren ist.«

»Wir sind aber nicht in einem Film«, stellte ich fest.

Zoe nickte. »Die nächste Haltestelle«, sagte sie. »Da steigen wir aus.«

Ein paar Sekunden später fuhr der Bus rechts ran und wir sprangen raus.

»Da drüben ist der Park«, sagte sie. »Großvater hat sich oft im Prospect Park mit anderen älteren Männern getroffen. Sie haben Schach gespielt oder einfach nur geredet.« Sie lachte. »Na ja, meistens haben sie geschimpft.«

»Geschimpft?«

»Über alles Mögliche. Alte Männer schimpfen anscheinend gerne.«

»Früher war alles besser.«

»Genau.«

In der Straße, die wir entlanggingen, war es angenehm ruhig. Hinter den Fenstern brannten Lichter, hier und da kehrte jemand die Blätter vom Gehweg. Ein Jogger mit Leuchtbändern an den Füßen. Ein Spaziergänger mit Kopfhörer. Eichhörnchen, die davonsprangen. Eine mürrische Katze, die unter einem parkenden Auto saß und uns beobachtete.

»Warum haben er und dein Dad Krach gehabt?«

»Sie haben nicht wirklich Krach gehabt. Sie haben nur nicht mehr miteinander geredet.«

»Einfach so?«

»Das war schon immer so. Wenn einer was gesagt hat, war der andere direkt sauer.«

»Das kenne ich.«

»Ist dein Dad auch so?«

»Manchmal.«

»Und?«

»Ich hab ihn trotzdem gern.«

Ich erzählte ihr von unserer Pension am Meer, die wir leider aufgeben mussten, und von dem Job, den mein Dad jetzt machte.

»Das Leben kann doof sein«, sagte Zoe.

»Ja.«

Ein Mann ging mit seinem Hund Gassi.

»Menschen mit Hunden sind oft misstrauisch«, sagte Zoe nur.

Wir sahen dem Mann hinterher. Er flüsterte dem Hund, einem Foxterrier, etwas zu.

»Der da ist es in jedem Fall.«

Dann erreichten wir das Haus der Tenenbaums. Drinnen brannte warmes Licht. Es sah gemütlich aus.

Ich begleitete Zoe bis zur Treppe.

»Danke, dass du mich hergebracht hast«, sagte sie.

»Aber gerne doch«, meinte ich.

Plötzlich ging die Tür auf und Zoes Vater stand dort, eine pralle Mülltüte in der Hand. Sein Blick fiel auf Zoe, dann auf mich. Und wieder auf seine Tochter. »Zoe!« Er klang überrascht.

»Hey«, sagte Zoe. »Ich bin wieder da.«

Zeke Tenenbaum schaute an Zoe vorbei und musterte mich argwöhnisch mit dem Blick eines Vaters, dessen Tochter ein neues Gesicht mit nach Hause bringt. Er sah aus wie ein Schriftsteller, der für ein Foto bei *McSweeney's* posiert. Geblümtes Hemd, Jeans, Brille, Bart. Die Augen waren wie die von Zoe, unverkennbar.

»Tom Balfour«, stellte ich mich höflich vor. »Hallo.«

Er lief die Treppe hinunter auf mich zu. Irgendwie kam er mir ähnlich bunt vor wie seine Tochter.

Wir gaben uns die Hand. Sein Händedruck war kräftig, aber nicht unangenehm, abwartend, nicht wertend.

»Hallo«, sagte er. Seine Stimme war ruhig und freundlich. Neugierig? Mit Sicherheit!

Ich fühlte mich sofort ein bisschen unwohl. *Beobachtet.* Aber so fühlt man sich, wenn man zum ersten Mal die Eltern eines Mädchens wie Zoe kennenlernt.

»Tom hat mich nur nach Hause gebracht«, sagte sie. Das

war alles. Keine weitere Erklärung. *Ich habe ihn kennengelernt, als ich auf seinen Roller aufgesprungen bin. Du weißt schon, ich bin dem Typen hinterhergelaufen, der ins Kino eingebrochen ist. Wir haben ihn verfolgt und jetzt stecken wir bis über beide Ohren in einer komischen Geschichte, so mit Geldforderung und verlorenen Filmkopien.* Ich hätte sein Gesicht gerne gesehen, wenn sie ihm genau das gesagt hätte. »Wir kennen uns schon länger.« Das sollte wohl als Erklärung ausreichen.

Zeke Tenenbaum, der ein bisschen aussah wie Abraham Tenenbaum auf den alten Fotos, nur mit Bart, wartete ab und hörte nicht auf, mich zu mustern. Er gab sich Mühe, dies nicht zu offensichtlich zu tun. »Mom ist noch unterwegs«, sagte er.

»Sie gibt Unterricht«, erklärte Zoe.

Wir standen auf der Treppe herum und niemand sagte etwas.

»Ähm, ich geh dann mal«, meinte ich schließlich.

»Wenn ihr wollt, könnt ihr etwas essen. Es ist noch Pizza da.«

»Mamas Pizza?«

»Die Reste von Mamas Pizza.« Er sah mich an und lächelte freundlich. »Aber genug für zwei.«

»Ich will keine Umstände machen.«

»Papperlapapp«, sagte er wie jemand, der spontanen Besuch gewöhnt ist und sich nicht den Kopf darüber zerbricht, ob die Wohnung aufgeräumt genug ist, um Besucher zu empfangen.

Dann brachte er den Müll zur Tonne und Zoe gab mir zu verstehen, mit ins Haus zu kommen.

»Dad ist eigentlich ganz locker«, sagte sie, als wir die Jacken an die Haken im Flur hängten. »Er mag Menschen. Hier sind oft Kollegen von ihm zu Besuch oder Freundinnen von Mom. Fühlst du dich unwohl?«

»Nein … na ja, vielleicht ein bisschen.«

»Du siehst nicht so aus.« Sie grinste. »Keine roten Ohren«, stellte sie fest. Dann lief sie rüber in die Küche.

Ich folgte ihr und ließ die Eindrücke auf mich wirken. Eine kleine Diele, auf dem Boden, neben der Treppe, standen Paare von Schuhen. Ein Spiegel, in dem ich meine Ohren überprüfen konnte. Es war warm und so gemütlich, wie es von draußen den Anschein erweckt hatte. An den Wänden im Flur und in den Zimmern hingen viele gerahmte Bilder, alte Fotos und Kunstdrucke. Die Möbel waren hell und schlicht. Auf den Holzböden lagen dicke Teppiche, die die Schritte dämpften. Im Wohnzimmer ein Klavier und viele Grünpflanzen, in der Küche die Spüle voller Geschirr. Ein großes Bücherregal, ein kleiner Fernseher, jede Menge Vinyls, ein alter Plattenspieler. Alles wirkte *benutzt,* so, wie Dinge in einer Wohnung, in der jemand *lebt*. Es gibt viele Wohnungen, die so aussehen, als würde dort niemand leben. Alles ist ordentlich, sauber, irgendwie steril. Das Haus der Tenenbaums war nichts von dem. Auf dem Klavier lagen Notenblätter, auf dem Tisch im Wohnzimmer Zeitschriften und ein Buch, dazwischen standen benutzte Tassen und ein Teller mit Kuchenkrümeln darauf. Die Küche passte zur Wohnung: groß, viel Holz, schlichte Anrichten, ein Tisch mit vier Stühlen, darauf ein geöffneter Laptop, eine Tasse mit noch heißem Tee, daneben eine Zeitschrift, die irgendwas mit Silicon

Valley zu tun hatte. Auf den Anrichten standen Schalen mit Obst, ein paar benutzte Teller, Brot und Marmelade. Die Kühlschranktür ein Sammelsurium aus Zetteln, Kassenbelegen und Buttons.

Zoe schloss gerade den Backofen und machte die Pizza warm. »Wir haben keine Mikrowelle«, sagte sie. »Wir machen alles im Backofen. Mom meint immer, dass nur Leute, die hetzen müssen, sich eine Mikrowelle anschaffen. Deswegen, sagt sie, machen Mikrowellen krank. Sie verleiten einen dazu, hektisch zu werden.«

Auch in der Küche hingen Bilder an den Wänden. Zoe, ihre Eltern, ihre Großeltern, ein Hund. Momentaufnahmen aus einer Familie, lose gesammelt.

Zeke Tenenbaum kam in die Küche und schnappte sich den Laptop, der auf dem Küchentisch stand. »Arbeit, Arbeit«, war alles, was er dazu sagte. Es schien okay für ihn zu sein, dass ich hier war.

Ich fragte mich plötzlich, ob das öfter vorkam. Dass Zoe jemanden mit nach Hause brachte. Natürlich hoffte ich insgeheim, dass nur Kelly, ihre gute Freundin, hier ein und aus ging. Zoe sah umwerfend aus und war bestimmt mehr als nur begehrt gewesen in der Highschool. Andererseits ließ das Verhalten ihres Vaters nicht darauf schließen, dass sie gerade oder erst vor Kurzem einen Freund gehabt hatte. Bisher hatte ich einfach still und leise unterstellt, dass es da niemanden gab. Wäre es so, dann würde er sich ja wohl um seine Freundin kümmern. Nein, es gab keinen Freund.

»Die Spülmaschine ist kaputt«, entschuldigte Zeke Tenenbaum das Chaos in der Küche. »Wir sind noch nicht dazu gekommen aufzuräumen.« Er zwinkerte seiner

Tochter zu. »Eigentlich wollten wir warten, bis du nach Hause kommst.«

»Wie witzig«, kommentierte Zoe.

»Wir können später den Abwasch machen.« Die Gelegenheit, mich etwas nützlich machen zu können, vertrieb ein wenig das schlechte Gewissen, hier zu sein.

Zeke Tenenbaum sah mich an und grinste. »Du musst das nicht tun. Ich meine, es ist gut, wenn du es tust, weil es dann keiner von uns machen muss. Aber du musst es nicht tun, um einen guten Eindruck zu machen.«

»Er macht Witze«, meinte Zoe.

»Ach ja?«

»Ja«, sagte Zoe.

»Das behauptet sie einfach so«, sagte Zeke Tenenbaum.

»Nein, es ist wirklich kein Problem.« Ich erzählte vom Diner und der Pension in Rockport, und während wir die Reste der Pizza von Zoes Mom aßen und anschließend den Abwasch erledigten, führten wir angenehmen Small Talk. Zoes Vater kochte Tee und bat uns, uns noch kurz mit ihm an den Tisch zu setzen. Das alles war sehr locker und nett.

Und irgendwann beschloss Zoe, den Vorstoß zu wagen.

»Ich habe da eine Frage«, begann sie. »Und versprich mir, dass du nicht ausflippst.«

Ihr Vater sah mich mit einem Blick an, der so was wie *Keine Ahnung, warum sie das sagt, ich flippe nie aus* signalisierte.

»Wir waren in der Wohnung.«

Er nickte wortlos. Sofort änderte sich seine Stimmung. Er wirkte auf einmal still und verhalten, wie jemand, der sich in die Enge gedrängt fühlt.

»Tom ist mitgekommen, weil ich es allein nicht geschafft hätte.«

Zeke Tenenbaum nickte nur. »Die Wohnung wird in zwei Wochen aufgelöst«, war alles, was er dazu sagte. Er fragte gar nicht erst, *warum* sie dort gewesen war.

»Ich habe etwas gesucht.«

Er seufzte, sagte aber nichts.

»Ich glaube, dass Großvater die Kopie eines alten Films gehabt hat.«

Ein erneuter Seufzer.

»Erinnerst du dich an den Mann, der hier war?«

»Der ist wieder gegangen.«

»Er ist danach noch im Kino gewesen.«

Zoe zögerte.

Es war unverkennbar, dass Zeke Tenenbaum das Kino nicht mochte. Warum, war mir nicht klar. Er schwieg und schlürfte seinen Tee.

»Ich habe gehofft, die Filmrollen in der Wohnung zu finden.«

»Dieser ganze Filmkram interessiert mich nicht«, sagte er.

»Ich weiß, aber du kannst mir vielleicht trotzdem helfen.«

Er stellte die Tasse vor sich, drehte sie hin und her.

»Der Mann, der ins Kino gekommen ist, ist der Sohn eines Schauspielers, den Großvater aus den Siebzigerjahren kennt. Na ja, und der ist scharf auf den Film.« Sie tischte eine Geschichte auf, die wahr und falsch zugleich war. Es ging um *Die Geheimnisse von Brooklyn,* aber der Mann hatte ihr in ihrer Version der Geschichte nicht gedroht und es war auch nicht von Geld die Rede. Es ging nur darum, die Filmrollen zu finden, weil sie für den Mann eine wertvolle Erinnerung wären. »Wenn das Kino verkauft wird«, sagte Zoe, »dann ist das alles futsch. Warum sollen wir dem Mann denn dann nicht den Film geben? Ob er ihn uns abkauft, weiß ich nicht. Na ja, ich denke schon, dass er das macht.« Das war der gelogene Teil der Geschichte. »Jedenfalls haben wir die Filmrollen gesucht. Ich dachte, dass ich sie bei Großvater in der Wohnung finden würde.«

Schweigen, diesmal länger.

»Wir haben ein Fotoalbum gefunden mit ein paar Namen. Einer der Männer hat bei Großvater angerufen.« Sie berichtete vom Anrufbeantworter und dem Fotoalbum. »Der eine Name lautet Speedy Zimmermann, der andere Hank. Oder Ismael.«

Plötzlich musste Zeke Tenenbaum lächeln. Es war wie ein natürlicher Reflex, weil er den Namen, den sie ihm gerade genannt hatte, kannte. »Speedy Zimmermann«, sagte er, »kenne ich nicht.«

»Und der andere?«

Zeke Tenenbaum fragte sie: »Kennst du Hank Williams?«

Sie schüttelte den Kopf.

»Hat Country gesungen. Früher. Sah ein bisschen aus wie Tom Hiddleston.«

Zoe grinste. »Na, den kenn ich.«

»Onkel Hank, so habe ich ihn immer genannt. Obwohl er weder mein Onkel noch Hank sein richtiger Name war«, sagte Zeke Tenenbaum. »Er hat wohl viel Hank Williams gehört und Cowboyhüte gemocht, deswegen der Spitzname. Er ist früher oft im Kino vorbeigekommen, ein paar Mal bei uns zu Hause. Soweit ich weiß, haben Abe und er sich oft drüben im Park getroffen, um Schach zu spielen. Sein richtiger Name ist Alfred Parker. Das letzte Mal habe ich ihn bei der Beerdigung gesehen.«

»Warum Ismael?«, fragte Zoe.

»Mein Vater hat früher mal beim Film gearbeitet«, sagte Zeke Tenenbaum an mich gerichtet. »Du kennst die Geschichte wahrscheinlich. Zoe ist ganz begeistert von all dem Zeug. Und dem Kino.« Er seufzte. »Das Ganze ist jedenfalls nicht besonders erfolgreich gewesen, aber irgendwie ist Abe danach auf die Idee gekommen, das Kino zu kaufen.« Er nippte noch einmal am Tee, starrte gedankenverloren aus dem Fenster, bevor er die Tasse wieder abstellte. »Alfred Parker«, sagte er, »war der Kleinste in dem Filmteam. Der Jüngste. Deswegen Ismael. Wie der Erzähler in Moby Dick, der noch unerfahren ist und auf der Pequod anheuert.«

»Dann ist es doch nur wahrscheinlich, dass Hank«, sie verbesserte sich, »ich meine Alfred Parker, weiß, wer Speedy Zimmermann ist.«

Zeke Tenenbaum zuckte die Achseln. »Möglich.«

»Weißt du, wo er wohnt?«

»Zoe Ida Tenenbaum!« Seine Stimme wurde die eines argwöhnischen Vaters.

»So nennt er mich immer, wenn er streng sein will.«

»Es wäre gut, wenn du dich da raushältst!«, riet er ihr.

»Wo soll ich mich raushalten?« Sie wirkte auf einmal trotzig.

»Aus allem, was mit diesem Kram zu tun hat.«

»Aber das hier ist wichtig.«

Mit einem Mal wurde er lauter: »Einen Scheiß ist es!« Er sah mich an. »Entschuldige die harten Worte.« Wieder Zoe zugewandt: »Das sind seltsame Typen. Onkel Hank war okay, irgendwie nett, aber trotzdem unheimlich. Okay, ich war noch klein, aber ich kann mich gut an ihn erinnern. Er kam im Kino vorbei und trank einen Kaffee, und wenn die beiden redeten, dann hatte ich immer den Eindruck, dass sie etwas zu verbergen haben. Sie tuschelten, so, als *hätten* sie etwas zu verbergen. Keine Ahnung, warum. Wie Leute, die ein Geheimnis teilen. Ein dunkles Geheimnis, eins, das nicht schön ist. Es war etwas Unangenehmes zwischen ihnen.« Er seufzte tief. »Ich verstehe bis heute nicht, was da genau passiert ist. Dein Großvater hatte Geheimnisse. Ich habe es immer gespürt. Deine Großmutter hat es auch gespürt. Und irgendwie habe ich immer geglaubt, dass diese Geheimniskrämerei etwas mit diesen Filmleuten zu tun haben muss.« Er drehte wieder die Tasse hin und her und sah Zoe resigniert und rastlos an. »Deswegen möchte ich nicht, dass du das machst. Diese Leute sind seltsam.«

»Ich bin alt genug, Dad.«

»Du bist meine Tochter. Lass die Finger von der Sache. Da ist irgendwas faul.«

»Ich suche nur die Filmrollen.«

»Ich würde es dir verbieten, aber dann tust du heimlich, was du tun willst.«

Wenige Erwachsene, dachte ich, akzeptieren die Spielregeln so, wie er.

»Du musst dir keine Gedanken machen«, beschwichtigte ihn Zoe. »Was soll schon passieren?«

»Abraham hatte manchmal mit seltsamen Leuten zu tun«, sagte er wieder.

»Du hast ihn nicht gemocht.«

Zeke Tenenbaum hielt inne.

Mir war es unangenehm, Zeuge dieses Gesprächs zu sein.

»Ich muss los«, sagte ich. Das war wohl der höflichste Weg, sich aus der Affäre zu ziehen.

»Siehst du, du bringst deinen Freund in Verlegenheit.«

Ich machte ein ratloses Gesicht.

»Dein Großvater«, sagte Zeke Tenenbaum, »war ein guter Großvater. Aber, glaub mir, als Vater war er ganz anders. Hast du dich jemals gefragt, woher er das Geld hatte, um das Kino zu kaufen? Ich habe mich das oft gefragt. Aber ich habe nie eine Antwort erhalten.«

»Was hat das mit den Typen zu tun?«

Er zuckte die Achseln. »Vielleicht nichts. Vielleicht doch.«

»Weißt du, wo Alfred Parker wohnt?«

»Wie schon gesagt«, seufzte er, »ich würde dir am liebsten verbieten, das zu tun, was du vorhast.«

»Das kannst du nicht!«

»Ja, ich weiß. Ich kann es nicht. Aber ich *bitte* dich.«

»Es ist wichtig«, flehte sie. »Es ist *mir* wichtig.«

Er senkte den Blick, atmete tief durch, wendete sich mir zu. »Begleitest du sie?«

Ich nickte. »Wir wollen ihm nur eine Frage stellen.«

Zeke Tenenbaum gab sich geschlagen. »Du und dein Großvater.« Es klang fast nett, so, wie er das sagte. Aber auch bedauernd. Man konnte ihm ansehen, dass es manchmal nicht leicht war, erwachsen zu sein.

Kurz darauf machte ich mich dann auf den Weg nach Hause. Zoe brachte mich bis vor die Tür. »Wir sehen uns morgen«, sagte ich.

Sie sah mir in die Augen, länger als ein Augenblick. Dann kam sie auf mich zu, berührte meine Ohren, legte ihre Hände darauf. Ihr Gesicht war plötzlich ganz nah, ihr Atem roch nach Früchtetee. Ihre Lippen waren weich, als sie meine küssten. Dann war es vorbei und sie stand glücklich vor mir.

»Überleg es dir morgen bloß nicht anders«, sagte ich nur.

Zoe Tenenbaum stand da, lächelte. Sie wippte leicht hin und her wie eine Tänzerin, fröhlich beschwingt, vergrub ihre Hände in den Hosentaschen und hörte nicht auf zu lächeln. Dann drehte sie sich um und lief ins Haus. Ich sah ihr hinterher, auf den Lippen noch immer der Kuss. Dann machte ich mich auf den Weg nach Hause. Dass ich Zoe schon jetzt vermisste, war klar. Dass ich mich fühlte, als müsste ich tanzen, wohl auch.

8

Zu behaupten, ich hätte ruhig geschlafen, wäre eine glatte Lüge. Als ich zu Hause in der Amity Street ankam, wusste ich schon gar nicht mehr, wo mir der Kopf stand. Wie ein Lied begleitete mich ihr Name bei allem, woran ich dachte. Quentin, der mir kurz im Treppenhaus über den Weg lief, fiel mein beschwingter Gang auf, aber ich verkniff mir jede Bemerkung.

Zoe Tenenbaum! Ich wusste nicht, ob ich sie anrufen sollte oder nicht. Eine SMS? Irgendein blödes Emoji? Nein, das wäre dämlich. Stattdessen griff ich mir ein Blatt Papier und schrieb ein Gedicht, das ziemlich schlecht war und viel zu uncool, um es irgendwem zu zeigen, also wanderte es in den Papierkorb. Ich machte ein paar Liegestütze, duschte, klickte mich durch YouTube, schaute bei Netflix vorbei, aber nur kurz, suchte bei Google und Wikipedia nach dem Film *Die Geheimnisse von Brooklyn,* fand aber nichts außer einer sehr dürftigen Inhaltsangabe, die mich nicht sonderlich interessierte (nichts, was imdb uns nicht auch schon mitgeteilt hatte). Zurück also zu ein paar Musikvideos, in deren Stimmung ich baden konnte, alle zwischen tanzbar und romantisch. Zoe Tenenbaum! Ich fragte mich, wohin uns das alles führen würde. Die Filmrollen, das Geld, all diese komischen Zufälle.

Ich hörte *Girl in Amber* und *Magneto* von Nick Cave, bei *Jesus Alone* schlief ich dann endlich ein.

Irgendwann wurde ich wach und sah, dass Zoe ein Foto geschickt hatte: ein Fuchs, gezeichnet, mit großen Ohren. Ich musste lächeln, still und müde; es war fast Mitternacht. Ich machte ein Foto von der Nacht und den Lichtern vor meinem Fenster und schrieb darunter *Du, überall.* Dann sendete ich das Foto, steckte das Smartphone ans Kabel und schlief wieder ein.

Das nächste Mal wachte ich erst am Morgen wieder auf. Ob ich geträumt hatte, konnte ich nicht sagen. Ich träume oft, aber ich kann mich nie an die Träume erinnern. Wenn ich träume, dann meistens davon zu fallen. Zoe schien mir jemand zu sein, der eher vom Fliegen träumt.

Ich schlürfte Kaffee, wankte müde in der Wohnung herum, zog meine Klamotten an. Die Sonne schien, ein Herbsttag wie aus dem Bilderbuch. Unten auf der Straße fuhr ein Müllwagen vorbei und machte Krach, die Autos hupten, dann war es wieder ruhig. Quentin rumorte draußen im Korridor herum, dann knallte eine Tür, Quentin war aus dem Haus. Ich hörte ein lautes, stetiges Hämmern, das nur von Mrs Green ein Stockwerk unter mir stammen konnte, die fast jeden Tag auf diese Weise ihre Heizung entkalkte. Sie glaubte fest daran, dass kurze, feste Schläge gegen das Ventil den Kalk lösten und die Heizung so besser arbeitete, wenn es mal richtig kalt wurde (außerdem wurde sie nicht müde, mir zu sagen, dass ich das Gleiche tun sollte – was dazu führte, dass auch ich regelmäßig mit dem Hammer gegen die Heizung schlug, allerdings nur, um Mrs Green, die ja immerhin meine Vermieterin war, zu beruhigen).

Unterwegs zum *Thunderbird* rief ich kurz in Rockport an. Mir war aufgefallen, dass ich mich, seitdem ich Zoe kannte, nicht mehr bei meinen Eltern gemeldet hatte.

»Du hörst dich müde an«, sagte Mom. Sie stellte immer fest, dass ich mich müde anhörte (wenn sie mich sah, dann bemerkte sie meistens, dass ich auch müde aussah).

»Es ist früh.«

»Neun Uhr?«

»Das ist New York«, sagte ich.

Dann, während ich die Straße entlanglief, erzählte sie von Leuten, die in Rockport gestorben waren, und von Leuten, die in Rockport krank geworden waren. Mom hatte einen Hang dazu, über Unglücke zu sprechen. Autounfälle, Verletzungen, Scheidungen, so ein Zeug eben. Das, was sie als Nächstes sagte, passte dazu. »Claire hat nach dir gefragt.«

Ich blieb stehen, sagte nichts.

»Sie hat mit deinem Dad gesprochen.«

Ich rang mir ein halbherziges »Schön« ab.

»Er hat sie an der Tankstelle gesehen. Sie hat getankt.«

Was sonst?

»Fährt sie noch immer den roten SUV?« Die McAllisters waren eine der Familien in Rockport, die Geld hatten.

»Jetzt sei doch nicht so«, sagte Mom.

»Wie denn?«

»Sarkastisch.«

»Ich bin nicht sarkastisch.« Das Letzte, das ich tun wollte, war, mit Mom über Claire McAllister zu reden.

»Du könntest dich doch mal bei ihr melden.«

Kein Kommentar.

»Ich glaube, sie mag dich immer noch.«

Das Gespräch ging eindeutig in die falsche Richtung. »Wie läuft es sonst so?« Das, was folgte, war Small Talk. Ein Sammelsurium von Dies und Das aus Rockport, nichts davon wichtig, alles weit weg.

»Pass auf dich auf«, sagte Mom zum Abschied. Ich antwortete: »Ja, mach ich.« Dass es Mom gefallen würde, mich wieder in Rockport zu wissen, stand außer Frage. Sie war nie müde geworden, mir vor Augen zu halten, dass eine Ausbildung bestimmt nicht der schlechteste Weg wäre, um sein Leben zu starten. Ich seufzte, stellte mir Dad an der Tankstelle vor, wie er mit Claire redet. Manchmal holen einen die Geister von früher genau dann ein, wenn man sie gerade vergessen hat.

Egal, ich war hier und Rockport existierte in einer anderen Welt. *Die Küste rauf,* wie man in Maine sagt, war nicht mehr um die Ecke, sondern Lichtjahre entfernt. Mein Leben fand jetzt woanders statt.

Hier.

Genau vor mir.

Ich erreichte das *Thunderbird* und die nächsten Stunden waren Routine, aber ich musste die ganze Zeit an Zoe denken.

»Die Sonne scheint heller, wenn man sich so fühlt«, sagte Bridget.

»Was meinst du?«

»Du bist verknallt.«

Ich dachte an die roten Ohren, die Zoe aufgefallen waren. »Wie kommst du denn darauf?«

Bridget musterte mich *mit diesem Blick,* den jemand hat,

wenn er einen ganz genau durchschaut. »Du kehrst den Boden schneller als sonst.« Sie grinste. »Und das ist nur eine Sache, die mir aufgefallen ist.«

»Irgendwie fühle ich mich jetzt beobachtet.«

Sie wendete sich wieder den Pancakes zu und pfiff fröhlich vor sich hin.

Manchmal gibt es diese Augenblicke, die einem zeigen, dass man genau das Leben lebt, das man sich ausgesucht hat. Dies hier war so einer. Alles, was war, schien einfach nur richtig zu sein. Die Sonne scheint wirklich heller, wenn man sich so fühlt.

Nach der Schicht fuhr ich mit der Subway zum Prospect Park. Die Gärtnerei, in der Zoe arbeitete, befindet sich ganz in der Nähe des Parks, in der 10th Street. Sie heißt *The Flower Worker*, mit verspielten Buchstaben, die wie Blumen aussehen. Wie alle Läden in der Gegend ist die Gärtnerei nicht sehr groß, aber mit den Bänken und Tongefäßen, aus denen Grünpflanzen aller Art wuchern, wirkt sie wie eine gemütliche Oase. Es riecht nach Blumen und Erde, irgendwo plätschert Wasser in einem Brunnen, Musik im Hintergrund, Easy Listening. Es gibt auch Bücher, über Gartengestaltung und Pflanzen und Blumen, außerdem ein paar über östliche Philosophie. Dass Zoe Tenenbaum hier arbeitet, passt. Der Laden ist bunt wie sie.

»Tom«, begrüßte sie mich. Es war ungewohnt, sie meinen Namen sagen zu hören. So laut.

Ich lächelte sie an.

Sie kam auf mich zugestürmt, die Hände schmutzig vom

Eintopfen irgendwelcher Pflanzen. Dann fiel sie mir um den Hals, so ganz ohne Vorwarnung und fern der verlegenenen Unsicherheit, vor der ich mich gefürchtet hatte.

Ich küsste sie. »Du hast es dir also nicht anders überlegt«, flüsterte ich ihr ins Ohr.

»Nein«, sagte sie.

Dann lief sie zum Waschbecken und machte sich die Hände sauber.

»Das ist also dein Leben neben dem *Rosebud*«, stellte ich fest.

»Zwei Leben, die meinen Eltern beide nicht gefallen.«

»Aber sie respektieren, dass du dich dafür entschieden hast.«

Sie seufzte. »Es gibt mehr Diskussionen, als du dir vorstellen kannst.«

»Dein Dad wirkt doch eigentlich ganz cool.«

Sie lächelte. »Ja, aber er ist immer noch ein Dad. Und Mom ist eine Mom.«

»Eltern«, sagte ich. Damit war eigentlich alles auf den Punkt gebracht. Sie sorgen sich und nerven, meistens beides gleichzeitig, aber wenn sie das nicht tun würden, dann wären sie irgendwie nicht echt.

»Wir haben oben auf dem Dach sogar einen Garten. Du kannst den ganzen Park sehen.«

Eine Frau betrat den Laden: dünn, weißes Haar, zu einem Zopf gebunden; sie trug ein knielanges Kleid mit weißem Rollkragen, dazu eine Schürze, pink. Sie kam aus dem Treppenhaus, in das man wohl durch die Tür hinter der Kasse gelangte.

»Das ist Mrs Lampert«, stellte mir Zoe ihre Chefin vor.

Sie wirkte eher wie eine Yoga-Lehrerin. »Regina Lampert«, sagte sie. Man fühlte sich ruhig in ihrer Gegenwart.

»Hallo, Tom Balfour.«

Sie trug ein Bündel Rosen mit langen Stielen.

»Hast du die Gestecke fertig?«, fragte sie Zoe.

Sie nickte.

Mrs Lampert stellte die Rosen in einen großen Kübel mit Wasser. »Dann könnt ihr beiden jetzt losziehen.«

Wir verabschiedeten uns und machten uns auf den Weg.

Die Subway brachte uns bis zur Flatbush Avenue, von dort waren es dann keine fünf Minuten mehr zu Fuß. Die Glenwood Road ist gesäumt von Bäumen und Häusern mit flachen Dächern und halbrunden Erkern. Flachdächer, wohin das Auge reicht, eine moderne Kirche, ein Lagerhaus, dazwischen ein indisches Restaurant, ein Waschsalon, ein Gebrauchtwagenhändler. Alfred Parker wohnte in einem kleinen Haus, das genau so aussah, wie man sich das Haus eines Rentners vorstellte. Vor dem Haus befand sich ein sehr schmales Stück Rasen, das fast begraben war von den Blätterbergen, die der in alle Richtungen wuchernde Ahorn, dessen Äste das Dach berührten, abgeworfen hatte. Alles schimmerte goldgelb. Das Haus wirkte alt und abgenutzt. Wir prüften die Hausnummer.

»Glaubst du, er wird mit uns reden?« Jetzt, wo wir hier waren, schien Zoe nicht mehr ganz so zuversichtlich zu sein.

»Er muss uns ja nur sagen, wer Speedy Zimmermann ist.« Und wo wir ihn finden.

Sie nickte. »Also los.«

Unter unseren Füßen raschelten die Blätter. Ich schaute mich um: Rostflecken auf dem Briefkasten, aus dem Werbeprospekte quollen, Farbe, die von der Fassade bröckelte, ein Rasenmäher vor der Garage, daneben ein alter Ford aus den Achtzigern mit zwei platten Reifen. Leben, das stillsteht, so sah das alles aus. Ich musste auf einmal an Rockport denken und an das, was die Finanzkrise aus manchen Vierteln dort gemacht hatte.

»Sieht einladend aus«, murmelte ich.

Zoe gab mir einen Stups, ging voran, klingelte.

Wir warteten.

»Wer seid ihr?«, kam kurz darauf eine Stimme von drinnen. Sie war kräftig, nicht so, wie man sich die Stimme eines alten Mannes vorstellte.

»Ich bin Zoe Tenenbaum. Die Enkelin von Abraham Tenenbaum.«

Eine Pause.

»Was willst du?«

Das klang nicht besonders freundlich. Aber vielleicht war er auch nur vorsichtig. Ich versuchte, mir den Mann, der zu der Stimme gehörte, vorzustellen. Auf dem Foto in Abraham Tenenbaums Album hatte er so jung ausgesehen wie jeder, mit dem ich in der Highschool abgehangen hatte. Doch das war lange her. Er musste jetzt Mitte oder Ende sechzig sein, jünger als meine Großeltern.

»Ich suche Speedy Zimmermann«, sagte Zoe. »Mein Dad, Sie kennen ihn, glaube ich, Zeke Tenenbaum, also mein Dad meinte, dass Sie ihn von früher kennen. Speedy Zimmermann.«

Eine erneute Pause, diesmal länger.

»Ich habe in der Wohnung meines Großvaters ein Fotoalbum gefunden«, erklärte sie, »und da waren Sie drin. Neben dem Foto stand Hank und Ismael als Erklärung.«

Keine Antwort.

»Dad wusste, dass Sie Hank sind.«

Wir warteten.

»Onkel Hank, so hat er sie genannt.«

Wieder eine Pause. Ich konnte spüren, wie unsichtbare Augen uns beobachteten.

Dann klickte das Schloss und die Tür wurde einen Spaltbreit geöffnet. Ein dünner alter Herr mit Strickweste und Brille musterte uns. Entfernt konnte man den Mann auf dem Foto erahnen. Die Haare waren nahezu gelichtet, aber der Blick war der gleiche. Er war vom ersten Moment an, als wir ihn sahen, *Mr Parker;* nicht Alfred Parker und auch nicht Hank und schon gar nicht *Ismael.* Er hatte etwas Stolzes, Unnahbares.

»Onkel Hank?« Er schüttelte den Kopf. »Hank?« Er wirkte nachdenklich und sagte: »So hat mich schon lange Zeit keiner mehr genannt.«

Ich war mir nicht sicher, ob er absichtlich auf Obi-Wan Kenobi machte oder ob ich mir das nur einbildete.

»Mr Parker?«

Kurzes Nicken. »Jaja, der bin ich.«

»Wir haben ein Problem und hoffen, dass Sie uns weiterhelfen können.«

Er musterte uns beide, länger, als angenehm war. »Ihr habt ein Problem? Was habe ich damit zu tun?« Die Brille, die er trug, ließ seine Augen größer erscheinen. Wie die einer Eule.

»Wir glauben, dass Großvater die Kopie eines Films besessen hat. *Die Geheimnisse von Brooklyn.*«

Die Augen weiteten sich hinter der Brille. Sofort wurde sein Blick argwöhnisch und distanziert. »Den Film hat es nie gegeben«, sagte er, leise, als spreche er mit sich selbst. »Wenn jemand was anderes behauptet, dann lügt er.«

Zoe ließ nicht locker. »Großvater wollte seine Kopie an jemanden namens Clayton Stewart verkaufen.«

Mr Parker öffnete die Tür noch ein Stück weiter. »Ja, ich weiß«, sagte er und trat zur Seite. »Kommt rein.« Ein tiefer Seufzer. »Es war wohl abzusehen, dass du hier irgendwann auftauchst.« Er betrachtete Zoe erneut. »Du siehst ihm wirklich ähnlich. Abe, meine ich.« Dann drehte er sich um und ging voran, führte uns in die Küche.

Auf dem Herd stand ein Topf mit den kalten Resten der Ravioli vom Mittag. »Stört euch nicht an der Unordnung«, sagte er. »Ich bekomme nicht oft Besuch. Das ist einer der Vorteile, wenn man alt wird. Die Leute, die man sein Leben lang gekannt hat, verschwinden nach und nach und man hat seine Ruhe. Einige verschwinden im Altenheim, andere, wie Abe, unter der Erde.« Er setzte sich an den Tisch. »Macht es euch bequem«, forderte er uns auf. »Im Stehen soll man nicht reden. Ist nicht gut für den Magen.«

Wir setzten uns. Das Geräusch, das die Stühle machten, als sie gerückt wurden, wirkte in der Stille der Wohnung sehr laut. Irgendwo nebenan lief leise Musik im Radio.

»Das ist Tom«, sagte Zoe. »Mein Freund.« Es war das erste Mal, dass sie das sagte. Sie lächelte mir zu.

Mr Parker nickte. »Ihr beiden sucht also den Film?«

»Ja.«

»Die Geheimnisse von Brooklyn.« Er sprach den Titel aus wie etwas, das magisch war.

Wir nickten.

»Ich muss euch enttäuschen«, sagte er. »Wie ich schon sagte, den gibt es nicht.«

Zoe und ich sahen uns an.

»Aber Clayton Stewart«, gab sie zu bedenken, »hat doch behauptet, dass Großvater ihm bereits die erste der drei Filmrollen gegeben hat.«

»Clayton Stewart *junior«*, korrigierte Mr Parker sie.

»Sie kennen ihn?«

»Er war hier. Vor ein paar Tagen. Lasst mich überlegen. Vor drei Tagen, glaube ich.« Er stand auf und ging zum Kühlschrank, holte eine Milchtüte heraus, dann ein Glas aus dem Schrank. »Wollt ihr auch ein Glas Milch?«

Wir schüttelten die Köpfe.

»Ah, Blödsinn. Milch ist gut.« Er schnappte sich zwei weitere Gläser, stellte sie auf den Tisch und goss Milch ein. »Hier, trinkt. Ist besser als Kaffee und feiner als Tee.« Dann nahm er wieder Platz. »Keine Widerrede.«

Zoe nahm einen Schluck Milch und leckte sich schnell die Reste von der Lippe.

»Clayton Stewart junior«, sagte Mr Parker und schüttelte den Kopf. »Sieht aus wie sein Vater, du meine Güte. Er hat die gleichen Fragen gestellt wie du, Mädchen. Und ich? Ich habe ihm die gleichen Antworten gegeben.«

»Was genau wollte er von Ihnen wissen?«

»Dies und das. Hat wissen wollen, ob Abe den Film erwähnt hat in letzter Zeit.«

»Hat er?«

»Nein, niemals. Wir haben über alles Mögliche geredet, aber nicht über den Film.« Er seufzte. »Es tut mir wirklich leid, dass er tot ist. Er war immer so umtriebig. Und er hat Ärzte gehasst. Ich habe ihm oft gesagt, dass das Alter auch vor ihm nicht haltmacht, aber du kanntest ihn ja. Abraham Tenenbaum war ein Sturkopf, ja, das war er wirklich. Wir haben uns regelmäßig im Park getroffen, zum Schachspielen. Er war gut, wisst ihr. Gut im Mittelspiel, dafür schlecht im Endspiel. Hat einfach zu sehr an seiner Dame gehangen. Das ist ein Fehler, den viele machen.« Er grinste breit. »Aber manchmal muss man die Dame opfern. So ist das im Leben.« Er sah mich an. »Spielst du Schach?«

»Nicht gut.«

»Du?«

»Manchmal«, sagte Zoe. »Großvater hat es mir beigebracht.«

Mr Parker knurrte: »Die wenigsten spielen Schach. Leider, tja, leider. Wenn mehr Leute Schach spielen würden, dann wäre die Welt ein besserer Ort.«

Zoe, die wohl genauso wenig wie ich verstand, was er damit meinte, kam auf unser eigentliches Anliegen zurück »Was hat es mit dem Film auf sich? Sie haben gesagt, dass er gar nicht existiert hat.«

»Das stimmt.«

Eine Pause.

»Die Geheimnisse von Brooklyn«, sagte er und seine Stimme bekam überall kleine Risse, sobald er den Titel aussprach. »Dieser Film wurde nie fertiggestellt.« Er machte ein ernstes Gesicht. »Der Film ist ein Mythos.«

Man konnte die feinen Risse nicht sehen, aber man spürte, dass sie noch da waren.

Ich sagte: »Im Internet steht, dass er beendet wurde, aber nie in die Kinos kam.«

»Im Internet steht vieles, was nicht stimmt«, schnaubte er. Dann schlürfte er seine Milch. »Milch ist gut für die Knochen. Wenn ihr so alt seid wie ich, spürt ihr die Knochen jeden Tag. Deswegen müsst ihr früh anfangen, Milch zu trinken. Ist gut, glaubt mir.« Er schaute ins Glas hinein, als wäre dort ein Geheimnis verborgen.

»Was ist damals genau passiert?«, wollte Zoe wissen.

Mr Parker betrachtete uns eine Weile. Dann fragte er: »Wie alt seid ihr?«

Wir sagten es ihm.

Ein Nicken, ein reumütiges Lächeln. »Wir waren jung, damals«, erinnerte er sich. »Älter als ihr jetzt, aber jung. Allesamt. Doch ich war der Jüngste im Team.«

Ich fragte mich, wie es sich wohl anfühlen musste, diese längst vergessenen Dinge rauszukramen.

»Ich kam nach New York, um Filme zu machen«, erinnerte er sich. »Die anderen im Team waren schon älter und sahen die Welt und alles ein wenig, na, sagen wir mal: *realistischer.*« Er rückte sich die Brille zurecht. »Sie wussten, wie schwierig es sein würde, einen guten Film zu machen, aber sie wollten es. Wir alle wollten das. Das war unsere *Mission!*« Er nippte erneut an seiner Milch. »Aber wie macht man einen bahnbrechenden Film? Man braucht ein Drehbuch, das einen mitreißt, und Leute, die es handwerklich draufhaben.« Er lachte. »Und man braucht Geld, tja, das ist meistens das Problem. Das Geld ist immer das

Problem, nicht wahr? Wartet nur ab, wenn ihr älter werdet. Geld ist wie Glück, man hat immer zu wenig, und wenn man welches hat, dann weiß man es nicht zu schätzen und es rinnt einem durch die Finger.« Er hustete plötzlich. »Und fangt nie an zu rauchen, das sag ich euch. Das macht euch fertig, selbst wenn ihr irgendwann aufhört.«

»Wir rauchen nicht«, sagte Zoe.

Ich nickte.

»Gut«, sagte Mr Parker. »Gut.« Er lehnte sich zurück, rückte sich die Brille wieder zurecht. »Das alte Hollywood«, erklärte er, »war öde und einfallslos geworden. Davon waren wir überzeugt. Jeder junge Filmemacher hatte damals die Schnauze gestrichen voll von all dem Hollywood-Kram. Man sah immer die gleichen Gesichter. Rock Hudson, Charlton Heston, Ernest Borgnine und so weiter.«

Ich sah ihn fragend an.

»Du kennst keinen von denen, stimmt's?«

»Tut mir leid.«

Er lachte. »Nein, Junge, das ist nur ein Stück Gerechtigkeit. Aber wie dem auch sei, wir wollten nicht einfach nur Filme machen. Nein, ehrliche Filme sollten es sein. Echte Filme. Hollywood war schon lange nicht mehr echt gewesen. Hollywood hat sich nie verändert. Aber genau das wollten wir.«

Zoe hörte aufmerksam zu.

Es war stickig in der Wohnung und das Licht fiel nur spärlich durch das Fenster hinein.

»Es gab einen jungen Regisseur: Daryl Van Zorn. Er

war auf der Suche nach einem Team. Er hatte Zettel in den Studentenkneipen im Village ausgehängt und so kam die kleine Truppe zusammen.« Er nippte erneut an der Milch. »Clayton Stewart und Olivia Leigh hatten vorher schon in anderen Filmen mitgespielt, Speedy machte den Ton, Abe die Kamera, ich, ganz neu in der Stadt, die Assistenz für alle. Die paar anderen Darsteller waren allesamt Studenten und richtige Idealisten. Niemand, der dabei war, machte den Film für Geld. Das Drehbuch hatte Daryl selbst geschrieben. Es war eine feine Geschichte, so klassisch wie die *Hard Case Crime*-Taschenbücher. Es ging um einen charmanten Kleinganoven, der so ziemlich alle Geldprobleme der Welt hat. Er überfällt eine Kneipe, in der illegal gepokert wird. Er schnappt sich die Kohle des Abends und erfährt erst später, dass der Laden einem Syndikat gehört. Er bekommt jede Menge Ärger und verliebt sich natürlich auch noch in das falsche Mädchen, ganz klar. Er wird später Detektiv und die Vergangenheit holt ihn ein.« Er seufzte. »Das war die bittere Wahrheit dieser Geschichte. Die Vergangenheit holt einen nämlich immer ein.« Er schaute uns an. »Der Film jedenfalls sollte realistisch sein. *Echt*, wisst ihr?! *Wahrhaftig*. Echtes Licht, echte Straßen, kein Schnickschnack. Keine Kulissen und keine künstliche Beleuchtung, keine gestelzten Dialoge. Das wirkliche schmutzige Leben in der Stadt sollte man sehen.« Heute schien er die Vorstellung romantisch zu finden, jemals so gedacht zu haben. »Wir rannten mit unserer Ausrüstung durch die Stadt und filmten überall dort, wo wir filmen wollten. Drehgenehmigungen brauchten wir nicht. Wenn sich jemand beschwerte, waren wir weg, bevor die Polizei kam. Das alles war ein richtiges Abenteuer. Und wir waren die Wegbereiter eines neuen Hollywood.«

»Klingt spannend«, sagte ich, denn das tat es.

»Ja, das war es.«

»Woher hatten Sie das Geld?«, wollte Zoe wissen.

»Daryl Van Zorn hatte die Studiengebühren für die nächsten beiden Jahre, die ihm seine Eltern in der Annahme, ihr Sohn regle seine Finanzen allein, schon vorab gegeben hatten, für den Film abgezweigt.« Eine nachdenkliche Pause. »Und dann gab es da noch Clayton Stewart.«

»War er reich?«

Mr Parker pfiff durch die Zähne. »Reich?«

Sie nickte.

»Claytons Familie gehörte zur Oberschicht von Boston. Und Daryl war ein Fuchs. Er köderte Clayton mit der Hauptrolle und der war bereit, alles dafür zu tun.«

»Klingt wirklich wie ein Abenteuer.«

»Er war eitel. Wenn jemand eitel ist und Geld hat, dann ist er eine leichte Beute für jemanden, der dir das Wort im Mund herumdrehen kann. Oh ja, und das konnte Daryl. Er war sehr überzeugend, wenn er etwas erreichen wollte. Also, der Plan war, den Film in zwei Wochen abzudrehen. Daryl hatte das Drehbuch in der gleichen Zeit geschrieben. Es war voller guter Szenen. Dialoge, hart, mit vielen Ausdrücken, die dem Verleiher vermutlich Kopfzerbrechen bereiten würden und uns die Zensur auf den Hals gehetzt hätten.« Er grinste. »Aber wir lebten in einer harten, schmutzigen Zeit. Martin Scorsese drehte *Taxi Driver,* Coppola *Der Pate*. Und Polanski machte *Chinatown.«* Er beugte sich vor und stützte sich mit den Ellenbogen auf der Tischplatte ab, streckte sich nach vorne. »Mein Rücken«, sagte er. »Man sagt, das Schlimmste am Älterwerden sind die Zähne, aber das stimmt nicht. Es ist der Rücken. Die Schmerzen sind manchmal nicht auszuhalten.« Er hielt inne, schnaufte ein wenig. Dann stand er auf und ging zu einem Wandschrank, nahm eine Pillendose heraus und warf sich etwas ein. »Zum Glück gibt es ja für alles ein Mittelchen«, murmelte er, kaute die Pille und schluckte sie runter. »Aber zurück zur Geschichte. Denn um die zu hören, seid ihr gekommen, oder?« Er setzte sich wieder. »Wir hatten einen alten Chevy, in dem wir all das Zeug transportierten. Wir tauchten irgendwo auf, waren ruckzuck fertig und dann wurde gefilmt, ohne zu proben. Daryl glaubte fest daran, dass es genau dadurch besonders authentisch werden würde. Clayton und Olivia und all die anderen, die wenig Erfahrung mit professionellen Filmproduktionen hatten, gaben alles. Wirklich alles. Sie durften improvisieren, was das Zeug hielt.«

»Aber der Film ist nie fertig geworden?«

Er schüttelte den Kopf.

»Ich glaube, es wäre ein richtig guter Film geworden. Wisst ihr, selbst heute, nach all den Jahren, glaube ich das. Daryl war ein talentierter Regisseur und Clayton war ein mieser Schauspieler.« Er grinste breit. »Aber er war trotzdem gut. Kennt ihr die Filme, die er später gemacht hat?« Ohne eine Antwort abzuwarten, sagte er: »Alles Mist. Aber erfolgreich. Er hat das gemacht, was er bei Daryl gelernt hat. Er hat schnell gefilmt und immer improvisiert.«

»Wir hatten sogar einen Verleih. *United Artists* hatte Interesse gezeigt. Und Daryl hatte was mit einer Sekretärin von *Warner Brothers.*«

»Was ist passiert?«

Sein Blick verfinsterte sich.

»Es gab ein Unglück.« Er nahm die Brille ab und rieb sich die Augen. Ohne Brille sah er blind aus wie ein Maulwurf.

Zoe starrte ihn an.

»Ein richtiges Unglück, meine ich.« Er seufzte. »Und damit fing alles an. Denn es sollte nicht das einzige Unglück bleiben.« Seine Augen sahen irgendwie müde aus. Er setzte die Brille wieder auf. »Olivia Leigh war eine schöne Frau. Ein richtiger *Schuss,* wie wir früher gesagt haben.« Er seufzte. »Wir hatten noch ein paar Drehtage vor uns, als es passierte. Sie war in der Stadt unterwegs, abends, als sie überfallen wurde. Wie im Film. Ein Raub.« Selbst jetzt schien er es kaum glauben zu können, was damals geschehen war. »Jemand wollte ihr Geld, das war alles. Blöde Sache. Später konnte man nur ahnen, was passiert war. Der Räuber hat sie in die Brust geschossen und das Geld genommen.« Er schlug mit der flachen Hand auf die Tischplatte. »Peng!«, sagte er.

Wir zuckten beide zusammen.

»Sie hatte manchmal ein freches Mundwerk und wir haben alle geglaubt, dass sie dem Dreckschwein, das sie ausrauben wollte, Paroli geboten hat.« Er hielt inne. »Jedenfalls hat er sie erschossen. Einfach so. Für das bisschen Bargeld, das sie dabeihatte. Wirklich schrecklich.« Er schüttelte den Kopf. »Wenn ihr euch Fotos von ihr im Internet anschaut, könnt ihr vielleicht erahnen, wie hübsch sie gewesen ist. Sie wäre bestimmt ein richtiger Star geworden, irgendwann. Davon waren wir alle überzeugt.« Er seufzte wieder. »Sie war auch davon überzeugt.«

Einen Moment lang fragte ich mich, ob er in sie verliebt gewesen war.

»Und dann?«, fragte Zoe.

Er zuckte die Achseln. »Sie war die Hauptdarstellerin. Sie war das Mädchen, in das Claytons Charakter sich verliebt. Das waren die Siebziger, wisst ihr. Da gab es noch keine Spezialeffekte. Dieser ganze Computerkram, das war alles Science-Fiction. Wenn die Hauptdarstellerin tot war, dann gab es keine Hauptdarstellerin mehr. Dann fehlte jemand.« Er machte eine Pause und seine Augen schimmerten feucht. »Wir waren alle am Boden zerstört. Keiner konnte es fassen. Daryl überlegte die ganze Zeit, wie er den Film anders schneiden könnte. Ein anderes Ende müsste her, die ganze Handlung ergab auf einmal keinen Sinn mehr. Nicht so, jedenfalls. Er versuchte also, das Drehbuch irgendwie umzuschreiben. Aber wisst ihr, was? Das war von Anfang an ausgemachter Bullshit.« Er schüttelte den Kopf. »Am Ende waren alle der Meinung, dass es das gewesen war. Es würde keinen Film geben. Nie. Schluss, aus, basta! *Die Geheimnisse von Brooklyn* würde nie erzählt werden. Es war aus und vorbei. Das war der Stand der Dinge. Und dann gingen wir alle auseinander.«

Zoe ahnte, dass es da noch etwas gab. »Das ist alles?«

Er nickte. »Ja.«

»Sie sagten, das wäre nur der Anfang von einigen Unglücken gewesen.«

Er nickte. »Ja, könnte man sagen.«

»Was ist denn noch passiert?«

»Daryl Van Zorn drehte ein paar Filme, die künstlerisch Beachtung fanden. *Schuld,* zwei Jahre später dann *Vergebung*. Die Filme sind gut, ganz ehrlich. Kleine, harte Geschichten mit Menschen, die echt wirken. Eigentlich Krimis. Dramen. Tragödien. Werden manchmal noch im Fernsehen wiederholt, irgendwann spät in der Nacht, wenn keiner mehr vor der Glotze sitzt. Tja, so läuft das im Leben. Vermutlich schaut sie sich kein Mensch mehr an. Sie sind nicht in Dolby Surround und auch nicht in 3-D.« Er trank seine Milch aus. »Aber Daryl kann das egal sein. Er starb bei einem Autounfall, Ende der Achtziger. Manche sagen, er sei betrunken gewesen, andere erzählen was anderes. Am Ende ist es völlig egal, was sie erzählen. Tot ist tot. Ein paar Jahre bevor er den Autounfall hatte, brannte seine Villa ab. Auch hier gab es wieder jede Menge Versionen darüber, was da wohl genau passiert sein könnte. Die einen behaupten, er sei betrunken gewesen, andere sagen was anders. Fest steht, dass die Originalkopien der Filme, die er bei sich gelagert hatte, alle verbrannt sind. Ob die Rohschnitte von *Die Geheimnisse von Brooklyn* auch dabei gewesen sind … wer kann das schon sagen?!«

»Das klingt nicht gut«, meinte ich.

»Nein, ganz und gar nicht«, flüsterte Zoe.

»Tatsache ist, dass es keine Überbleibsel mehr von dem gibt, was *Die Geheimnisse von Brooklyn* hätte werden sollen.«

»Aber mein Großvater hat behauptet, dass er den Film besitzt.«

»Hat er das?«

»Er wollte ihn verkaufen.«

»Ja, das hat er auch gesagt«, murmelte er. »Clayton junior, meine ich.«

»Was wollte er von Ihnen?«, fragte ich.

»Clayton junior ist hier gewesen, weil er auf der Suche nach den Filmrollen war«, sagte er. »Meine Güte, die Zeit vergeht wirklich wie im Flug. Ich kannte ihn noch als kleinen Knirps. Damals, als wir den Film gedreht haben, war er vielleicht sieben oder acht Jahre alt.« Er lächelte nostalgisch. »Und jetzt? Herrje, sieht seinem Vater so verdammt ähnlich, als sei Clayton senior direkt aus den Siebzigerjahren auferstanden. Ich habe mich regelrecht erschrocken, als er vor der Tür stand.«

»Und?«

»Er wollte wissen, ob ich mit Abe gesprochen habe. In den letzten Wochen.«

»Ob Großvater etwas erzählt hat?«

Er nickte. »Clayton erwähnte die Filmrollen, die er Abe abkaufen wollte. Aber dann ist Abe gestorben, bevor er seinen Teil der Abmachung hatte einhalten können.«

»Angeblich hat Stewart schon eine Filmrolle erhalten.«

Mr Parker musterte uns, schnalzte mit der Zunge. »Wisst ihr, das ist das Seltsame daran. Abe hat mir gegenüber niemals erwähnt, dass er eine Kopie des Films besitzt. Außerdem habe ich nicht die geringste Ahnung, wie er überhaupt an eine Kopie dieses Films gekommen sein soll.«

»Sie meinen …«

»Keiner von uns hatte Filmmaterial mitgenommen, als es vorbei war. Wir sind alle unserer Wege gegangen. Wisst ihr, seit vierzig Jahren habe ich nichts mehr von Stewart gehört. Dann stirbt Abe und auf einmal taucht Clayton junior bei mir auf und löchert mich mit Fragen, die mit dem Film von damals zu tun haben.«

»Was haben Sie ihm denn gesagt?«

»Na, das, was ich wusste. Nichts! Was habe ich mit dem Film zu schaffen? Der Film existiert nicht einmal.« Er machte eine Pause, dann lenkte er ein. »Vielleicht hat Daryl ihn heimlich anders geschnitten, sodass er ein logisches Ende hat. Aber wie soll er das gemacht haben, ohne Oliva Leigh?«

Das alles war wirklich überaus seltsam. Nichts machte Sinn. Aber es *musste* einen Sinn ergeben.

»Genau das«, betonte er, »habe ich Clayton junior gesagt. Es gibt keinen Film, hat nie einen Film gegeben.«

»Warum will er ihn überhaupt haben? Ist das Filmmaterial wertvoll?«

Mr Parker schüttelte den Kopf. »Nein.«

»Sind Sie sicher?«

»Kinder, Kinder«, sagte er, »wir sprechen hier vom Rohmaterial eines Films aus den Siebzigern, der nie beendet wurde. Kein Mensch interessiert sich für so was. Daryl Van Zorn war kein verdammtes Genie. Und *Die Geheimnisse von Brooklyn* ist bestimmt kein verkanntes Frühwerk.«

»Aber Clayton Stewart ist er viel Geld wert.«

Mr Parker zuckte die Achseln. »Clayton junior behauptete, es seien sentimentale Gründe, die seinen Vater dazu bewogen haben, die Filmrollen zu kaufen.«

»Glauben Sie, dass das stimmt?«

»Was weiß denn ich, Kleine.«

Noch immer beschlich mich das unbestimmte Gefühl, dass Mr Parker vielleicht doch mehr wusste, als er zugeben wollte.

»Speedy Zimmermann hat Großvater angerufen«, sagte Zoe. Sie erklärte die Sache mit dem Anrufbeantworter.

Mr Parker zuckte müde die Achseln. »Jetzt wollt ihr bestimmt von mir wissen, wie Speedy in die Geschichte passt. Doch auch hier muss ich euch enttäuschen. Speedy ist verrückt. Durchgedreht. Das war er schon immer. Speedy Z. und die Drogen waren schon damals allerbeste Freunde. Was glaubt ihr denn, woher der Name kommt? Er hat sich alles eingeworfen, was er kriegen konnte. LSD, Speed, Marihuana. Wir haben immer Witze gemacht und gesagt, dass er deswegen der beste Toningenieur überhaupt ist. *Er hört das Gras wachsen,* hat Daryl gescherzt.«

Keiner von uns lachte.

»Na, vergesst es«, meinte Mr Parker. »Als Toningenieur war er jedenfalls klasse.«

»Und heute?«

Achselzucken. »Wie wir alle ist er, glaube ich, ein wenig ruhiger geworden. Hatte einen Tabakwarenladen geführt, drüben in New Jersey. Den musste er dann aber wieder verkaufen, weil er Geldprobleme hatte. Speedy war immer schon ein komischer Kauz, einer von denen, wo man weiß, dass es sie irgendwann aus der Bahn werfen wird.« Er sah Zoe an. »Aber Abe hat ihn gemocht.«

»Hatten die beiden noch Kontakt?«

Mr Parker sagte: »Nein, ich glaube nicht.«

»Aber auf dem Anrufbeantworter hat es sich so angehört, als würden sie die Sache mit den Filmrollen gemeinsam angehen.«

»Nein, das glaube ich nicht. Aber wer weiß?«

»Wo lebt er?«

»Du willst mit ihm reden?«

Zoe nickte.

»Er redet nicht gern mit Leuten.«

»Ich versuche es.«

»Er hat noch nie gern mit Leuten geredet.«

»Bitte!«

Mr Parker nickte.

»Wie ist sein richtiger Name?«

»Harvey«, sagte er. »Wie der unsichtbare Hase. Harvey Zimmermann.«

Sie lächelte. »Wo finden wir ihn?«

»Er lebt drüben im Village.«

»Sie meinen Greenwich Village?«, fragte ich,

Er musterte mich, als hätte ich etwas total Bescheuertes gesagt. »Kennst du ein anderes, Junge?«

Ich schüttelte den Kopf. Zoe grinste mich frech an.

»In der West 9th gibt es einen Tabakladen. *Cigarettes & Coffee*. Da arbeitet er. Und er wohnt gleich zwei Stockwerke darüber.« Dafür dass er nichts mehr mit ihm zu tun hatte, wusste er ganz gut Bescheid.

West 9th Street.

Wir sahen uns an. Das war die Straße, in der Mr Mankiewicz aka Clayton junior falsch geparkt hatte.

»Er hat sich so angehört, als wüsste er etwas von der Sache«, betonte Zoe erneut.

Mr Parker sagte nichts.

»Vielleicht hat Großvater ihm die Filmrollen gegeben.«

»Zur Aufbewahrung?«

Sie nickte.

»Hey, wir sprechen hier von Speedy Zimmermann. Dem gibt man kein Zelluloid in die Hand.«

Zoe trank den Rest ihrer Milch. »Wir versuchen, mit ihm zu reden.«

»Ja«, meinte ich, »vielleicht weiß er ja irgendwas.«

Für Mr Parker schien das okay zu sein. »Na, dann versucht euer Glück«, sagte er. »Aber denkt immer daran. Speedy ist ein komischer Kauz.«

Wir versprachen ihm, vorsichtig zu sein.

Dann verabschiedeten wir uns und gingen los. Manhattan erwartete uns. »Auf nach Greenwich Village«, sagte Zoe, als wir das alte Haus in der Glenwood Road verlassen hatten. Ich wäre ihr überallhin gefolgt, doch jetzt ging es erst mal nur rüber auf die andere Flussseite. Was ein guter Anfang war.

9

Wir fuhren bis zum Washington Square und waren schon mitten im Village. Manhattan war ein Labyrinth und wir mittendrin. Wenn man in Brooklyn lebt, dann ist die Halbinsel immer da, irgendwo auf der anderen Seite des East River, aber wenn man nicht gerade dort drüben arbeitet, verschlägt es einen selten dorthin. Brooklyn Bridge und Williamsburg Bridge sind die natürlichen Grenzen, die dem eigenen Leben eine überschaubare Größe verleihen, und das ist etwas, das wohl jeder, der in Brooklyn lebt, zu schätzen weiß. Manhattan ist anders, nicht nur größer. Es ist hektischer, das Leben läuft schneller, es fühlt sich an, als würde man die Vinyls, die man gerne hört, mit einer höheren Drehzahl auf dem Plattenteller laufen lassen. Wenn man dort ankommt, spürt man sofort, dass es so ist.

Zoe lief dicht neben mir her. Das Gedränge in der Subway war unglaublich, was aber vor allem an der Rushhour lag.

»Heute Abend muss ich ins *Rosebud*«, sagte Zoe. »Fuzzy hat keine Zeit.«

Zum ersten Mal kam mir der Gedanke, dass das Kino auch eine Last für sie sein könnte. Ein Überbleibsel aus der Zeit, in der Abraham Tenenbaum noch gelebt hatte und sie nur die kleine Enkelin war, deren einzige Aufgabe es war, die Zeit im Kino zu genießen und sich verzaubern zu lassen. Doch jetzt ruhte auf einmal die ganze Verantwortung auf ihr. Wenn sie nicht im Kino wäre, würde es keine Vorstellung geben. Sie war diejenige, die den Platz ihres Großvaters eingenommen hatte.

»Wir werden pünktlich da sein.« Mir fiel plötzlich auf, dass ich nicht nur *»wir«* gesagt, sondern es auch genau so gemeint hatte.

Die Sonne warf lange Schatten auf die Straßen, vom Hudson River wehte ein Wind, der kühl und unangenehm war.

Zoe nahm meine Hand, als wir die Avenue of the Americas hinaufliefen, hielt sie fest, als hätte sie Angst, dass wir uns in der Menge der Passanten verlieren könnten. Die Leute drängelten und keiner sah den anderen an. Zeit schien ein knappes Gut zu sein.

»Hier zu sein«, stellte Zoe fest, »ist, wie ganz woanders zu sein.«

Ich wusste, was sie meinte.

»Da ist es«, sagte ich.

Die West 9th Street liegt, streng genommen, nicht mehr im ursprünglichen Village, sondern stößt auf den Village Square und entfernt sich von dort aus ostwärts, gesäumt von vielen Götterbäumen, die in den schmalen Vorgärten gepflanzt worden sind, um die muffige Stadtluft zu absorbieren. Den Laden, den wir suchten, fanden wir gleich hinter dem *369 Farmers' Market*. Ein Stück weiter die Straße rauf sah man das Schild von *Alan Charles Charles,* dem Spielwarengeschäft, auf der Straßenseite gegenüber das *Portsmouth Hotel* und ein Restaurant namens *Casa Apien*.

Cigarettes & Coffee befand sich im Erdgeschoss eines der mehrstöckigen großen Häuser, die typisch für die Gegend sind. An der Fassade kletterten Feuertreppen hinauf wie Efeu. Ein milchglasiges Schaufenster, auf dem der Schriftzug aufgemalt war, in der Auslage alle Arten von Tabak, Reklametafeln für Lotto und Wetten und dies und das.

Wir betraten den Laden.

Drinnen roch es warm nach Tabak und Holz, angezündeten Streichhölzern und abgezogenem Rauch, dick und schwer wie die kubanischen Zigarren, die in einem extra mit einer Glasscheibe abgetrennten, klimatisierten Raum, der ein bisschen wie eine in den Laden gebaute Raumkapsel aussah, aufbewahrt wurden. In den Auslagen standen Pfeifen, kleine und große Döschen mit exotischen Tabaken, dazu elegante Feuerzeuge, Streichhölzer in bunten Schachteln, typische Holzkästchen mit den nicht ganz so teuren Zigarren darin. Es gab aber auch Tageszeitungen, Zeitschriften, ein paar Taschenbücher, die Cover schon farbstichig und geknickt, und allerlei Krimskrams für Raucher.

Ein bullig wirkender Mann sortierte Zigarren, legte sie ordentlich in kleine Kisten und verstaute diese dann in Schubladen. Sein lockiges Haar war durcheinander und sah grau und ungewaschen aus. Er wirkte mürrisch wie jemand, der die Welt nicht mag. Als er uns bemerkte, schaute er auf. Er trug ein weißes T-Shirt, eine dicke Goldkette um den Hals, seine Arme, kräftig für jemanden seines Alters, tätowiert. Eine bullige Nase und kleine Äuglein, misstrauisch wie die Schatten darunter.

Wir grüßten ihn.

»Wir suchen einen Mr Zimmermann«, sagte ich. »Harvey Zimmermann.«

Er hielt inne. Die schmalen Äuglein wurden noch ein wenig enger. »Ihr habt ihn gefunden, würde ich mal sagen.«

Zoe trat auf ihn zu, lächelte freundlich. »Ich bin Abraham Tenenbaums Enkelin.«

Der Mann stellte das Zigarrenkistchen in das Regal vor sich und sagte: »Ja, sieht man, wenn man's weiß.«

»Wir dachten, Sie könnten uns helfen«, fuhr Zoe höflich fort.

»Nennt mich Speedy. Alle nennen mich so.«

Wir nickten. So, wie Alfred Parker von Anfang an *Mr Parker* gewesen war, kam uns Speedy nicht wie jemand vor, den man als *Mr Zimmermann* ansehen würde. Er sah aus wie einer, der in einem Film von Martin Scorsese etwas Böses tut, wie jemand, in dem es irgendwie *brodelt* (so hätte es mein Vater ausgedrückt).

»Ihr sucht den Film.« Es war eine Feststellung, klar und deutlich. Wir hatten das Gefühl, dass er uns erwartet hatte.

»Woher wissen Sie das?«, fragte ich trotzdem.

»Gut geraten.« Seine Stimme klang dumpf und kratzend und er hustete oft. »Warum solltet ihr sonst hier sein?« Er kicherte. »Ich denke nicht, dass der alte Abe mir sein Kino vermacht hat. Oder etwa doch?«

Zoe zuckte zusammen.

»Clayton Stewarts Sohn ist auch schon hier gewesen. Lasst mich überlegen, vor drei Tagen oder so. Nur falls ihr euch jetzt fragt, wie ich auf den Film komme.« Er lachte laut, durchbrochen vom rauen Husten eines Kettenrauchers. »Hat sich nach dem Film erkundigt und lange um den heißen Brei herumgeredet. *Die Geheimnisse von Brooklyn*. Ha, wer hätte gedacht, dass noch mal *irgendjemand* nach diesem alten Schrott fragt. Der gute Abe hat sie alle ganz schön durcheinandergebracht mit dieser Sache. Ist schon ein Ding, was? Bringt nach vierzig Jahren den Film noch einmal ins Spiel.«

Zoe wirkte verunsichert. »Hat er mit Ihnen gesprochen?«

»Wer? Dein Großvater?«

»Ja.«

Speedy nickte. »Hat er, yep.«

»Und?«

Er machte ein herausfordernd fragendes Gesicht.

»Wissen Sie etwas davon?«

»Wovon?«

Zoe erklärte ihm, weshalb genau wir hier waren.

»Wir haben uns zufällig getroffen«, erinnerte er sich. »Manchmal passiert das ja. Dass man sich zufällig trifft.« Er blieb absichtlich unbestimmt, so viel war klar. »Na, und da hat er mir davon erzählt.«

»Wovon genau?«

»Dass er Stewart die Filmrollen verkaufen würde.«

»Das ist alles?«

Er nickte. »Ist doch genug.«

»Hat er gesagt, wo er die Filmrollen herhatte?«

»Nein. Ist das wichtig?«

»Vielleicht.«

»Wohl eher nicht«, murmelte Speedy leise. Die kleinen Äuglein beobachteten jede unserer Bewegungen. Er kam mir vor wie ein Tier, das *lauert*. Ja, ein Tier, das *lauert*, weil es in ihm *brodelt*.

»Ich denke, dass er sich mit Stewart geeinigt hat.« Zoe seufzte. »Aber dann ist er gestorben, bevor er die Filmrollen übergeben konnte. Und Mr Stewart möchte sie jetzt von uns haben. Wir finden sie aber nirgends.«

»Dumme Sache«, meinte Speedy nur. Es war schwer zu sagen, ob er das spöttisch meinte oder nicht.

»Ja. Deshalb dachten wir uns, dass Sie vielleicht etwas darüber wissen.«

»Worüber?«

»Darüber, wo Großvater die Filmrollen hinterlegt haben könnte.«

Speedy schwieg. Ein Nicken, kurz, dann fuhr er sich mit den Händen durch die Haare, drückte sie an den Kopf. »Warum sollte gerade ich etwas darüber wissen?« Er schnalzte leise mit der Zunge.

»Sie haben sich doch gut gekannt.«

»Wir haben vor vierzig Jahren miteinander zu tun gehabt«, stellte er klar. »Das ist alles. Hin und wieder haben sich unsere Wege gekreuzt. New York ist ein ziemliches Dorf, wenn man es genau nimmt. Ihr kennt doch den alten Spruch: *Man sieht sich immer zweimal im Leben*. Früher habe ich in Williamsburg gelebt, da sind wir uns öfter mal über den Weg gelaufen.« Er machte eine Pause, schaute nachdenklich aus dem Schaufenster zur Straße. »Aber wir waren keine Freunde, weißt du. Nur Bekannte.« Er grinste. »So, wie ehemalige Kollegen, die sich natürlich respektieren und über die alten Zeiten quatschen, wenn sie sich mal treffen.« Es klang komisch, wie er das sagte. So, als würde mehr dahinterstecken, als er zuzugeben bereit war. »So ein Filmdreh«, fügte er hinzu, »kann richtig verbinden. Das ist was anderes als ein Bürojob. Das ist Kunst.« Er lachte gallig. »Na ja, wir dachten alle, es sei Kunst.« Er hustete. »Eigentlich war *Die Geheimnisse von Brooklyn* ein Haufen Scheiße. Aber das erkennt man manchmal erst später. Damals meinten wir alle, wir erfinden das Kino neu.«

»Deswegen dachten wir, dass Sie uns vielleicht …«

»Nein«, unterbrach er Zoe barsch. »Ich habe nicht die leiseste Ahnung, wo er sie versteckt haben könnte.« Er drehte sich um und ging hinter die Theke, kramte in einer Schublade herum, tat beschäftigt.

»Er hat nichts erwähnt?« Zoe ließ nicht locker.

»Nein«, antwortete er kurz.

»Vielleicht ein Schließfach?«

»Nein.«

»Oder …«

Speedy schüttelte energisch den Kopf. »Nein.«

Stille.

Er seufzte. Schließlich sagte er: »Ich wusste nicht einmal, dass es noch Kopien von diesem Film gibt.« Er klopfte eine Zigarette aus der Verpackung, steckte sie sich in den Mundwinkel, schnappte sich ein Streichholz, zündete sie an, inhalierte. Jede Bewegung wirkte so natürlich, als sei er als Raucher geboren worden. »Aber irgendwo«, sagte er, »hat Abe anscheinend eine Kopie aufgetrieben. Wir dachten, die sind alle verbrannt.«

»Mr Parker sagte uns, dass der Film nie fertiggestellt wurde.«

»Ist er ja auch nicht. Aber, wer weiß? Vielleicht hat Daryl Van Zorn, der Regisseur, eine Schnittfassung gebastelt, die niemand zu Gesicht bekommen hat. War ein seltsamer Vogel. Würde es ihm zutrauen.«

»Mr Parker«, warf ich ein, »meinte, dass Mr Stewart den Film möglicherweise aus nostalgischen Gründen haben möchte.«

»Das hat Hank gesagt? *Möglicherweise aus nostalgischen Gründen?«* Er lachte ein lautes, schmutziges Lachen. »Jungchen, Jungchen, du weißt gar nicht, wie witzig du sein kannst.«

Ich hatte keine Ahnung, was er damit meinte.

»Meine Güte, *aus nostalgischen Gründen«*, sagte er noch mal und betonte jede Silbe, als wäre sie die Pointe eines guten Witzes. »Ja, *nostalgisch* kann man den Grund nennen. Ich würde aber eher sagen, dass er scharf darauf ist, seine Freundin noch einmal zu sehen.« Er zwinkerte mir zu, als müsste ich spätestens jetzt sofort verstehen, was er meinte. »Oder sollte ich sagen: sie immer und immer wieder ansehen zu können. Seine heiße, kleine Freundin.«

Ich wusste noch immer nicht, worauf er anspielte: »Freundin?«

»Welche Freundin?«, fragte Zoe.

»Na, wen schon?«, stellte er fast spöttisch die Gegenfrage, nur um gleich darauf die Antwort zu liefern. »Olivia Leigh, natürlich. Die weibliche Hauptrolle. Der *Schuss*. Das Sternchen. Wen denn sonst?«

Wir sahen einander überrascht an.

»Seine Kollegin?«, fragte ich.

»Die beiden waren ein Arsch und eine Seele gewesen, könnte man sagen.« Speedy schien nicht viel von ihr zu halten.

»Wie meinen Sie das?«

»Genau so, wie ich es sage. Kommt schon, das ist heute nicht anders. Johnny Depp, Brad Pitt und wie sie alle heißen. Affären gibt es immer. Am Set, im Wohnwagen. Das war früher nicht anders. Die beiden waren ein sehr gutes Team. Drehen einen Film, sind das Liebespaar vor der Kamera. Und dahinter? Hey, Olivia hat ihm schöne Augen gemacht. Und Clayton war offen für Schmeicheleien.« Er hustete. »So war das beim Film. Sie sollten ein Liebespaar spielen und …« Er grinste, aber es sah eher so aus, als würde er seine vom Nikotin gelben Zähne blecken, wie ein Raubtier. »Den Rest könnt ihr euch denken.«

Zoe sah mich an. Ja, es war nicht schwer, sich den Rest zu denken. »Aber Mr Parker sagte, dass er Clayton Stewart junior als kleinen Jungen gekannt hatte.«

»Ja, das stimmt. Das machte die Sache nur noch prickelnder. Clayton war verheiratet und er und seine hübsche, naive und ahnungslose Frau hatten einen Sohn.« Er sah uns an. »Und? Was sagt uns das?«

Wir schwiegen.

»Das Leben«, murmelte er, »ist kompliziert.« Er zwinkerte Zoe zu. »Männer«, sagte er, »sind Dreckskerle.«

»Sie meinen, die beiden hatten eine Affäre?«, hakte Zoe noch einmal nach. Sicher ist sicher.

»Affäre, Techtelmechtel, wie auch immer. Am Ende aber, scheiße, verdammt, am Ende war sie tot. Olivia Leigh.

Mausetot wie irgendwas. Erschossen von einem Penner, der sie einfach nur ausrauben wollte.« Er beugte sich vor. »Wisst ihr, was ich glaube? Ich glaube, dass Clayton sie geliebt hat. Deswegen ist er scharf auf den Film. Er will sie sich immer und immer wieder anschauen. Seine Ehe ist im Arsch, schon lange, und er ist jetzt ein alter Sack, wie wir alle. Die Zeit hat uns allen eins ausgewischt. Kein junges Ding dreht sich mehr nach ihm um. Und was macht man dann? Man taucht in die Vergangenheit ein. Erinnert sich an die Zeit, in der man ein richtiger Kerl war. Einer, der nicht fünfmal in der Nacht aufstehen muss, um einmal zu pinkeln.« Erneutes Husten. »Einer, dem die Weiber nachlaufen. Ja, das ist wohl der Grund, warum er die Filmrollen unbedingt haben will.« Speedy sah mich an, kicherte: »Aber, Jungchen, man könnte natürlich auch sagen: *aus nostalgischen Gründen.«* Er hielt sich den Bauch vor Lachen und schüttelte den Kopf.

Die Ladentür ging auf. Speedy begrüßte einen Mann, offenbar ein Stammkunde, verkaufte ihm eine Schachtel Pall Mall und den *New Yorker,* dann gab es noch Small Talk über die Baustelle drüben in der MacDougal Street und den Krach, den die Arbeiter schon am frühen Morgen machten und wegen dem man schon wach wurde, bevor CBS sein Frühstücksprogramm startete. Die beiden klopften sich auf die Schulter, wie sie es wohl jeden Tag taten.

Als der Mann weg war, fragte ich noch mal nach den Filmrollen: »Und Sie haben wirklich keine Ahnung, wo sie sein könnten?«

Er zuckte die Achseln. »Abe wird sie irgendwo lagern.

Sollte nicht zu heiß sein, der Raum, denn das alte Zelluloid kann schnell entflammen.«

»Wir haben schon überall gesucht«, sagte Zoe.

Speedy ließ das unbeeindruckt. »Na, dann sucht eben weiter.«

Zoe nickte.

»Oder lasst es einfach sein«, grummelte er.

»Das geht nicht.«

Speedy schaute auf. »Warum nicht?«

»Großvater hat schon Geld dafür bekommen.«

Die kleinen Äuglein wurden noch schmaler. »Viel Geld?«

»Wir haben keine Ahnung, wo er das Geld hat.«

»Also *viel* Geld.« Speedy wirkte auf einmal sehr interessiert.

»Hat Großvater Ihnen gesagt, wie viel er für die Filmrollen verlangt?«

»Nein, er wollte abwarten, was Stewart zu zahlen bereit ist.«

Zoe sagte: »Mr Stewart will die Filmrollen haben. Wenn er sie nicht bekommt, will er das Geld zurück.«

Speedy nickte. »Und ihr beiden Armleuchter habt keins von beiden.« Dann lachte er laut los. »Ihr zwei steckt ganz schön in der Scheiße, würde ich sagen.«

»Ja, das sehen wir auch so«, gab ich zu. Langsam ging der Kerl mir auf die Nerven.

»Wisst ihr, was?« Speedy schaute sich um, so, als wolle er sich vergewissern, dass niemand unserem Gespräch lauschte.

Zoe fragte: »Was?«

Er beugte sich zu ihr vor, flüsterte fast: »Vergesst die ganze Sache einfach.«

Blöder Ratschlag!

»Das können wir nicht.«

Speedy ging zu einem Karton, kniete sich daneben und öffnete ihn, begann, die Zigarettenschachteln in die Regale zu räumen. »Der alte Stewart hat jetzt bestimmt ganz andere Probleme als diesen Film.«

Was wollte er uns jetzt damit sagen? »Wie meinen Sie das?«

»Hört ihr kein Radio?«

Was meinte er?

»Schaut ihr nie ins Internet? Ihr Kids seid doch immer online. *Digital Natives,* ha! Das seid ihr doch. Aber ihr habt nichts davon gehört?«

»Wovon sollen wir gehört haben?«

Er stand vor uns, irgendwie herausfordernd. »*Soho.* Gestern Nacht.«

Zoe warf mir einen schnellen Blick zu. Sie dachte, was ich auch dachte: Er meint das Hotel, nicht den Stadtteil. Das Hotel, in dem ein gewisser Mr Mankiewicz wohnte.

»Clayton Stewart junior, Produzent aus Los Angeles, Sohn des Schauspielers mit gleichem Namen, derzeit geschäftlich in New York unterwegs, wurde heute Morgen tot aufgefunden.«

Wir starrten ihn an.

Speedy erklärte: »In seinem Hotel. Drüben, im *Soho.*«

Zoe sagte nichts. Uns fehlten die Worte. Mr Mankiewicz alias Clayton Stewart junior. Tot? Warum? Er hatte völlig gesund gewirkt.

»Das haut euch von den Socken, was?« Speedy schien es zu genießen, uns die Neuigkeit überbracht zu haben.

Mir blieb nichts anderes übrig, als zu nicken.

»Was ist passiert?«, wollte Zoe wissen.

Speedy schnaubte. »Woher soll ich das wissen?«

Meine Güte! »Was haben Sie im Radio gesagt?«

Er sprach langsam, abwartend, *lauernd:* »Nur, dass es nach einem Unfall aussieht.«

»Unfall?«

»Irgendwas mit Kopfverletzung. Das ist auch schon alles.«

Stille.

Schweigen.

Zoe war ganz bleich geworden. Es war nicht schwer, ihre Gedanken zu lesen. *Was, wenn das alles etwas mit dem Film zu tun hat? Was, wenn es ein Mord war? Was, wenn es noch jemanden gibt, der sich für die Filmrollen interessierte?*

»Ihr seht also, Stewart wird jetzt andere Sorgen haben, als aus – wie war das doch gleich? – *aus nostalgischen Gründen* nach dem Film zu suchen.«

Das war in der Tat eine Neuigkeit, mit der wir nicht gerechnet hatten.

»Stewart wird euch nicht mehr wegen der Filmrollen behelligen.« Speedy zuckte die Achseln. »Aber, wer weiß? Vielleicht gibt es andere? Passt auf euch auf, ihr beiden. Und seid vorsichtig.« Er hustete wieder, inhalierte tief den Zigarettenrauch. »Und jetzt, Kinder, könnt ihr Land gewinnen. Ich habe mit dieser ganzen Filmscheiße seit vierzig Jahren nichts mehr zu schaffen.« Er ging zur Tür und öffnete sie für uns. »Was immer ihr vorhabt, seid vorsichtig. Traut keinem. Die Filmbranche ist eine Schlangengrube, und wenn Geld im Spiel ist, ist es immer ernst.«

Zoe nickte nur. Das alles hatte ihr die Sprache verschlagen. Vielleicht aber traute sie sich auch einfach nicht, etwas zu sagen. Speedy wirkte jetzt nicht mehr *lauernd,* er wirkte *böse*. Wir spürten es beide.

Ich sagte nur: »Danke für alles.« Das war es dann auch schon. Wir verließen das *Cigarettes & Coffee*. Und neben dem unguten Gefühl, den Blick Speedy Zimmermanns im Rücken zu wissen, dachte ich an das, was er gesagt hatte, an den alten Spruch *Man sieht sich immer zweimal im Leben*.

Wir nahmen die Subway rüber nach Brooklyn. Wir redeten nicht viel, standen im Zug dicht nebeneinander, spürten die Wärme des anderen, seinen Atem, den Herzschlag und suchten mit unseren Telefonen das Internet nach Hinweisen ab, die mit dem *Soho House* und dem Produzenten aus Los Angeles zu tun hatten. Die Tatsache, die wir beide nicht aussprechen wollten, war so einfach wie viele Wahrheiten: Speedy Zimmermann hatte uns beiden Angst gemacht. Es ist uncool, das zuzugeben, ich weiß, aber manchmal trifft man Menschen, die einen spüren lassen, dass sie böse sind. Man sieht sie an und spürt es einfach. Menschen, bei denen sich einem die Nackenhaare aufstellen und man eine Gänsehaut bekommt. Speedy Zimmermann war so einer.

Das allein beantwortete aber noch nicht eine der vielen Fragen, die wir uns auf einmal stellen mussten.

»Glaubst du, sie haben die Filmrolle in seinem Hotelzimmer gefunden?«

»Hier steht nichts«, sagte ich.

»Da steht auch nirgends was von einer Kopfverletzung«, stellte Zoe fest.

Die einzige Information, die man online fand, war der Hinweis auf einen Unfall im *Soho House*.

Und wir stiegen aus der Subway und trieben wie unter Schock durch den anbrechenden Abend, bis wir die Fassade des *Rosebud* vor uns sahen.

»Was sollen wir jetzt machen?«, fragte Zoe, als sie das Kino aufschloss.

»Was meinst du?«

»Sollen wir zur Polizei gehen?« Sie knipste das Licht an.

»Um denen *was* zu sagen?«

Sie überlegte. »Du hast recht, sie würden uns nicht glauben. Die ganze Geschichte klingt völlig unlogisch.«

Wir beschlossen, die Sache einen Moment ruhen zu lassen, und kümmerten uns um das Kino. Lichter einschalten, Popcorn-Maschine erhitzen, Kasse bereit machen, Filme und Projektoren klarmachen. Ich übernahm die Kasse, Zoe ging in den Vorführraum und kümmerte sich um die Technik. Es kam mir plötzlich so vor, als hätte ich nie etwas anderes getan, als hier im Kino zu arbeiten. Alles wirkte vertraut, aber ich wusste, dass es das nur tat, weil das *Rosebud* wie Zoe war. Es gehörte *zu ihr*, und im Kino zu sein, na ja, das bedeutete, ihr nah zu sein.

An diesem Abend zeigten wir einen alten Film mit Paul Newman *(Nobody's Fool)* und, weil er so gut ankam, noch einmal *Can a Song save your Life?* mit Keira Knightley und Mark Ruffalo. Insgesamt kamen wir heute auf sechsundzwanzig Gäste (von denen aber nur zwei *Nobody's Fool* anschauten). Die meisten kauften sich Popcorn, ein paar wollten Kaffee. Kein *Siegergeschäft,* wie Bridget es formulieren würde, aber besser als die Tage zuvor.

Als die Filme liefen, ging ich zu Zoe in den Vorführraum.

»Was hältst du von Speedy?«

»Der macht mir Angst«, sagte sie. »Und zwar so richtig.«

»Mir auch.« So, jetzt war es immerhin raus.

»Glaubst du, er hat die Wahrheit gesagt?«

»Ich weiß nicht.«

Speedy war einer von den Menschen, die immer verdächtig wirkten.

»Clayton Stewart junior ist tot«, sagte Zoe. Sie zitterte. »Das ist auf einmal so nah, weißt du.«

»Wir wissen nicht, ob sein Tod irgendwas mit der Filmsache zu tun hat.« Keiner von uns kannte Clayton Stewart junior. Vielleicht war er krank?

»Tom, es geht hier um verdammt viel Geld.«

Ich wusste, was sie meinte.

»Irgendjemand hat das Geld. Mein Gott, wir reden hier von einer Viertelmillion Dollar.«

Allein bei dem Gedanken daran konnte einem schwindlig werden.

Zoe schloss die Augen. »Das alles wächst mir über den Kopf«, flüsterte sie.

Ich nahm sie in die Arme und so saßen wir eine ganze Weile da, ruhig, still, nur das Gesicht im Haar des anderen verborgen, als sei dieser eine Augenblick hier, und nichts anderes, die ganze Welt. Wir saßen in dem Vorführraum, genau zwischen Kino eins und Kino zwei; Kinos, in denen zwei völlig unterschiedliche Filme liefen, und irgendwie kam es mir in den Sinn, dass wir der dritte Film waren, der heute Abend im Programm war. Während die anderen beiden Filme irgendwann endeten, lief unserer weiter. Wie er enden würde, wusste keiner von uns. Aber als die anderen beiden Filme zu Ende waren, da ließ ich den dritten Film mit einem Kuss enden, einem, der lang und ehrlich war, der Mut machte und ein Versprechen war.

Wir warteten, bis die Gäste alle gegangen waren. Zoe schloss das Kino ab, wir räumten auf und machten sauber. Alles genau so wie immer. Dann durchsuchten wir noch mal den leer stehenden Kinosaal mit dem Gerümpel, aber ohne Erfolg. Es gab keine Filmrollen im *Rosebud*. Hier würden wir nichts finden. Das Kino war kein Weg, der irgendwohin führte.

»Vielleicht war alles ja ganz anders«, dachte ich laut nach, als wir im Foyer standen und die Lichter ausmachten.

»Wie denn?«

»Nur mal angenommen«, begann ich, »Speedy erfährt von deinem Großvater, dass der die Filmrollen besitzt. Die beiden haben sich irgendwo getroffen und über die alten Zeiten geredet und im Zuge dieser Unterhaltung hat dein Großvater ihm von der ganzen Sache erzählt. Speedy weiß also, dass dein Großvater einen hohen Preis verlangt. Aber er weiß nicht, ob Clayton Stewart auch bereit ist, den zu zahlen.«

»Deswegen der Anruf.«

»Ja.«

Zoe wirkte unsicher. »Glaubst du, die beiden wollten sich das Geld teilen?«

»Keine Ahnung. Vielleicht ja.« Ich zögerte. »Aber wozu?« Wenn Abraham Tenenbaum den Film gehabt hatte, fiel mir kein Grund ein, weshalb er das Geld mit Speedy Zimmermann hätte teilen sollen. Die beiden waren ganz offensichtlich keine guten Freunde gewesen, die einander aus der Klemme helfen, wenn es eng wird. »Und wenn es so wäre, hätte Speedy uns eine ganz schöne Lügengeschichte aufgetischt.«

Ein Auto hupte und wir zuckten beide zusammen.

Zoe lächelt nervös.

»Dann«, führte ich den Gedanken fort, »stirbt dein Großvater. Die Filmrollen sind weg.«

»Bis auf die eine«, gab Zoe zu bedenken.

Mir fiel auf, dass die eine Filmrolle, die Clayton Stewart junior schon erhalten hatte, bisher der einzige Beweis dafür war, dass die Kopie von *Die Geheimnisse von Brooklyn,* um die es die ganze Zeit ging, wirklich existierte.

»Ja, bis auf die eine. Wenn es stimmt, was er uns gesagt hat.«

»Vielleicht hat Großvater die anderen beiden Speedy gegeben?«

»Damit er sie aufhebt?« Machte das Sinn? Nicht wirklich.

Zoe meinte: »Oder aber Speedy hat gewusst, wo Großvater sie lagert.«

»Du glaubst, er hat sie gestohlen?«

»Zutrauen würde ich es ihm.«

»Um das Geld selbst einzustreichen?«

»Ja genau.« Zoe, die neben mir herging, blieb stehen. »Clayton Stewart klappert die Filmleute von damals ab. Albert *Hank* Parker und Harvey *Speedy* Zimmermann. Das sind die Einzigen, die von dem ursprünglichen Filmteam noch am Leben sind; Clayton Stewart senior mal außer Acht gelassen. Er spricht mit Hank, der nichts weiß. Dann mit Speedy, der die Filmrollen hat und auf die Idee kommt, die Sache, die Großvater begonnen hat, zu Ende zu bringen.«

»Du meinst, er hat Stewart erpresst?«

»Na ja, ich weiß nicht.«

»Könnte aber sein«, stimmte ich ihr zu. »Er geht zu ihm ins Hotel und will Geld sehen.«

»Vielleicht mehr Geld, als ursprünglich vereinbart war.«

»Ja.«

»Die beiden geraten in Streit und dann hat Stewart einen Unfall.«

»Genau.«

Zoe schüttelte den Kopf »Na ja, das klingt schon sehr nach TV-Krimi.«

»Im Internet steht nirgends etwas von einer Kopfverletzung.«

»Wir wissen ja gar nicht, ob es eine Kopfverletzung war«, gab sie zu bedenken.

»Und wenn sich morgen herausstellt, dass es eine war?« Das würde bedeuten, dass Speedy Zimmermann es gewusst hatte. Und es gab nur eine Möglichkeit, wie er es gewusst haben kann.

Zoe erriet meine Gedanken mühelos. »Glaubst du, dass Speedy zu so was fähig ist?«

Ich musste gar nicht erst überlegen. »Ja.« Irgendwie war ich davon überzeugt, dass es so gewesen sein könnte. Speedy war einer von denen, in denen es *brodelt.* Menschen wie er explodierten leicht. Kurz, für einen unangenehmen Sekundenbruchteil, dachte ich an Rockport.

»Am Ende ist das alles nur Spekulation«, stellte ich fest.

Wir gingen weiter. Als wir die Haltestelle erreicht hatten, mussten wir warten.

Zoe schaute in den Nachthimmel hinauf. Man konnte ein paar Sterne erkennen, nur undeutlich, weil die Stadt so hell war. »Wie eine *Amerikanische Nacht«*, sagte sie leise. Dann sah sie mich an.

»Was meinst du?«

»Manchmal filmt man Nachtszenen am Tage«, erklärte sie. »Sie werden dann im Nachhinein künstlich abgedunkelt. Man kann das auch durch einem besonderen Filter und Unterbelichtung beim Dreh erreichen. Wenn die Sonne richtig steht, dann sieht sie später im Film wie Mondlicht aus. Man nennt das auch Day-for-Night.« Sie wirkte nachdenklich. »Wenn man eine *Amerikanische Nacht* filmt«, sagte sie, »dann ist alles anders, als es aussieht. Man merkt es später nicht, aber nichts ist so, wie man glaubt.«

»Du glaubst, dass es hier ähnlich ist.«

Sie nickte. »Clayton Stewart und Olivia Leigh hatten eine Affäre. Vielleicht ist das der Schlüssel zur Bedeutung der Filmrollen.«

Ich musste wieder an Speedy denken, an den triefenden Spott in seiner Stimme, als ich geäußert hatte, dass die

Filmrollen für Clayton Stewart *aus nostalgischen Gründen* von Bedeutung wären.

Dann kam der Bus, der uns nach Park Slope brachte. Im Bus legte Zoe den Kopf an meine Schulter. Wir schwiegen die ganze Fahrt über, und es tat gut, nicht zu reden. Ihr Haar roch nach Sonne, selbst jetzt, am Abend.

In Park Slope stiegen wir aus und ich brachte Zoe nach Hause. Es war ruhig und still in den Straßen. Ab und zu begegneten wir einem Hundebesitzer, der abends noch mal kurz rausmusste. Wir gingen langsam, weil wir beide nicht wirklich wollten, dass wir ankamen.

»Mal angenommen«, sagte ich, »Speedy hat die Filmrollen, die wir suchen. Wo würde er sie wohl aufbewahren?«

»In seiner Wohnung?«

»Genau.«

»Und seine Wohnung ...«

»... befindet sich über dem Laden.« Das hatte Mr Parker gesagt.

Zoe starrte mich ungläubig an. »Denkst du das, was ich denke, das du denkst?«

»Kann sein.«

»Sag mir, dass du das nicht ernst meinst, Tom!«

Ich machte ein unschuldiges Gesicht. »Es ist der einzige Weg herauszufinden, ob sie dort sind.«

Sie blieb stehen und sah mich herausfordernd an. »Du willst bei ihm einbrechen?«

»Ich würde es nicht einbrechen nennen.«

»Wie denn dann?«

»Na ja, anders. Recherchieren, zum Beispiel.«

Sie fuchtelte mit den Armen in der Luft herum, drehte

sich im Kreis. »Du spinnst doch.« Es klang wie ein Kompliment.

»Ja wahrscheinlich.«

Sie überlegte.

»Zoe, hör zu. Ein Einbrecher stiehlt Dinge, die ihm nicht gehören. Ich will nur in die Wohnung, um dort nachzusehen, ob er die Filmrollen hat. Wenn sie dort sind, kann ich sie mitnehmen, denn sie gehören deinem Großvater. Das ist kein Diebstahl.«

»Das wird die Polizei anders sehen, wenn sie dich erwischt.«

»Ich habe nicht vor, mich erwischen zu lassen.«

Sie war noch immer nicht wirklich überzeugt. »Wie willst du das anstellen?«

»Hast du die Feuerleiter gesehen?«

»Du willst da raufklettern?«

»Das geht.«

»Und wenn du oben bist? Willst du dann sein Fenster einschlagen?«

»Nein.«

»Wie willst du in die Wohnung kommen?«

»Er ist Raucher. Die haben meistens die Fenster geöffnet, wenn sie nicht zu Hause sind.«

»Ist das so?«

»Bei den Rauchern, die ich kenne, ist das so.«

»Wie viele Raucher kennst du denn?«

Die meisten davon in Rockport. »Ein paar.«

»Genug?«

»Ja.«

»Und wenn er in der Wohnung ist?«

»Das ist das Problem. Wir müssen eben dafür sorgen, dass er *auf keinen Fall* in der Wohnung ist.« Das Letzte, was ich wollte, war, Speedy in der Wohnung zu begegnen.

Zoe ahnte es. »Du willst tagsüber bei ihm einsteigen?«

»Ja, wenn er unten im Laden ist.«

»Und wenn er den Laden verlässt?«

»Du achtest darauf, dass er das nicht tut. Und wenn er kommt, dann musst du mich anrufen und warnen.«

»Tom, das ist verrückt.«

»Ja, ist es. Aber hast du eine bessere Idee?«

»Nein.« Hatte sie nicht.

»Wenn er die Filmrollen hat, dann sind wir mit einem Schlag alle Probleme los.«

Sie nickte.

Wir würden die Filmrollen Clayton Stewart senior übergeben und alles wäre gut.

»Was ist mit dem Geld?«, fragte sie.

»Was meinst du?«

»Glaubst du, dass Speedy das Geld genommen hat?«

»Ich weiß nicht.«

Wir gingen den restlichen Weg bis zu ihrem Haus schweigend nebeneinanderher. Auf der Treppe küssten wir uns. »Du bist verrückt, Tom Balfour«, flüsterte sie. Wir würden uns treffen, gleich morgen Mittag, drüben im Village. »Du auch«, erwiderte ich.

Dann ging sie ins Haus und ich kehrte in die Amity Street zurück. Über mir schien der Mond und ich dachte daran, dass dies vielleicht nur eine *Amerikanische Nacht* war, so dunkel und klar, wie Zoe sie mir beschrieben hatte, und dass das einzig Echte daran wir beide waren.

10

Die ganze Nacht über plagte mich nur ein einziger Gedanke: Sollte ich das, was ich Zoe vorgeschlagen hatte, wirklich tun? Ich ging den Plan, den ich mir zurechtgelegt hatte, in Gedanken immer wieder durch, und sosehr ich auch nach einem Fehler in meinem Vorhaben suchte, ich konnte keinen finden. Eigentlich konnte nichts schiefgehen. Okay, eine Sache war vielleicht nicht ganz so gut durchdacht. Zoe würde den Laden eventuell noch mal betreten müssen. Ich ging davon aus, dass Speedy, wenn er kurz nach oben in seine Wohnung ging, den Laden abschließen würde (immerhin waren die Zigarren und der ganze Kram zu wertvoll, um sie unbeaufsichtigt zu lassen). In diesem Fall würde Zoe von der Straße aus sehen, dass er unterwegs wäre. Wenn er aber nach oben käme, ohne den Laden abzuschließen, dann würde sie es nicht sehen. Und ich säße in der Falle. Trotzdem, der Plan schien im Großen und Ganzen aufzugehen. Das Risiko für mich wäre gering, der Gewinn, wenn ich die Filmrollen finden würde, enorm. Was hatte ich also zu verlieren? Genau: nichts.

Ich musste an Rockport denken und den Schlamassel, in den ich dort hineingeraten war, eigentlich wie zufällig, ohne dass ich wirklich etwas dafürkonnte. Das hier würde nicht annähernd so schlimm werden, selbst dann nicht, wenn alles schieflief. Das Schlimmste, was mir passieren könnte, waren die Prügel, die mir Speedy zweifelsohne verabreichen würde, sollte er mich in seiner Wohnung erwischen, wenn ich es nicht schaffen würde, schnell genug abzuhauen. Zumindest schätzte ich ihn so ein. Er war jemand, in dem es *brodelte,* und Menschen, in denen es *brodelt,* neigen meistens dazu, ihrem Ärger ungehindert Luft zu machen, und erst *nachdem* sie dem Druck nachgegeben haben, fragen sie sich, wenn überhaupt, ob sie richtig oder falsch gehandelt haben. Er schien keiner zu sein, der die Polizei rief, wenn er einen Einbrecher erwischte.

Außerdem tat ich es für Zoe. Das Ganze hatte etwas Heldenhaftes, zumindest redete ich mir das ein.

Am Morgen fühlte ich mich verkatert und unruhig.

Zoe hatte mit Mrs Lampert im Blumenladen vereinbart, morgens zu arbeiten, weil sie gestern früher Schluss gemacht hatte (ihr Vertrag sah vor, dass sie einen Tag im Laden arbeitete; außerdem, hatte sie eingewandt, würde es sie bestimmt ablenken und auch beruhigen, wenn sie dort war).

Ich arbeitete in der Zeit im *Thunderbird* und ließ gleich zweimal Geschirr fallen, was nicht unbedingt dafür sprach, dass ich ruhiger als Zoe war. Bridget jedenfalls ließ sich bebetteln, mich ein bisschen früher als üblich gehen zu lassen. Ben erklärte sich bereit, eine Vorlesung zu schwänzen, was, wie er meinte, mich eine Mittagsschicht kosten würde (ein fairer Preis). Ich willigte also ein, irgendwann eine Mittagsschicht für ihn zu übernehmen, wenn er mir dieses eine Mal aushalf.

So konnte ich rechtzeitig aus dem *Thunderbird* verschwinden und traf Zoe gegen ein Uhr am Washington Square.

»Glaubst du, wir schaffen das?« Sie wirkte unglaublich nervös.

Ich nickte aufmunternd. »Was soll schon passieren?«

»Mir fällt da jede Menge ein.«

Wir gingen zur West 9th und spähten die Lage aus.

Speedy war allem Anschein nach im Laden. Es war sogar einiges los, die Kunden gaben sich die Klinke in die Hand. Wir standen auf der anderen Straßenseite, verborgen hinter den zahlreich parkenden Autos. Die vielen Bäume spendeten Schatten und ich ging davon aus, dass man von gegenüber in die Sonne blinzelte und alles, was sich auf dieser Seite der Straße befand, höchstens als Silhouetten im Gegenlicht wahrnehmen konnte.

In dem für New York typischen Zickzack-Muster liefen die gitterartigen Feuerleitern wie ein Netzwerk die Wand hinauf, eine kleine Plattform auf jedem Stockwerk, dann ging es weiter hinauf bis zum Dach. Das Problem war, die Leiter zum ersten Stockwerk hinauf zu erklimmen.

»Sieht verdammt hoch aus«, meinte Zoe.

»Wenn ich auf eine der Mülltonnen da drüben klettere, müsste ich es schaffen.«

Ein guter Plan ist immer ein einfacher Plan. Die untere Leiter war nicht ganz hochgezogen (das waren sie nur selten). Ich müsste sie nur kurz zu fassen kriegen, dann könnte ich sie herunterziehen und nach oben klettern.

»Es wird nicht besser, wenn ich länger warte«, sagte ich.

Zoe beobachtete die andere Straßenseite.

Auf der West 9th herrschte reger Verkehr. Wenn ein Lieferwagen oder ein SUV langsam fuhr, versperrte er für ein paar Sekunden die Sicht auf das *Cigarettes & Coffee*. Ich hoffte, dass das nicht weiter schlimm war.

Die Fußgänger waren genauso in Eile wie überall in Manhattan.

»Hey, Tom.« Zoe küsste mich. »Ich liebe dich.« Sie lächelte. Weil ich wusste, dass sie Harrison Ford mochte, setzte ich ein schiefes Grinsen auf und sagte nur: »Ich weiß.«

Ein letzter Blick auf den Laden. Drüben war alles ruhig. Speedy bediente Kunden, er hatte zu tun.

Wir kontrollierten unsere Telefone.

»Wenn er den Laden schließt«, sagte ich, »dann rufst du mich sofort an.«

»Versprochen.«

»Wenn du dir nicht sicher bist, ob er im Laden ist«, fügte ich hinzu, »dann schau durchs Fenster.«

»Wenn ich nicht sicher bin«, sagte sie, »dann ruf ich dich an und du haust sofort ab.«

Dagegen war nichts einzuwenden. Im Gegensatz zu der Sache in Rockport war das hier wenigstens gut geplant. Die Aussicht, erwischt zu werden und meinen Plan einem Polizisten erklären zu müssen, war aber alles andere als verlockend. Außerdem würde ein Polizist herausfinden, was damals in Maine gelaufen war. Und ich müsste Zoe erklären, warum ich ihr das alles bisher verschwiegen hatte.

Nein, es gab kein Zurück.

Positives Denken war angesagt.

Ein allerletzter Kuss, dann rannte ich rüber auf die andere Straßenseite.

Der Hauseingang befand sich direkt neben dem Laden. Ich studierte die Namen auf den Klingelschildern. So, wie es aussah, gab es in jedem Stock nur zwei Wohnungen. Gut so! Eine rechts, die andere links. *H. Zimmermann* befand sich im zweiten Stock, links.

Ich zog die Mülltonne, ein schweres Ding, das fast direkt unter der Leiter stand, etwa einen Meter nach vorne. Die Passanten schenkten mir keinerlei Beachtung. Typisch! Es war auch kein Verkehrspolizist zu sehen.

Die Gelegenheit war günstig. Also los!

Ich kletterte auf die Mülltonne, nahm kurz Anlauf, sprang in die Höhe. Gleich beim zweiten Mal bekam ich die Unterseite der Leiter zu fassen. Sich festzuhalten, reichte aus, um den Mechanismus in Gang zu setzen. Die Leiter fuhr nach unten, verfehlte die Mülltonne um Haaresbreite. Ich kletterte schnell nach oben, bis rauf in den ersten Stock, dann hielt ich an. Die Leiter ließ sich einfach wieder hochziehen. Ein paar Leute auf der Straße sahen mir bei der Aktion zu, aber niemanden kümmerte, was ich da tat. Es war wohl zu offensichtlich, um ein Einbruch zu sein. Außerdem: Das ist New York. Man sieht Dinge und vergisst sie schnell wieder. Jeder, der hier lebt, ist geübt in der Kunst des Wegsehens. Das erspart einem Scherereien.

Ich atmete auf, schaute nach unten.

Es wäre gelogen zu behaupten, dass ich Höhe mag.

Drüben, auf der anderen Straßenseite, erkannte ich Zoe, die hinter einem parkenden Auto stand und so tat, als wäre sie online.

Ich hatte keine Zeit zu verlieren, kletterte die nächste

Leiter nach oben und vermied es, direkt nach unten zu schauen. Die Feuerleiter war ein Gitterwerk aus Stahl und man hatte trotz des Gitters das Gefühl, direkt in der Luft zu stehen. Der leichte Schwindel, der sich sofort einstellte, wenn man trotzdem den Fehler machte, nach unten zu sehen, verschwand aber wieder, sobald man sich darauf konzentrierte, nicht mehr nach unten zu schauen.

Als ich im zweiten Stock ankam, holte ich erst mal tief Luft. Ein kühler Wind wehte hier oben, das Blätterwerk der Bäume rauschte. Es war verdammt hoch, höher, als ich gedacht hatte. Von unten hatte es längst nicht so hoch ausgesehen.

Ich schloss kurz die Augen, dann untersuchte ich die beiden Fenster, die ich von der Feuertreppe aus erreichen konnte. Das Gitter der Feuertreppe befand sich fast auf der Höhe der Fenster, sodass man, wollte man in die Wohnung klettern, *hinab*steigen musste.

Glücklicherweise hatte ich recht gehabt, was die Sache mit den Rauchern und ihren Fenstern anging. Beide Fenster waren einen Spaltbreit geöffnet. Das eine gehörte zum Wohnzimmer, das andere zur Küche. Ich entschied mich für das Wohnzimmerfenster, weil es etwas breiter war.

Zu meiner Überraschung war es ganz einfach, das Fenster nach oben zu schieben. Rauchige Luft wehte mir entgegen, ein muffiger Geruch, eine Mischung aus kalter Pizza, Asche und Schweiß. Es gab keine Pflanzen in der Wohnung und die Sonne, die ich im Rücken hatte, warf meinen Schatten auf einen Teppich, der nicht gerade dazu beitrug, den Raum gemütlich wirken zu lassen.

Langsam, vorsichtig, kletterte ich in die Wohnung hinein und passte auf, dass ich nichts umstieß. Speedy sollte ja nicht wissen, dass jemand hier gewesen war.

Als ich drin war, verschaffte ich mir erst mal einen Überblick.

Die Wohnung war klein. Dünne Sonnenstrahlen zerschnitten sie in Streifen, Staub tanzte in der Luft, Dreck schimmerte auf dem Wohnzimmertisch, dem Fernseher und den Schränken. Es gab eine alte Stehlampe mit löchrigem Schirm, auf dem Boden lagen die Zeitungen der letzten Tage. Schuhe standen an der Wand neben dem Sofa, ein paar Klamotten hingen darüber.

Ich ging vorsichtig weiter in die Wohnung hinein.

Hier zu sein, war ein komisches Gefühl. Alles in mir war angespannt. Ich wusste, dass ich etwas Verbotenes tat. Ich war ein Eindringling. Ich hatte hier nichts verloren.

Plötzlich fragte ich mich, was passieren würde, wenn jemand anderes als Speedy hier wäre. Allein der Gedanke war ein Schock. Mist! Das war der Fehler, den ich bei der Planung gemacht hatte. Was, wenn Speedy eine Freundin hatte? Oder jemand zur Untermiete bei ihm wohnte? Wenn er einen Hund hatte, der nebenan in der Küche oder im Bad schlief? Mit einem Mal kam mir mein Plan doch nicht mehr ganz so perfekt vor und mir wurde bewusst, dass ich kein Profi darin war, in fremde Wohnungen einzusteigen.

Ich hielte inne.

Lauschte.

War da ein Geräusch gewesen? Ein Knarren der Dielen? Atmen? Eine Bewegung?

Nein!

Erleichtert atmete ich wieder. Erst jetzt fiel mir auf, dass ich für einige Momente die Luft angehalten hatte.

Bring es hinter dich und dann hau ab, sagte eine innere Stimme. *Schau dir alles an und verzieh dich, bevor etwas passiert, das du bei deinem tollen Plan übersehen hast.*

»Also gut«, flüsterte ich, »wo hast du den Film versteckt?« Es tat gut, die eigene Stimme zu hören. Machte Mut. Na ja, ein bisschen zumindest.

Ich schaute auf mein Smartphone.

Nichts.

Zoe würde sich melden, falls Speedy nach oben käme.

Oder?

Ich schüttelte den Kopf. Nein, bloß nicht daran denken. Das ist nur die Angst, dass etwas schieflaufen könnte. Sie wird sich schon melden.

»Bleib locker«, flüsterte ich mir selbst zu.

Hier ist niemand.

Ich seufzte.

Also dann: Los!

Die Filmrollen mussten einfach da sein. Wenn nicht hier, wo sonst?

Ich wusste, wie groß die Blechdosen mit den Filmrollen waren. Zoe hatte mir ein paar im Kino gezeigt. Sie konnten also unmöglich in irgendwelchen Schubladen oder Kommoden stecken. Ich ging systematisch vor, schaute unter das Sofa, hinter das Sofa, in alle Ecken und Schränke.

Was ich fand, war das Zeugnis eines nachlässigen Lebens. Die Klamotten im Kleiderschrank rochen nicht frisch und trotzdem nach zu viel Waschmittel, alles, was hier drin war, stank nach kaltem Rauch, der nicht mehr wegzudenken war aus der Bude. An den Wänden hingen Poster, eins mit einer nackten Frau und der Aufschrift Edward Hopper, daneben ein Filmplakat mit Uma Thurman auf einem Bett. Pulp Fiction. Hier und da Bilderrahmen mit Fotos. Ein Baseballschläger mit der Aufschrift *All you need is Love,* ein Regal mit Spielfilmen auf Videokassetten und DVDs. So gut wie keine Bücher. In der Küche jede Menge leere Flaschen Alkohol, die sich in einer Bananenkiste stapelten, auf dem Herd eine Pfanne mit den angepappten kalten Resten eines Chili con Carne, gleich daneben eine halb volle Flasche Whiskey, nicht einmal ordentlich verschlossen (der Deckel lag vermutlich irgendwo in der Spüle zwischen den Tellern und Tassen der letzten Tage).

Ich beeilte mich, suchte in den Küchenschränken, in der Besenkammer. Nichts. Ich blieb bei einigen der Fotos stehen und konnte nicht anders, als sie zu betrachten. Ein junger Mann, der die Haare kurz rasiert hatte. Speedy! Fotos, auf denen er seine Tätowierungen präsentierte. Hier und da ein Mädchen im Arm. Meistens aber Freunde, grinsende Kerle, denen ich nicht im Dunkeln hätte begegnen wollen. Speedy schien kein angenehmer Zeitgenosse zu sein. Auch auf den Fotos, die den jungen Speedy zeigten, sah er aus wie jemand, in dem es brodelt.

Ein Geräusch ließ mich aufschrecken.

Plötzlich dachte ich an das, was Speedy gestern gesagt hatte: *Man sieht sich immer zweimal im Leben.*

Nein, da war nichts. Nur jemand in der Wohnung im dritten Stock.

Man sieht sich immer zweimal im Leben.

Mein Telefon vibrierte und brummte leise.

Mist!

Ich ging ran, meine Hand zitterte.

»Tom?«

»Sag jetzt nicht, dass …«

»Er will den Laden schließen, glaube ich.«

Sofort spürte ich, wie sich alles in mir verkrampfte.

»Er will den Laden schließen? Warum denn das?« Ich schaute auf die Uhr. Viel zu früh. Warum schließt der Kerl seinen Laden kurz nach ein Uhr mittags? Da kommen die meisten Kunden vorbei. Meine Güte, das ist ein Tabakwarenladen, da schauen die Leute in der Mittagspause vorbei und kaufen sich was.

»Ich hab da ein ganz mieses Gefühl.« Sie klang panisch.

Stille.

Ich stand in der Küche wie ein Tier im Scheinwerferlicht.

»Er schließt den Laden ab.«

»Das ist zu früh.«

Man sieht sich.

»Komm da raus.«

Immer zweimal im Leben.

Mist, Mist, Mist!

Ich sah mich weiter um. »Geht nicht. Noch ein paar Minuten.«

»Wenn er nach oben geht, dann …« Sie sagte plötzlich nichts mehr.

»Was ist los?«

Es hörte sich an, als würde sie rennen. »Ich beschäftige ihn«, sagte sie.

»Zoe?«

»Ich lass das Telefon eingeschaltet.«

»Zoe!«

Sie hörte mir nicht mehr zu.

Verdammt.

Ich rannte zum Küchenfenster, schob es hoch, lehnte mich nach draußen und sah, wie sie unten über die Straße lief, einem Auto auswich. Sie winkte, aber nicht mir, und dann rief sie etwas, das ich natürlich nicht verstehen konnte, vermutlich seinen Namen.

Speedy.

Dann sah ich sie nicht mehr.

»Oh, verdammt«, fluchte ich.

Ich wurde nervös. Das Wohnzimmer hatte ich durchsucht, ohne Erfolg. Die Küche auch.

Nichts!

Vielleicht gab es einen Keller? Eine Garage? Womöglich hatte er die Filmrollen im Laden (wen kümmerten schon zwei Blechdosen, die irgendwo herumlagen?). Ich spürte, wie mir die Zeit durch die Finger rann. Dazu kam, dass ich keine Ahnung hatte, was Zoe genau vorhatte. Was, wenn Speedy Verdacht schöpfen würde? Er war ein misstrauischer Typ.

Ich schaltete das Telefon laut, sodass ich hören konnte, was weiter unten auf der Straße passierte. Es gab Störgeräusche, Autos, die vorbeifuhren, Wind, der flatternd das Mikro verzerrte, Stimmen, die im Hintergrund kamen und gingen. Ein laut scharrendes Flipflap-Geräusch, wahrscheinlich der Stoff der Jacke, in der das Telefon steckte. Wenn Zoe sich bewegte, rauschte es, raschelte, wurden

Geräusche lauter und Stimmen leiser. Trotzdem konnte ich das Gespräch erahnen.

»Was willst du denn schon wieder hier?«

»Mr Zimmermann.«

»Du sollst mich Speedy nennen. Keiner nennt mich Mister Zimmermann.«

»Okay, Speedy.«

Sie war außer Atem, das hörte man, vielleicht tat sie auch nur so.

Ich stand in der Küche und lauschte dem Dialog, stellte mir vor, wie die beiden unten auf dem Gehweg vor dem Laden standen, Speedy, der ins Haus gehen wollte, und Zoe, die genau das so lange wie möglich hinauszögern wollte.

»Hör zu, ich mach jetzt Mittagspause.«

»Um die Uhrzeit?«

»Was geht dich das an!«

»Nein, ich …«

»Ich lass mir doch von dir nicht sagen, wann ich meine Mittagspause zu machen habe. Das wär ja noch schöner.«

»So hab ich das nicht gemeint.«

»Komm, sag einfach, was du willst.«

»Ich habe nachgedacht.«

»Wie schön. Und?«

»Über die Filmrollen.«

»Ich hab dir doch gesagt, dass ich mit dem Scheißfilm nichts mehr zu schaffen habe.«

»Ja, aber Sie haben Großvater gekannt.«

»Na und?«

»Er hat Sie gemocht.«

Das war gut. Sie konnte sehr geschickt sein, wenn es drauf ankam. Dem Kerl ein Kompliment zu machen, war eine super Idee.

»Wie kommst du denn darauf?«

»Er hat mir viel von Ihnen erzählt.«

Pause.

»Von mir?«

»Ja.«

»Von dem Film, den wir gemacht haben, oder der Zeit, in der ich mein Geld verloren habe?«

»Von dem Film.«

Okay, ich musste die Zeit nutzen, die Zoe mir verschaffte. Ich suchte also weiter, im Schlafzimmer: Unter dem Bett fand ich zwei Koffer, die aber beide leer waren. Dann ein Blick unter die Matratze. Nichts.

In der Zwischenzeit lief das Gespräch zwischen Zoe und Speedy weiter. Die beiden waren, den Geräuschen nach zu urteilen, immer noch auf dem Gehweg vor dem Haus.

»Und er hat mich gemocht?«

»Ja.«

Ein neuer Gedanke bestürmte mich. Was, wenn Speedy die Mülltonne auffallen würde? Sie stand nicht dort, wo sie hingehörte. Würde er das merken? Und wenn ja, würde er womöglich einen Blick nach oben zur Feuerleiter werfen, dann wieder Zoe anschauen und eins und eins zusammenzählen.

»Kleine, ich habe Hunger.«

Das klang nicht so, als würde das Gespräch noch länger dauern.

»Tut mir leid.«

»Fass dich kurz.«

»Okay.«

»Also?«

»Ich habe mich gefragt, ob Sie nicht vielleicht doch wissen, wo der Film ist.«

»Ich weiß gar nichts.«

Zurück ins Badezimmer.

Ein schneller Blick hinter die Waschmaschine. Nur Dreck, sonst nichts. Sollte ich die Waschmaschine nach vorne rücken? Vielleicht hatte er die rückwärtige Wand der Maschine abgeschraubt und die Filmrolle *in* der Maschine versteckt (so, wie der Typ in der Fernsehserie *Fargo*, der das Mordwerkzeug, einen Hammer, in der Waschmaschine versteckt hatte). Blödsinn! Natürlich nicht. Die Filmrolle war kein Hammer und es wäre wohl kaum genug Platz in der Waschmaschine, um sie dort zu verstecken.

»Vielleicht hat Großvater mal etwas gesagt, an das Sie sich nicht mehr erinnern.«

»Wenn ich mich nicht mehr dran erinnere, Kleines, dann hat das einen Grund.«

»Ich meine ja nur.«

Speedy klang entnervt. *»Er hat nie über den verdammten Film gesprochen.«*

»Aber dieses eine Mal.«

»Hat er nur erwähnt, dass er Filmrollen gefunden hat, die er verkaufen will.«

»Warum hat er Ihnen das gesagt?«

Er seufzte.

»Okay, Kleines. Wir wollten uns das Geld teilen.«

»Warum?«

»Ich bin absolut blank.«

»Ich …«

»Pleite.«

»Und Großvater …«

»Wollte mir helfen. So sieht's aus. Das ist alles. Aber die Filme sind weg und Abe auch, und das war's jetzt.«

Hatte ich richtig gehört? Die beiden wollten sich das Geld also tatsächlich teilen?

Zoe ließ nicht locker. *»Aber vielleicht hat er etwas erwähnt. Oder jemanden? Ja, jemanden, bei dem er die Filmrollen gelagert haben könnte.«*

»Weißt du, was, Kleines?«

Sie sagte nichts.

»Ich habe Hunger. Es ist Mittag. Ich werde jetzt nach oben gehen und für eine Stunde die Füße hochlegen.«

Die Zeit war abgelaufen. Ich musste zusehen, dass ich hier rauskam.

»Aber …«

»Nein, kein Aber. Es reicht.«

Kurz darauf hörte ich, wie etwas klirrte. Ein Schlüsselbund. Sein Schlüsselbund. Er machte die Haustür auf.

Ich seufzte, zog den Duschvorhang beiseite.

»Verdammt!«, sagte ich laut. Die Blechdose lag in der Dusche. Ich konnte es kaum fassen. Am liebsten hätte ich mir die Augen gerieben. Nein, im Ernst, da lag sie. Direkt vor mir. Lieblos in die Dusche gelegt. Kein Versteck, nein, einfach nur ein Platz, wo das Ding aufbewahrt wurde. Sie war alt und voller Beulen und an manchen Stellen war sie rot vom Rost. Ein Aufkleber prangte deutlich lesbar an der Seite: *Das Geheimnis von Brooklyn*. Nicht *Die Ge-*

heimnisse, nur *Das Geheimnis*. Hatte das was zu bedeuten? Keine Ahnung. Ich beugte mich vor, betrachtete die Blechdose, in der sich der Film befand, hinter dem alle her waren. Plötzlich fühlte ich mich wie ein Gewinner, weil ich gefunden hatte, weswegen ich hergekommen war.

Dann hörte ich die Stimme im Telefon.

»Hau ab, Kleines, und lass mich in Frieden.«

Eine Tür wurde zugeknallt. Okay, die Haustür. Er war im Treppenhaus.

Das Freudengefühl verflog.

In mir schrie nur noch ein einziger Gedanke: Raus hier!

»Tom!«

Zoe!

»Verschwinde da oben.«

Sie legte auf.

Ich ließ das Telefon in meine Tasche gleiten.

Wie schnell brauchte jemand wie Speedy, um die Treppenstufen bis zum zweiten Stock hochzulaufen? Eine Minute? Mehr? Wie viel Zeit war schon vergangen? Ging er eher langsam?

Man trifft sich immer zweimal im Leben.

Ich schnappte mir die Blechdose mit der Filmrolle. Das Ding war schwerer, als ich vermutet hatte.

Ich klemmte mir die Blechdose unter den Arm und rannte zurück ins Wohnzimmer, legte die Blechdose draußen auf das Gitter der Feuertreppe, dann erst kletterte ich aus dem Fenster. Ich schob das Fenster behutsam wieder auf die Position herunter, in der ich es vorgefunden hatte.

Hatte ich auch alles genau so zurückgelassen, wie ich es vorgefunden hatte? Würde Speedy merken, dass jemand in seiner Wohnung gewesen war? Wann würde er ins Bad gehen und merken, dass die Blechdose weg war?

Egal!

Man trifft sich.

Ich hörte das Türschloss. Jemand drehte einen Schlüssel um.

Immer zweimal im Leben.

Speedy!

Er war da!

Ich duckte mich, presste die Blechdose an die Brust, kletterte, so schnell ich konnte, die Treppe hinunter. Ich versuchte, leise zu sein und nicht unnötig Krach zu machen, was gar nicht so einfach war. Glücklicherweise war der Lärm des Verkehrs so laut, dass meine Schritte auf der Feuertreppe wohl unbemerkt verhallten. Meine Beine zitterten, während ich Stufe um Stufe nach unten lief, vorsichtig und mit mulmigem Gefühl. Anders als vorhin, als ich *hinauf*gelaufen war, konnte ich nun nicht verhindern, nach unten zu schauen. Ich hielt mich am Geländer fest, atmete kurz durch.

Als ich im ersten Stock angekommen war, blieb ich einen Moment stehen.

»Wer sind Sie denn?«, fragte jemand.

Fast hätte ich vor Schreck laut geschrien. Eine ältere Dame schaute mich aus dem Fenster heraus an. Ihre Augen sahen aus wie die einer Eule, was wahrscheinlich an den extrem dicken Brillengläsern lag. Sie trug einen Bademantel und eine Haube, auf dem Fensterbrett, über das sie sich lehnte, saß eine fette Katze.

»Ich …«

»Sind Sie ein Einbrecher?«

Ich schüttelte den Kopf. »Nein, ich …«

»Was machen Sie denn dann hier?«

»Nichts. Ich meine, ich komme von oben.« Was für eine dämliche Antwort.

Sie sagte nur: »Aha!« Was alles bedeuten konnte.

Ich schaute nach oben. Ein Fenster wurde hochgeschoben, laut, geräuschvoll, als es gegen den oberen Teil des Rahmens knallte. Husten. Tiefer, rauchiger Husten.

Ich konnte nur hoffen, dass Speedy keinen Blick nach unten warf.

»Junger Mann, was tun Sie hier?«, wollte die alte Dame wissen.

Ich seufzte. »Können Sie ein Geheimnis für sich behalten?«

Die alte Dame wirkte misstrauisch.

»Ich habe ein Mädchen kennengelernt, wissen Sie. Und mich in sie verliebt. Aber sie hat einen Freund. Mit dem sie Schluss machen will.« Ich deutete nach oben. »Sie wohnt im dritten Stock.«

Die alte Dame musterte mich neugierig. »Die rothaarige Studentin?«

Ich nickte schnell. »Ihr Freund ist gerade gekommen. Ich konnte also nicht durchs Treppenhaus.« Ich sah sie mit einem Hundeblick an, der, so hoffte ich, seinen Zweck erfüllte. »Deswegen die Feuertreppe.« Ich hielt den Finger vor den Mund und schaute nach oben. »Sie dürfen nichts hören.« Noch mal der Hundeblick. »Ich bin kein Einbrecher.«

»Oh«, machte die alte Dame nur. »Wir waren doch alle mal verliebt.« Sie zwinkerte mir zu.

»Danke«, flüsterte ich.

Speedy schien noch nichts bemerkt zu haben. Ich hoffte, dass er die Reste des kalten Chilis aufwärmte und es eine Zeit lang dauern würde, bis er ins Bad ging.

»Na, nun hau schon ab«, sagte die alte Dame auf einmal.

Was ich mir nicht zweimal sagen ließ. Ich verabschiedete mich höflich und dann ließ ich die unterste Leiter ausfahren. Mit einem Riesengeschepper rauschte sie hinab, knallte unten gegen die Mülltonne, neben der Zoe schon wartete.

Ich hastete die Leiter hinab und war froh, wieder richtigen Boden unter den Füßen zu haben.

»Du zitterst«, stellte Zoe fest.

»Würdest du auch tun, wenn du da oben gewesen wärst.«

Sie starrte die Blechdose an, die ich noch immer gegen die Brust drückte.

»Ist nur die eine.«

Ein freudiges Lächeln breitete sich auf ihrem Gesicht aus. »Lass uns abhauen«, schlug sie vor.

Wie zwei Gauner, die einen gelungenen Beutezug hinter sich hatten, suchten wir das Weite. Wir rannten lachend und mit pochenden Herzen bis rüber zum Washington Square und konnten erst wieder Atem schöpfen, als wir endlich in der Subway saßen, die uns nach Hause brachte, zurück nach Brooklyn.

11

Niemand in der Bahn beachtete uns. Wir hatten sogar Sitzplätze ergattert, saßen eng nebeneinander und fühlten uns wie Helden. Noch immer schlugen uns die Herzen bis zum Hals. Zoe hielt die Blechdose mit der Filmrolle – *einer* Filmrolle – so fest wie einen Schatz, von dem ihr Leben abhing. Es waren nicht die *beiden* Filmrollen gewesen, die wir erwartet hatten, sondern nur eine. Aber eine war besser als keine. Wir glaubten natürlich, dass es sich um *Die Geheimnisse von Brooklyn* handelte, aber sicher konnten wir erst dann sein, wenn wir den Film tatsächlich sahen. Davon aber riet Zoe sofort ab.

»Das Zelluloid ist zu alt«, sagte sie. »Schau hier, die Blechdose ist schon viel zu lange nicht mehr geöffnet gewesen.«

Sie wollte kein Risiko eingehen. Die Schnittstellen an der Blechdose waren rostig und schmutzig. Wahrscheinlich hatte Speedy sie nicht geöffnet, sondern nur aufbewahrt. »Wenn wir die Dose jetzt öffnen, kann es sein, dass der Film auf dem Zelluloid völlig zerstört wird. Zu viel Sauerstoff kann zu einer chemischen Reaktion führen. Die Filmrolle zerfällt dann ziemlich schnell, im schlimmsten Fall kann sich das Zelluloid entzünden und die Flamme, die dann entsteht, kann kein Mensch löschen.«

Ich betrachtete die Blechdose auf einmal mit ganz anderen Augen.

»Keine Angst«, sagte Zoe, »wenn sie geschlossen ist und nicht erhitzt wird, kann nichts passieren.«

Ich ging davon aus, dass sie wusste, wovon sie sprach.

»Großvater hat mir das erklärt«, sagte sie. »Er hat oft davon erzählt, wie man alte Filme vor dem Zerfall bewahren musste.«

Ich berührte das Etikett, auf dem der Titel stand. Darunter stand ein anderer Name, unleserlich, längst verblasst. Diese Blechdose war früher für mehr als nur einen Film genutzt worden, so viel war klar. Irgendwann hatte jemand unseren Filmtitel über einen anderen, der schon verblasst war, geschrieben.

»Was hat Speedy wohl damit vorgehabt?«

»Hast du gehört, was er gesagt hat?«

»Dass dein Großvater und er sich das Geld hatten teilen wollen?«

»Ja.«

»Du glaubst, dass er den Film an Clayton Stewart verkaufen wollte.« Es war keine Frage.

Zoe betrachtete die Blechdose. »Genau das glaube ich.«

»Und jetzt? Er wird stinksauer sein, wenn er merkt, dass seine Dusche leer ist.«

»Ich weiß.«

»Was schlägst du vor?«

Sie seufzte. »Am besten ist es, wenn du den Film an dich nimmst.«

»Kein Problem.« Bei mir würde niemand danach suchen. Speedy wusste nicht, wer ich war. Gut, er könnte im

Rosebud auftauchen und Ärger machen. Aber das glaubte ich nicht.

»Was machen wir mit der Blechdose?«, fragte ich schließlich.

»Ich will das Ding eigentlich nur loswerden«, sagte Zoe.

»Du willst sie Clayton Stewart geben?«

»Ja. Er will sie haben. Soll er.« Sie betrachtete ihr Spiegelbild im dunklen Fenster. Ab und zu tauchte draußen eines der Positionslichter auf und verschwand, bevor man das Aufleuchten so richtig bemerkt hatte. Die Bahn ruckelte, wir schaukelten im Takt. »Diese ganze Sache mit dem Geld«, meinte sie, »ist mir zu kompliziert. Wenn das Geld nicht mehr auftaucht, dann ist es eben so. Geld macht nicht glücklich.« Sie seufzte. »Ich habe einfach ein ungutes Gefühl. Und wenn wir die Filmrolle endlich losgeworden sind, dann ist es vorbei. Ich schreibe ihm einfach eine Mail«, plante sie. »Er hat bestimmt eine Homepage und ein Kontaktformular.« Die Mail würde an seine Pressestelle oder seinen Agenten gehen, der würde alles in die Wege leiten. »Das ist so unwirklich«, flüsterte sie. »Weißt du, wir haben das vorhin wirklich getan.« Sie sah mich an. »Das war filmreif. Und du hast das nur für mich gemacht.«

Ich dachte an das, was sie gesagt hatte. *Ich liebe dich.* Zoe hatte es so beiläufig und natürlich gesagt, als sei gar nichts dabei. In Filmen klang es oft unecht, irgendwie nicht aufrichtig. Aber vorhin, da hatte sie es wirklich gesagt, zu mir, und jetzt, als ich sie ansah, dachte ich genau dasselbe. Ich sagte es nicht, betrachtete sie nur, war froh, bei ihr zu sein, hier in der Bahn, auf dem Weg nach Brooklyn, wo sie mir einfach so auf den Roller gesprungen war. Alles, was ich hörte, der Lärm, das Scheppern des Zuges, das Getuschel der Menschen, all das war doch nichts anderes als eine Musik des Zufalls aus Noten, die erst dann existierten, wenn sie jemand spielte. Es war so verrückt, dass mir das passiert war, aber es gab keinen Zweifel: Ich war hier, bei Zoe Tenenbaum, wir hatten die Filmrolle, die wir gesucht hatten, gefunden und alles würde gut werden. Ich beugte mich zu ihr und küsste sie.

Zoe lächelte glücklich, lehnte ihren Kopf an meine Schulter und ich fühlte mich so verknallt wie niemals zuvor im Leben. Irgendwie fühlte sich dieser Moment an wie die Szenen in Filmen, bei denen man glaubt, das Happy End ist nah, und dann passiert doch noch etwas Unvorhergesehenes, mit dem keiner gerechnet hat. Manchmal ist es harmlos, oft ist es das nicht. Das Tragische daran ist, dass die Personen in den Filmen nie ahnen, was ihnen bevorsteht. Im richtigen Leben ist das auch oft so. Während wir einfach nur glücklich waren, ahnten wir nicht, dass bald alles anders sein würde.

Wohin uns die Musik des Zufalls an diesem Abend trug? Ins *Rosebud* natürlich, wohin sonst? Fuzzy hatte an diesem Abend keine Zeit und so übernahmen wir es, den Kinobetrieb aufrechtzuerhalten. Abraham Tenenbaum hätte es gefallen. Wir zeigten zwei Filme, räumten danach das Kino auf, ich brachte Zoe nach Hause. Zwischendurch recherchierten wir online, ob sich etwas Neues im Fall Clayton Stewart junior ergeben hatte. Außer den Meldungen, die wir schon kannten, fanden wir nichts. Ein Abend also, der ereignislos blieb.

Wir waren beide müde und die Anspannung des Tages fiel erst langsam von uns ab.

Im Kino hatte ich die ganze Zeit über damit gerechnet, Speedy zu sehen, wie er mit wissendem Blick im Foyer stand, darauf wartete, dass der letzte Gast endlich gehen würde, um so richtig *bösartig* zu werden. Doch nichts dergleichen geschah. Kein Speedy, keine Neuigkeit, es war nur ein Abend wie viele andere auch.

Zoe versprach, umgehend die Mail an Clayton Stewart zu schicken. »Pass du nur auf die Blechdose auf.«

»Keine Angst«, antwortete ich, »sie ist bei mir in guten Händen.« Ich würde sie auf dem Dachboden verstecken, zwischen den Kisten, in denen Mrs Green unzählige uralte Taschenbücher aufbewahrte (Science-Fiction-Romane aus den frühen Sechzigern). Zoe hatte recht. Sollte der alte Clayton die Blechdose samt Inhalt bekommen und damit tun, was immer er wollte. Vielleicht würde er sie Spezialisten geben, die dafür sorgten, dass das Zelluloid sich nicht zersetzte. Vielleicht würde jemand den Film digitalisieren. Aber das sollte nicht unser Problem sein. Wir wären den ganzen Kram endlich los und nur das zählte. Was mit der dritten Blechdose war? Keine Ahnung, darüber wollte ich erst mal nicht nachdenken.

Ich verabschiedete mich von Zoe und fuhr mit dem Bus nach Hause, deponierte die Blechdose genau dort, wo ich es mir vorgenommen hatte, und dann fiel ich todmüde in mein Bett. Ich schlief sofort ein und träumte von Betrügern und Einbrechern. In dem Traum wurden die Einbrecher immer gefasst. In dem Traum gingen die Dinge nie gut aus. In dem Traum war ich auf einmal wieder in Rockport und alles, in das ich so plötzlich hineingezogen worden war, passierte noch einmal.

Am nächsten Morgen ging ich erst mal rüber in den Supermarkt an der Ecke, um die Besorgungen für Mrs Green zu machen. Als ich sie bei ihr abgeliefert hatte, fuhr ich mit dem Bus in die Montague Street, um die Schicht im *Thunderbird* anzutreten. Nichts deutete darauf hin, dass dieser Tag eine Katastrophe werden würde, alles war so, wie es immer war.

Das Diner war gut besucht an diesem Morgen, Bridget war in der Küche, wuselte herum und hielt wie immer alles am Laufen. Ich schnappte mir die Schürze, dann ging ich zu den Tischen, nahm Bestellungen auf. Zurück zu Bridget, die loslegte, und wieder zu den Tischen. Immer freundlich, immer höflich, die Gäste hier machten es einem nicht schwer, nett zu sein. Die meisten von ihnen waren müde, wollten in Ruhe lesen, Musik hören, die Zeitung studieren, einfach noch nichts tun. Es gab Small Talk, Kommentare über das Wetter, die Börse und Donald Trump. In einem Diner hat die ganze Welt Platz, sogar morgens um zehn.

»Du hattest Besuch«, teilte mir Bridget mit, als es etwas ruhiger wurde und ich zurück in die Küche kam.

Seltsamerweise musste ich sofort an Speedy denken. Vorhin hatte ich mich dabei ertappt, zur Tür zu starren, und das nur, um mich zu vergewissern, dass dort kein Speedy aufgetaucht war und nach mir suchte.

»Deine Freundin war hier.« Bridget genoss es, mir die Neuigkeit mitzuteilen.

»Zoe?«

»Ihren Namen hat sie nicht gesagt.«

Ich war beunruhigt. Warum wollte Zoe mich so früh am Morgen sprechen? Warum hatte sie nicht angerufen? Das alles konnte nichts Gutes bedeuten. Ich dachte sofort an Speedy, dann an Clayton Stewart, ja genau, Stewart hatte sich womöglich gemeldet, es gab neue Komplikationen, nichts lief so, wie wir es uns ausgemalt hatten. Ich atmete tief durch. Vielleicht wollte sie mich nur sehen. Das war der beste Grund, der mir einfiel (und, nebenbei bemerkt, eigentlich auch der logischste). Wäre etwas passiert, dann hätte sie mich angerufen. Warum sollte ich mir Sorgen machen?

»Alles okay bei dir?«, wollte Bridget wissen.

»Ja klar.«

Ich ging zum Kleiderhaken neben dem Eingang zum Vorratsraum und kramte mein Telefon, das in der Jacke steckte, hervor. Ich schaute nach, ob ich eine SMS bekommen hatte.

Nichts.

Ich rief Zoe an. Sie ging nicht ran. Ich hinterließ eine SMS: *Bin im Diner. Komm doch her.*

»Bist du sicher, dass alles okay ist?«

»Ja«, sagte ich, Daumen hoch. »Alles bestens.« Ein Blick zur Tür, sicher ist sicher. Dann räumte ich in der Küche auf und holte Nachschub aus dem Vorratsraum, füllte die Kaffeemaschine und räumte die Spülmaschine aus (die erste Ladung des Tages). Kurz darauf strömten neue Gäste ins Diner und der Tag ging weiter wie ein normaler Tag, der schon tausendmal früher genau so abgelaufen war.

Dann, gegen Mittag, raunte mir Bridget zu: »Da ist sie.«

Ich folgte ihrem Fingerzeig und schaute zur Tür. Eine Silhouette im Gegenlicht der Mittagssonne, im Türrahmen. Zuerst dachte ich an meinen Traum, dann nicht mehr. Sie kam näher, direkt auf mich zu. Ohne auch nur ein einziges Wort zu verlieren, fiel sie mir um den Hals, presste ihren Körper gegen meinen. Ihre Lippen fanden meine und sie küsste mich fest und lange auf den Mund. Es dauerte ein paar Sekundenbruchteile, bis ich registrierte, was hier los war.

Ich stieß sie von mir weg.

»Claire«, sagte ich fassungslos. Denn Claire McAllister gehörte nicht hierher. Sie war mein Geist aus Rockport. Die dunkle Vergangenheit, die jemand freigelassen hatte. Die Haare kurz geschnitten, pechschwarz gefärbt, eine Lederjacke, die bestimmt teuer gewesen war, alles an ihr das Gegenteil von Bunt.

»Tommy«, hauchte sie, irgendwie vertraut und doch ganz fremd, aber so, als sei kein einziger Tag vergangen, seitdem ich aus Rockport abgehauen war. Die gleiche raue Stimme.

Dann blickte ich über ihre Schulter. Da stand noch jemand in der Tür. Benommen dachte ich an die SMS: *Bin im Diner. Komm doch her*. Bridget hatte sich geirrt. Es war Claire McAllister gewesen, die nach mir gefragt hatte. Claire McAllister, die sich als die Freundin ausgegeben hatte, für die sie sich vermutlich immer noch hielt.

Claire, die gar nicht hier sein durfte. Die überhaupt keinen Sinn ergab. Nein, gar keinen. Ich dachte an Dad, der an der Tankstelle in Rockport schuftete und mit Claire gesprochen hatte, das jedenfalls hatte Mom behauptet. Ich spürte, wie meine Hände zitterten und mir das Herz bis zum Hals schlug. Ich fühlte mich schuldig, obwohl ich gar nicht schuldig war. Dinge wie die hier passierten einem einfach, wenn man sich in Sicherheit wiegte. Meine ganze Welt kippte um, drehte sich einfach viel zu schnell.

Zoe Tenenbaum sah mich an und hatte Tränen in den Augen. Dann drehte sie sich um und rannte weg.

Was folgte, war ein Augenblick in lähmender Zeitlupe: Bridget, die mich fragend ansieht und dann die Lage zu verstehen scheint; Claire McAllister, die nicht hier sein dürfte, die nicht nach New York gehört, niemals, und erst recht nicht nach Brooklyn, aus dem einfachen Grund, weil Brooklyn jetzt mein Zuhause ist und die Menschen, die ich hier kenne, nichts von Rockport wissen; Zoe, die weg ist, raus aus dem Diner und raus aus dem Leben, das wir gerade erst begonnen haben, Zoe, die mit Wut und Verzweiflung in den Augen auf und davon ist, weil sie gesehen hat, wie eine Fremde mich geküsst hat, so, als würde sie mich gut kennen. Mir ist kotzübel und ich spüre den Puls, der mir im Kopf hämmert. Alles hat sich gerade verändert und nichts davon macht Sinn. Claire lächelt mich an, ihre Hand legt sich auf meinen Arm, sie sieht zur Tür und sagt: »Oh, das habe ich nicht gewollt«, und ich weiß genau, dass es eine Lüge ist. Sie hat das nicht geplant, aber es kommt ihr gelegen.

»Ich muss los«, hörte ich mich sagen. Die Stimme so leise wie etwas, das gerade zerbrochen ist.

Bridget nickte nur.

Dann stieß ich Claire McAllister erneut weg und rannte zur Tür. Ich musste Zoe erwischen, bevor sie endgültig weg war. Ich musste ihr erklären, was ich mir selbst nicht erklären konnte. Ich musste ihr sagen, dass Claire nichts, aber auch wirklich gar nichts mit mir zu tun hatte, nicht *mehr* jedenfalls. Schon lange *nicht mehr!* Doch zuerst musste ich rennen, so schnell ich konnte. Raus aus dem Diner, die Straße hinauf- und hinabschauen. Zu viele Passanten. Da! Endlich sah ich sie. Zoe Tenenbaum, sie wollte rüber zur Haltestelle! Ich rannte ihr hinterher und meine Kehle brannte.

»Zoe!«

Sie drehte sich nicht um, doch als sie mich rufen hörte, begann auch sie zu rennen.

»Zoe!«

Ich hatte das ohnmächtige Gefühl, dass mir mein Leben davonrannte. Einfach so. Es war nicht fair, nicht nach allem, was wir erlebt hatten. Ich fühlte mich unschuldig, in jeder Hinsicht. Aber ich steckte bis über beide Ohren in einem Schlamassel, der jetzt, in diesem Augenblick, am Überkochen war.

»Zoe, bitte!« Ich war jetzt bei ihr, keuchte.

Sie blieb nicht stehen, wurde aber etwas langsamer. »Hau ab!«, rief sie, es hörte sich endgültig an.

Ich ließ nicht locker. »Das ist ein Missverständnis.«

Zoe blieb stehen, funkelte mich wütend an. »Sie hat dich geküsst.« Sie weinte, sie war wütend. Nein, sie war rasend vor Wut und Eifersucht. Sie war verzweifelt, fühlte sich betrogen und ich wusste nicht, was ich sagen konnte, um das wiedergutzumachen. Ich wusste, wie es ausgesehen haben mochte, und ich hatte nicht die geringste Idee, wie ich ihr das erklären sollte. Denn es gab keine Erklärung. Passiert ist passiert.

»Ich weiß nicht, warum sie im Diner aufgetaucht ist.« Wie blöd hörte sich das denn an?

»Sie hat dich geküsst.«

Unsere ganze Welt schrumpfte auf diese vier kümmerlichen Wörter.

»Ich …«

»Sie hat dich geküsst!« Jetzt schrie sie mich an.

Ja, das hatte sie. Aber *ich* hatte *sie* nicht geküsst. Zoe das klarzumachen, kam einer Unmöglichkeit gleich.

»Wer ist sie?«

Ich schaute hinter mich, fast so, als müsste ich befürchten, sie dort zu sehen.

»Sag es einfach.«

»Claire McAllister.«

Zoe zitterte am ganzen Leib.

»Wir waren zusammen. In Rockport.«

»Du warst mit ihr zusammen?«

»Das ist zwei Jahre her.«

»Sie ist hier. Und hat dich geküsst!«

»Es ist vorbei.«

Sie schrie laut: »Scheiße!« Wischte sich die Tränen aus dem Gesicht.

»Ich weiß nicht, warum sie hier ist.« Was hätte ich sonst noch sagen können? *Mein Dad hat mir ihr gesprochen.*

Vor ein paar Tagen erst. Du weißt, er arbeitet jetzt an der Tankstelle und dort ist sie aufgetaucht und hat sich nach mir erkundigt. Keine Ahnung, warum, aber genau so war es gewesen. »Ich habe nichts mehr mit ihr zu tun.«

»Na, das habe ich ja gerade gesehen.«

»Zoe.«

»Du hast sie geküsst.«

Instinktiv verteidigte ich mich: *»Sie* hat *mich* geküsst.« Das war nicht dasselbe. Aber es zu sagen, klang dämlich.

Zoe starrte mich an. Voller Verachtung spie sie mir entgegen: »Du bist so was von armselig!«

Ich stand da und fühlte mich hilflos.

Zoe musterte mich. »Du lügst mich an.«

Ich schüttelte den Kopf.

»Ich spüre es.«

»Nein«, sagte ich. Es klang wie ein Flehen. Es *war* ein Flehen.

»Du lügst. Du verdammter, mieser Lügner.«

»Nein, bitte, ich habe dich nicht belogen. Das vorhin ist ... ich habe dich nicht belogen.«

»Du verschweigst mir etwas.«

Ich starrte sie an.

»So ist es doch, hab ich recht?«

Ich senkte den Blick.

»Was ist es?«

Ich seufzte.

»Es hat mit ihr zu tun, stimmt's?« Sie zeigte mit ausgestrecktem Arm die Straße hinauf in Richtung des Diners.

»Nicht so, wie du denkst.«

Sie baute sich vor mir auf. »Also doch.«

»Nein, Zoe, es …«

»Dann sag mir doch, warum sie hier ist!« Sie schrie, so laut, dass die anderen Passanten uns neugierige Blicke zuwarfen. »Ich bekomme diese SMS und will bei dir sein und dann sehe ich, wie du diese Schlampe küsst.« Sie schnappte nach Luft. Dann herrschte sie mich an: »Was soll ich denn sonst glauben?«

»Ich kann dir nicht sagen, warum sie hier ist!«, schrie ich zurück. Es war genug. Das alles wuchs mir über den Kopf. Ich hatte doch nichts angestellt, nicht heute jedenfalls. Zoe beschuldigte den Falschen.

Zoe starrte mich an. »Sag's mir. Ich will es wissen.«

Ich schwieg.

Das hier hätte ein perfekter Tag sein können.

»Warum ist sie hier? Warum küsst ihr euch?«

Sie hat *mich* geküsst!, schrie es in mir.

»Ich weiß es nicht«, sagte ich erneut.

»Wer ist sie?«, wollte Zoe wissen.

Ich spürte die Sonne im Gesicht. Die Sonne sollte nicht scheinen, nicht jetzt. Sie tat es trotzdem, denn das hier war Brooklyn, bunt und voller Blätter. Rockport war da ganz anders gewesen, salzig und rau wie das Meer, das man hören konnte, wenn das Wasser gegen die Klippen schlug. Die Menschen dort oben waren anders, weniger bunt. Es kam mir vor, als wenn kein einziger Tag vergangen wäre, seitdem ich in den Zug gestiegen und dem Küstenort den Rücken gekehrt hatte. Kein einziges Mal hatte ich zurückgeschaut, das alles war vorbei gewesen. Bis heute, bis vorhin im *Thunderbird*.

»Claire McAllister war meine Freundin, ja«, begann ich, »aber wir haben seit zwei Jahren nichts mehr miteinander zu tun.« Ich spürte, wie mein Atem schneller ging. »Sie hat einen Bruder, Ramsay McAllister. Wir waren Freunde.« Die Wörter kamen schneller und schneller. »Die McAllisters sind reich, so richtig reich, meine ich. Brad McAllister, ihr Vater, ist Anwalt. Einer von denen, die richtig Geld scheffeln. Hat sich einen Namen gemacht da oben.« Ich fuhr mir mit beiden Händen durch die Haare. »Aber das ist alles nicht wichtig«, sagte ich. »Wichtig ist, dass wir Scheiß gebaut haben. Nicht so, wie Jungs das normalerweise tun. Nein, so *richtig.*«

Alles in mir sträubte sich, darüber zu reden. Zoe würde mich mit anderen Augen sehen und ich wollte das nicht, aber jetzt, da ich damit angefangen hatte, gab es kein Zurück mehr. »Claire und Ramsay haben immer um die Gunst ihrer Eltern gebuhlt. Claire hat ihren Bruder oft provoziert. Und Ramsay hatte sich revanchiert. Alles war für die beiden ein beschissener Wettstreit, das ganze Leben, jeder einzelne Tag. Ramsay wollte seiner Schwester immer beweisen, dass er cool war.« Ich spürte, wie die Worte aus mir heraussprudelten wie ein Wagen, der ohne Bremse einen Hang hinabrast. »Aber darum geht es nicht«, fuhr ich fort, »nicht wirklich; na ja, eigentlich schon.« Es ging vor allem um einen bestimmten Abend. Eine Nacht, in der alles kippte, in der die ganze Welt sich auf den Kopf stellte und wir alle so richtig schmerzhaft auf die Schnauze fielen. »Wir waren auf einer Party«, erzählte ich, »wir drei und noch ein paar andere. Danach sind wir im Ort herumgefahren, aus reiner Langeweile, und haben getrunken. Claire ist gefahren, Ramsay und ich haben getrunken und uns wie Idioten benommen. Als das Bier alle war, ist Claire zur nächsten Tankstelle gefahren.« Meine Güte, die Tankstelle in der West Street, gleich an der Interstate 1, dieselbe Tankstelle, bei der Dad nun arbeitete. »Wir gingen rein und ich musste mal.« Ich konnte mich sogar noch an einen Aufkleber erinnern, den jemand auf den Spiegel geklebt hatte. »Ich kann dir nur sagen, was passiert ist, als ich von der Toilette kam. Denn genau das ist passiert. Ich musste pinkeln und bin kurz nach nebenan verschwunden, und als ich zurückkam, da stand Ramsay mit einer Knarre da und schrie wie ein Verrückter herum. Von Claire war nichts zu sehen, sie saß im Auto, wie ich kurz darauf erfahren hab.«

Ich merkte, wie verrückt sich das alles anhörte. Keine Ahnung, woher er die Knarre hatte. Später, vor Gericht, sagten sie, er habe sie auf dem Schulhof gekauft, von wem, wusste niemand. »Ramsay gab einen Schuss ab, zuerst gegen die Decke. Dann schrie er mich an, ich solle das Geld holen. Er war völlig außer Kontrolle. Er zielte auf eine Tüte Chips und lachte sich halb tot, als sie platzte.« Ramsay McAllister war einer von denen, in denen es fortwährend *gebrodelt* hat. Schon immer. In letzter Zeit immer mehr. Er stand da mit einem Gesicht, nur eine irre Fratze, zugedröhnt von Alkohol und bestimmt noch einigem anderen, von dem er mir nichts gesagt hatte. Er schrie mich an, ich solle endlich das beschissene Geld nehmen. Ich zögerte, aber ich war betrunken und ich wollte nur, dass er aufhört zu schreien. »Und dann hab ich das Geld genommen. Ich bin zum Tankwart gegangen und hab eine Plastiktüte mit Dollarnoten füllen lassen. Dann haben wir noch ein paar Dosen Bier mitgehen lassen und sind nach draußen gerannt, wo Claire im Wagen auf uns gewartet hat.«

Zoe starrte mich an, mit offenem Mund. Damit, das sah ich ihr an, hatte sie nicht gerechnet.

»Ramsay hat immer noch geschrien. Dann hat er ein paar Schüsse abgegeben und wir sind ins Auto eingestiegen. Ich war zu betrunken, um irgendwas zu denken. Claire hat Gas gegeben, dann kam sie von der Straße ab und der Wagen blieb im Straßengraben stecken.« Noch nie hatte ich jemandem von der Geschichte erzählt. »Dort haben sie uns eingesammelt.«

Zoe schüttelte den Kopf. Sie war zu fassungslos, um irgendwas zu sagen.

»Ramsay hat den Tankwart verletzt. Nicht schwer, er hatte Glück.« Ramsey, dachte ich, hatte auch Glück gehabt. Wir alle hatten Glück gehabt, obwohl es keiner von uns verdient hatte. »Der Querschläger einer der Schüsse«, hörte ich mich sagen, »hatte ihn getroffen. Glücklicherweise nur ein Streifschuss.« Die Sache mit der Körperverletzung und dem unerlaubtem Waffenbesitz war eindeutig gewesen. »Wir waren alle schuldig, es gab Zeugen, es wurde Anklage erhoben.« Es gab mildernde Umstände, in erster Linie, weil Rockport ein kleiner Ort ist und Brad McAllister ein guter Anwalt war, der mit dem Richter regelmäßig Golf spielte. So läuft das in Orten wie Rockport. Kleinstädte und Inseln haben ihre eigenen Regeln. Und Maine war da keine Ausnahme. »Deswegen wollte ich weg«, sagte ich. »Deswegen bin ich nach Brooklyn gekommen. Ich wollte ganz neu anfangen.«

Ich räusperte mich. »Mom und Dad waren total fertig.« Mom hatte sogar gedacht, dass Ramsay und ich die arme Claire in die Sache reingezogen hatten. Sie hatte Claire gemocht, weil Claire so nett zu ihr gewesen war. Kaum einer hat gesehen, dass sie eine falsche Schlange war, schon als Kind war sie eine gewesen. »Ich wollte nicht einen Tag länger dortbleiben.« Rockport sollte nur noch eine dunkle Vergangenheit sein. Die Finanzkrise hatte uns die Pension gekostet, alles ging den Bach runter. »Der Bruder eines Freundes kannte jemanden, der sein Studium abgebrochen hatte. Und ich bekam seine Wohnung in der Amity Street.«

Ich sah Zoe an. »Rockport ist weit weg«, sagte ich. »Es ist so verdammt weit weg.« Ich spürte, dass mir ein Kloß im Hals steckte.

Zoe nickte. »Aber Claire«, sagte sie, »ist wieder da.« Sie sah mich lange an, traurig, bedauernd. Dann sagte sie: »Lass mich in Ruhe, Tom Balfour.« Sie trat einen Schritt von mir weg.

»Zoe!«

Was hätte ich ihr sagen sollen? *Claire McAllister war schon immer jemand, der gern Macht ausgeübt hat. Macht über ihren Bruder, Macht über ihre Freundinnen und Macht über die naiven Trottel, die das Pech hatten, mit ihr zusammen zu sein. Sie ist ein Mensch, der andere immer nur zum Schlechten verleitet. Du glaubst mir nicht? Doch, es gibt solche Menschen.* Nein, Zoe würde mir nicht zuhören, weil sie das nicht hören wollte. Wäre ich an ihrer Stelle gewesen, hätte ich mir auch nicht zuhören wollen. Ich hätte genug gesehen. *Claire ist hier, weil sie es nicht verkraftet hat, dass ich mit ihr Schluss gemacht habe. Nicht, weil ich so toll bin, dass man mir hinterherheult, nein, nur, weil es nicht nach ihrem Willen gegangen war.* Deswegen, davon war ich überzeugt, hatte sie mich im Diner aufgesucht und deswegen hatte sie mich geküsst. Sie hatte nicht gewusst, dass Zoe vorbeikommen würde, sie wusste nichts über mein Leben in Brooklyn. Ich war derjenige, der einfach verschwunden war. Aber deswegen war sie hergekommen. Um das letzte Wort zu haben und mir irgendwas zu zeigen.

»Claire«, sagte ich nur, »ist Vergangenheit.«

Zoe funkelte mich an. Sie machte den Mund auf, sagte aber nichts.

Dann drehte sie sich von mir weg, verdammt, sie drehte sich wortlos um und dann ging sie. Sie blieb nicht stehen und sah auch nicht zurück, kein einziges Mal, und ich wusste, dass es besser sein würde, sie jetzt gehen zu lassen, weil sie es so wollte und weil ich es vermasselt hatte. Nicht heute, nein! Ich hatte es in Rockport vermasselt. Es für mich zu behalten, war falsch gewesen. *Wenn du schuldig bist, dann holt dich die Schuld irgendwann ein.* Das hat meine Großmutter einmal gesagt. Jetzt wusste ich, dass sie recht gehabt hatte. Ich war nach Brooklyn gekommen und hatte mich verliebt und jetzt stand ich hier, auf dem Gehweg in der Montague Street und sah Zoe Tenenbaum nach, bis sie verschwunden war, und ich fühlte mich so schlecht, wie man sich nur irgendwie schlecht fühlen konnte.

Ich lief zurück ins *Thunderbird*. Ziemlich erschlagen und in der sicheren Gewissheit, Zoe für immer verloren zu haben. Ich war verzweifelt, ratlos, wütend, alles auf einmal, und hätte mich am liebsten in den East River gestürzt, vom höchsten Punkt der Brooklyn Bridge aus. Aber Selbstmitleid war nichts, was mich weiterbrachte.

Vor dem *Thunderbird* wartete Claire auf mich. Ihr selbstbewusstes Lächeln schien heller als die verdammte Sonne.

»Das tut mir leid.« Eine Lüge, die reinster Spott war. Ich wusste es, sie wusste es.

Mit ihr darüber zu reden, was passiert war, würde nichts bringen.

»Was willst du hier?«

»Dich sehen.« Sie sprach mit ihrer leisen Stimme, von der sie glaubte, dass sie sexy und verrucht klang.

»Jetzt hast du mich gesehen.« Wir wussten beide, dass sie nur *billig* klang, wenn sie so redete. »Du kannst wieder abhauen.«

»Das werde ich.«

Sie ging an mir vorbei, beschwingt, siegreich, schlendernd.

Ich wusste noch immer nicht, warum sie hier war. »Was tust du in Brooklyn?«

»Hab ich doch gesagt. Ich wollte dich sehen.« Ein Lächeln. Ihre dunklen Augen blitzten arrogant. »Du denkst doch nicht im Ernst, dass ich extra wegen dir nach New York gekommen bin.«

Ich wusste nicht, was ich gedacht hatte. Eigentlich hatte ich gar nichts gedacht. Sie hier zu sehen, war schlimm genug.

»Wir haben nur einen Abstecher hierher gemacht«, erklärte sie.

»Wir?«

»Jefferson. Und ich.«

»Ich nehme an, dass Jefferson dein neuer Freund ist.«

Sie lächelte gönnerhaft. »Seine Eltern haben ein Appartement drüben an der East Side. Du weißt ja, was man sagt.«

»Geld scheißt Geld.« *Das* sagte man. Das sagten alle. In Rockport und woanders.

Sie korrigierte mich: »Dort scheint die Sonne heller.«

Ja, weil sich dort das große Geld häuft.

»Und wenn ich schon mal hier bin«, fuhr sie fort, »dachte ich mir, könnte ich dich doch sehen.« Augenaufschlag, berechnend, künstlich, billig. »Du hast mich damals zum Abschied nicht geküsst. Das wollte ich nachholen. Du bist einfach so gegangen.«

»Du hast Ramsay provoziert, bis er sich zu dieser Sache hat verleiten lassen.«

»Das ist deine Sicht der Dinge.«

»Ja«, murmelte ich. »Nur meine Sicht der Dinge.« Leider hatte sie recht. Die meisten Leute in Rockport hielten sie für ein nettes Mädchen. Die bösen Jungs, die sich das alles ausgedacht hatten, waren ihr Bruder und ich gewesen.

»Was macht Ramsay? Tut er immer noch alles, was du ihm sagst?«

»Er studiert Recht in Chicago.«

Immerhin hatte er es auch aus Rockport rausgeschafft.

»Er wird Daddys Kanzlei übernehmen.«

»Und du?«

»Ich reise erst mal. Ich brauche Zeit, um mich selbst zu

finden. Du weißt schon. Europa, Neuseeland, Japan. Bis ich weiß, was ich studieren werde.« Sie musterte mich von oben bis unten. »Jeff kommt mit.« Wieder dieses Lächeln. »Deswegen sind wir hier. Um uns von seinen Eltern zu verabschieden, bevor der Flug geht.«

Manche Menschen fallen wirklich immer wieder auf die Füße.

»Das Leben kann so schön sein«, stellte ich fest.

»Ja, und weißt du, was das Beste ist?«

Ich sagte nichts.

»Die Zeit, in der ich mich mit den Idioten aus Rockport abgeben musste, sind jetzt endgültig vorbei.« Sie kam auf mich zu. »Du warst ein richtiger Waschlappen, Tommy. Du hattest mich nie verdient.«

Ich sah sie an und sagte nur: »Ich weiß.«

Genau deswegen war sie hier. Weil sie es noch immer nicht verkraftet hatte, dass ein Waschlappen wie ich damals mit ihr Schluss gemacht hatte. Damit hatte sie ein Problem. Sie hatte sich kein bisschen verändert. Sie war immer noch stolz und eingebildet, das verwöhnte Töchterchen des örtlichen Staranwalts. Sie musste das hier loswerden, weil es sie sonst belasten würde, den ganzen Weg bis nach Neuseeland. Sie würde sich nicht selbst finden können, wenn sie mir ihre Verachtung nicht noch einmal ganz klar gezeigt hätte. Jede Beziehung war für sie immer nur ein Kampf gewesen, einer, den sie gewinnen musste.

»Ich weiß«, wiederholte ich und dachte an Zoe und hätte am liebsten losgeheult. Nichts, was man jemals getan hat, bleibt vergessen. Alles, was war, holt einen wieder ein.

Ich ließ meine Vergangenheit dort stehen, im gleißenden

Sonnenschein, und ging rein, wo Bridget auf mich wartete. Scherben hatte ich schon öfter zusammenkehren müssen. Nur noch nie so viele wie heute.

12

Die Sonne stand tief, als ich nach Hause kam. Ich war zu Fuß gegangen, weil ich ja genug Zeit hatte. Niemand wartete auf mich, Zoe ging nicht ans Telefon, der Herbst war grau und kühl geworden. In der Court Street blieb ich vor dem *Rosebud* stehen. Im Kino brannte kein Licht, es war noch geschlossen, würde aber wahrscheinlich später öffnen, so, wie jeden Abend. Ich ging einfach weiter, warf vorher noch einen Blick auf die Filmplakate, die in den Schaukästen hingen, einfach nur, weil ich sehen wollte, ob Zoe hier gewesen war und etwas verändert hatte, und dann versuchte ich gar nicht erst, an den Abend zu denken, daran, dass Zoe hier sein würde, allein, wie so oft, und das alles nur, um die Filme für die wenigen Gäste laufen zu lassen, jene Filme, die sich kaum ein paar Tage im Programm des *United Artists*-Kinocenters die Straße runter halten würden, weil sie viel zu leise waren für ein Kino, das so riesig und mächtig war.

Im *Thunderbird* hatte ich sogar noch gearbeitet, als Ben Shtyngart längst eingetrudelt war. Bridget hatte es verstanden. Ich hatte ihr so kurz und knapp, wie es nur ging, geschildert, was passiert war. Rockport hatte ich natürlich verschwiegen. Wie ich aus der Sache rauskommen sollte, wusste ich nicht. Die Vergangenheit hatte mich eingeholt und aus der Bahn geworfen. So sah es aus. Jammern half da wenig.

Ich ging den ganzen Weg von der Montague Street bis nach Hause zu Fuß, weil ich den Kopf freibekommen musste. Die frische, kühle Luft half dabei, sie heilte nicht alles, was kaputt war, aber sie linderte die Schmerzen, könnte man sagen. Ich beobachtete die anderen Leute und mir wurde bewusst, wie viele verschiedene Leben einen Tag für Tag streiften, ohne dass man sie bemerkte. Wie viele Geheimnisse hüteten die Menschen, in deren Gesichtern man kaum lesen konnte, wie es ihnen jetzt gerade ging.

Über Kopfhörer hörte ich *Dance me to the End of Love* von Leonard Cohen, alles andere passte nicht. Eine Katze saß auf einer Mülltonne und sah mir hinterher. Keine Ahnung, was sie dachte. Sie wirkte zufrieden. Das konnte ich von mir nicht behaupten.

In der Wohnung fiel mir auf, dass Zoe noch nie hier gewesen war. Sie hatte die Bücher, die dort standen, noch nicht gesehen, die Pflanzen auch nicht und die Aussicht würde sie vermutlich auch nie zu Gesicht bekommen. Ebenso wenig, wie ich *ihr* Zimmer gesehen hatte. Der Ort, an dem wir die meiste Zeit über zusammen gewesen waren, würde in einer Stunde öffnen und zwei Filme zeigen, bevor die wenigen Gäste dann irgendwann gehen würden. Zoe Tenenbaum war in mein Leben gestürzt und ebenso schnell wieder daraus verschwunden.

Ich warf mich aufs Bett und schloss die Augen. Als Quentin klopfte, wahrscheinlich weil er irgendwas brauchte (ihm fehlte meistens etwas beim Kochen), rührte ich mich nicht. Die Aussicht, mit jemandem reden zu müssen, war unerträglich. Ich wollte allein sein, mich selbst noch eine ganze Weile bedauern. Damit konnte man die Zeit, die man hatte, ganz gut rumkriegen.

So dümpelte ich durch den Abend. Kurz aufstehen, zum Kühlschrank schlurfen, die Tür öffnen, irgendwas Essbares schnappen, die Tür schließen, zurück zum Bett gehen, aus dem Fenster schauen, nichts denken, den Nachthimmel durch das Geäst des Baums sehen, der vor dem Fenster steht, die Geräusche von der Straße hören, wieder dösen, bei Netflix den Anfang von irgendwas schauen, gelangweilt wegschalten, weil das, was da lief, mich nicht interessierte, an Rockport denken, mir selbst leidtun, an Zoe denken, zu oft, eigentlich andauernd, die Schritte draußen im Treppenhaus ignorieren, die Nacht kommen lassen und hoffen, dass dieser elende Tag endlich vorbeiging. Oben, auf dem Dachboden, lag noch immer die Blechdose mit der Filmrolle. Ich hatte immerhin einen Grund, Zoe anzurufen, ganz unverbindlich. Gleich morgen würde ich das tun, aber nicht heute, nein, nicht jetzt. Sie würde nicht darauf warten, dass ich anrief, da war ich mir sicher.

Dann, irgendwann, schlief ich ein, zu leiser Musik von Okkervil River (was hätte besser sein können, um den Tag zu beenden). Wie lange ich geschlafen hatte, konnte ich zuerst nicht sagen. Das Telefon vibrierte und brummte gleichzeitig und rutschte dabei nervös über den Boden. Verpennt griff ich danach, öffnete die Augen, sah, dass es Zoe war. Sofort war ich hellwach. Mein Herz schlug wild, unzählige Möglichkeiten kamen mir in den Sinn, ohne zu überlegen, ging ich ran.

»Komm ins *Rosebud*«, sagte eine Stimme, die rau vom

Nikotin und vielem anderen war. »Sofort. Und bring die Filmrolle mit. Dein Mädchen wird es dir danken.« Dann legte er auf. Meine Hände zitterten.

Speedy!

Verdammt!

Nur ein paar Augenblicke später machte ich mich auf den Weg.

Es musste schnell gehen, ich war nervös. Und ich hatte ein ganz, ganz mieses Gefühl bei der Sache. Ich klopfte gegenüber an. Wartete. Klopfte erneut. Mist! Quentin war nicht in seiner Wohnung oder er machte einfach nicht auf, weil er eingeschlafen war oder ein Mädchen da war (bei jemandem wie Quentin war immer alles möglich). Den Roller auszuleihen, konnte ich mir also abschminken. Ich rannte auf den Dachboden und schnappte mir die Blechdose mit dem Film, zog meine Jeansjacke über. Unten im Keller stand ein altes Fahrrad. Ich suchte nach einer Pumpe, weil die Reifen platt waren. Natürlich fand ich keine. Fluchend machte ich mich also zu Fuß auf den Weg, die Blechdose unter den Arm geklemmt.

Der Abend war kühl, ein Wind, der ungemütlich vom Fluss herwehte, schlug mir ins Gesicht. Das Herz klopfte mir bis zum Hals. Ich hatte Angst. Keine Angst um mich, nein, ich hatte natürlich Angst um Zoe.

Speedy!

Das alles hier entwickelte sich immer mehr wie die Handlung in einem schlechten Film. Dass der Anruf vorhin von Zoes Telefon gekommen war, machte die Sache nur umso schlimmer.

Man sieht sich immer zweimal im Leben.

Ich konnte mir einige Szenarien ausmalen, keines davon machte mir Mut. Speedy hatte sich wütend angehört. *Richtig* wütend. So, wie jemand, in dem es gerade so richtig heftig *brodelte.* Er war im Kino und Zoe war bei ihm und wahrscheinlich war der letzte Gast schon seit einiger Zeit gegangen. Ich stellte mir vor, wie Zoe die Säle aufräumte, die Popcorn-Maschine sauber machte, das Licht in den beiden Sälen ausschaltete, danach die Vorführmaschinen, nachdem sie sich abgekühlt hatten, abschaltete, die Kasse schloss. Nach den letzten beiden Tagen, an denen ich immer bei ihr gewesen war, musste sie das alles wieder allein tun. Ich stellte mir vor, wie Speedy auf einmal dastand, sich aus den Schatten schälte, die im Foyer waren, wenn die Lichter teilweise schon ausgeschaltet waren, und ich fragte mich, was Zoe wohl gedacht haben musste, als Speedy ihr das Telefon abgenommen hatte. Hatte er ihr gedroht? Was hatte Speedy zu ihr gesagt? War er ausgerastet, hatte er sie angebrüllt? Er war keiner, der es einfach so hinnehmen würde, dass man in seiner Bude herumgeschnüffelt hatte. Am Ende, das wusste ich, würde ich eine Rechnung mit ihm offen haben, unabhängig von der Sache mit dem Film. Ich war bei ihm zu Hause eingebrochen und das würde er nie vergessen. Manche Gesetze sind ungeschrieben: Typen wie Speedy vergessen nie. So wenig wie Typen wie Claire auf ihre kleine Rache verzichten können. Doch was auch immer geschehen war, es gab jetzt nur den einen Weg. Ich musste ihm den Film geben.

Scheiß auf den Film, schrie es in mir. *Es ist nur eine Blechdose und das, was in der Blechdose ist, kann vermut-*

lich keiner mehr ansehen, weil es längst zerfallen ist, altes Zelluloid aus den Siebzigern, im besten Fall gelbstichig und kaputt, im allerschlimmsten Fall ein Haufen chemischer Abfälle.

Ich rannte zur Court Street, so schnell ich konnte. Wie immer in solchen Momenten war der Bus, der mich schneller dorthin gebracht hätte, vor meiner Nase weggefahren (mit einem Busfahrer, der hämisch registriert hatte, dass da noch jemand angerannt kam und sein Letztes gab, um den Bus noch zu erwischen). Taxis schienen an diesem Abend ebenso rar zu sein. Kein einziger gelber Farbtupfer im Abendverkehr. Es war, als hätte sich das Schicksal gegen mich verschworen. In meiner Vorstellung hatte Speedy eine Waffe. Er musste eine Waffe haben. Anders konnte es nicht sein. Er hatte Zoes Telefon benutzt und sie hatte es ihm bestimmt nicht freiwillig überlassen. Nein, er musste sie dazu gezwungen haben, es ihm zu geben. Und wie zwingt man ein Mädchen, sein Telefon rauszurücken?

Ich verfluchte mich selbst, überhaupt erst auf die blöde Idee gekommen zu sein, die Filmrolle in seiner Wohnung zu suchen. *Was heißt denn hier »suchen«? Du hast sie gestohlen!* Letzten Endes war ich derjenige, der die Grenze überschritten hatte. Ich hatte damit begonnen, die Spielregeln zu ändern. Ich hatte etwas Verbotenes getan und er revanchierte sich jetzt.

Man sieht sich immer zweimal im Leben.

Ich bekam das Bild der Waffe nicht mehr aus dem Kopf. Typen wie Speedy hatten immer eine Waffe zu Hause (noch so ein ungeschriebenes Gesetz). Er *sah einfach aus* wie einer, der eine Waffe besaß. Die Waffe, die ich mir vorstellte, hatte keinen Namen, sie sah einfach so aus wie die kleinen, fiesen Waffen, die die Bösen in den Filmen immer haben, eine *Knarre,* die überall reinpasste, in die Jackentasche, den Mantel, und die manche Schurken sich hinten in die Hose steckten, natürlich immer ohne dass etwas passierte.

Die Vorstellung, dass er bewaffnet war, ließ mich noch schneller laufen (dabei war mir völlig unklar, was ich tun würde, wenn er tatsächlich eine Knarre besäße und mir damit drohen würde).

Was, fragte ich mich, steckte hinter alldem? Warum ging er so aggressiv vor, warum bedrohte er Zoe? War diese Filmrolle denn wirklich so wichtig? Was hatte es nur mit diesem Film auf sich, der nie fertiggestellt worden war? Dass alle hinter ihm her waren, schien mittlerweile einfach nur absurd zu sein. Der ganze Aufwand nur wegen einiger nostalgischer Erinnerungen an eine Schauspielerin, die damals gestorben war? Konnte etwas, das so lange vergangen war, für irgendjemanden noch so wichtig sein? Oder steckte etwas anderes dahinter? *Die Geheimnisse von Brooklyn* schien mir auf einmal mehr als nur ein Titel zu sein.

Ich schaute aufs Telefon. Keine neue Nachricht.

Ich rannte und rannte und dachte an Rockport und an Claire McAllister, die damals aus reiner Langeweile ihren betrunkenen Bruder dazu angestachelt hatte, die Tankstelle auszurauben. *Ich wollte doch nur sehen, ob er es draufhat.* Das hatte sie später zu mir gesagt. *Ich konnte doch nicht ahnen, dass er es wirklich macht.* Sie war die

Unschuldige gewesen, das arme Mädchen, das nichts ahnend im Wagen gewartet hatte, während in der Tankstelle Schüsse gefallen waren. Wie sehr hatte ich mich bemüht, dies alles zu vergessen. Und dann war doch alles an die Oberfläche gekommen.

Es war eben unmöglich, die Vergangenheit auf den Grund eines Sees zu schicken, sie zu versenken, auf dass sie auf alle Zeit verborgen war vor den neugierigen Blicken derer, die argwöhnisch waren.

Bridget, Ben, Quentin, Mrs Green, jeder Einzelne von ihnen wäre entsetzt gewesen, wenn er erfahren hätte, was ich damals getan hatte. Ich hatte es sehr genossen, allein zu leben. Fast ein Jahr in Brooklyn, ohne viele Menschen um mich herum zu haben. Nur die wenigen Leute, die mich im täglichen Leben begleiteten. Keine richtigen Freunde, aber gutherzige Bekannte, deren Gesellschaft guttat. Kollegen, Nachbarn.

Und dann kam Zoe!

Ich blieb stehen, keuchte. Nur kurz, dann rannte ich weiter.

Die Straßen waren leer um diese Uhrzeit. Brooklyn war ruhig und das Leben, das jetzt noch stattfand, pulsierte hinter den hellen Fenstern, in den Kneipen und Clubs. Die Menschen, die man traf, waren eilig irgendwohin unterwegs. Keiner beachtete mich. Es war, als sei ich unsichtbar. Nur ein Hund bellte, als ich an ihm vorbeilief, das war alles. Eigentlich war ich gar nicht hier.

Ich rannte, um Rockport zu entkommen und mich selbst zu retten. Ich wollte mich retten, indem ich Zoe rettete. Ich wollte das Richtige tun, etwas Gutes. *Die einfachen*

Dinge, hatte meine Großmutter einmal gesagt, *sind meistens die schwierigsten.*

Dann, endlich, erreichte ich die Court Street.

Ein paar Geschäfte waren noch geöffnet. Von außen sahen sie aus wie Bilder von Edward Hopper. Menschen, die hinter Schaufenstern und Fenstern in hell erleuchteten Räumen stehen, während draußen die Nacht ihre Falken fliegen lässt. Ein pakistanisches Restaurant, ein Kopierladen, eine Bäckerei, ein Kiosk und natürlich das *United Artists*-Kinocenter, das riesig und majestätisch seinen Platz in der Kinowelt beanspruchte. Hier gab es alle Blockbuster, für die sich die Massen interessierten. Jeden Tag, rund um die Uhr, in sechzehn Kinosälen, von denen zwei allein schon größer waren als das gesamte *Rosebud.* Dumpfe Wirklichkeiten in 3-D, wummerndem Dolby Surround und IMAX-Qualität. Lachende Gesichter, Action, richtige Helden, alles sexy, sauber, perfekt. Wie konnte man nur glauben, dass ein Kino wie das *Rosebud* in einer Welt dieser brutalen Hochglanz-Riesen überleben könnte? Zoe hatte diesen Kampf geerbt, sie würde das, was Abraham Tenenbaum begonnen hatte, weiterführen. Ich beneidete sie darum. Sie war mutig und entschlossen. Ich wünschte, ich könnte das von mir auch behaupten.

Ich rannte weiter, vorbei an dem Kaufhaus und dem Modegeschäft, die jetzt beide geschlossen hatten.

Als ich das *Rosebud* fast erreicht hatte, sah ich einen Wagen, der vor dem Kino parkte. Ein riesiger SUV, schwarz und teuer. Er schob sich schnell in die freie Lücke zwischen den parkenden Autos. Ein Mann stieg aus, schlug die Tür zu, blieb auf dem Gehweg stehen und betrachtete das Kino. Er war groß, sportlich gekleidet, sein graues Haar schimmerte im Licht der Straßenbeleuchtung. Als ich näher kam, bemerkte er mich. Und ich sah ihn zum ersten Mal richtig: braune Lederjacke und rote Turnschuhe. Stechende Augen, kantiges Kinn. Ich kannte dieses Gesicht, aber woher, das wusste ich zuerst nicht. Dann, als ich bei ihm angekommen war und stehen blieb, fiel es mir ein. Es war das Gesicht, das ich bei imdb gesehen hatte, ein Gesicht, das sich uns, in einer viel jüngeren Version, als Mr Mankiewicz vorgestellt hatte.

Ich blieb vor dem fremden Mann stehen. Jetzt fiel ihm auf, dass ich *ihn* anstarrte. Er war tatsächlich hier, in Brooklyn. Da, wo er vor vierzig Jahren in einem anderen Leben einen Film gedreht hatte, der nie fertiggestellt worden war. »Sie sind Clayton Stewart«, sagte ich zu ihm. Das *senior* schenkte ich mir.

Wir starrten uns an. Was jetzt passieren würde, wusste ich nicht. Warum er hier war, konnte ich nur ahnen. Vielleicht hatte Zoe ihm ja schon mitgeteilt, dass sie den Film gefunden hatte, und er war hier, um ihn abzuholen. Nein, dachte ich, das konnte nicht sein. Ich hatte den Film ja noch. Zoe hätte mich angerufen, wenn sie gewusst hätte, dass er kommen würde.

Vielleicht aber war das alles auch nur ein Zufall.

Als ich ihn ansprach, schien er jedenfalls etwas irritiert zu sein. Dabei schien ihn weniger zu wundern, *dass* ich ihn kannte, sondern eher die Tatsache, dass ich auch in das Kino wollte, das, ziemlich eindeutig, bereits seit einiger Zeit geschlossen war.

»Und wer bist du?«

Ich schnappte nach Luft. »Tom Balfour.«

Er wartete ab.

»Sie wollen bestimmt zu Zoe Tenenbaum.«

Das ließ ihn aufhorchen. »Du kennst sie?«

»Sie ist meine Freundin«, antwortete ich. Erst dann fiel mir auf, dass ich nicht wirklich wusste, ob sie das noch war. »Sie sind wegen dem Film hier, stimmt's?«

Ich musste einen ziemlich aufgeregten und fertigen Eindruck machen, so, wie ich hier aufgetaucht war.

»Kann sein«, sagte er wachsam. »Was weißt du davon?«

Ich zeigte ihm die alte Blechdose. »Der Film war verschwunden und wir haben ihn gemeinsam gesucht.«

Er starrte die Blechdose an wie etwas, das gar nicht existieren dürfte.

»Und gefunden«, sagte ich. »Aber das hat Zoe Ihnen ja bestimmt geschrieben. In der Mail.«

Er nickte.

»Das ist der Film?« Die Blechdose schien ihn zu faszinieren.

Ich nickte. »Ihr Sohn hat nach dem Film gefragt«, sagte ich. Erst jetzt bemerkte ich die tiefen dunklen Schatten unter seinen Augen. Vermutlich war er erst vor Kurzem in der Stadt angekommen. Aus Los Angeles oder von wo auch immer er gerade lebte. Wegen der Sache mit Clayton Stewart junior. Wegen dem, was das Leben einem antun kann. »Das mit Ihrem Sohn tut mir leid«, sagte ich und meinte es wirklich aufrichtig.

»Du weißt davon?«

»Wir haben es im Internet gelesen.«

Er starrte mich an, überlegte kurz. Etwas stimmte nicht. Warum war er hier?

»Sind Sie wegen Speedy hier?«, fragte ich. Vielleicht hatte Speedy ja die Übergabe des Films eingefädelt. Dann würde es Sinn machen, dass er mich hierherzitierte.

»Du kennst Speedy?«

Er kannte Speedy anscheinend. Erinnerte sich auch noch an ihn. Nach all der Zeit.

Clayton Stewart bemerkte, dass ich nervös zum Kino rüberschaute.

»Ich muss da rein«, sagte ich.

»Was hast du mit Speedy zu schaffen?«, fragte er erneut.

»Eigentlich nichts.« *Speedy ist dadrin und bedroht meine Freundin. Er will diese Blechdose, weil er sie Ihnen verkaufen will.* »Wir sind auf ihn gestoßen, als wir nach dem Film gesucht haben.«

Clayton Stewart betrachtete erneut die Blechdose in meiner Hand. »Ja, der Film.« Es klang komisch, wie er das sagte. So, als wäre der Film gar nicht wichtig. »Was genau habt ihr beiden, du und deine Freundin, mit dem Film zu tun?«

Ich sagte es ihm. Dann schaute ich wieder rüber zum Kino. Es war alles ruhig. Die Lichter im Treppenhaus waren ausgeschaltet, bis auf die Notlichter in den Stufen. Die Tür stand aber noch einen Spaltbreit offen und war demnach nicht abgeschlossen.

»Mein Sohn«, sagte er, »wollte, in meinem Namen versteht sich, ein Geschäft mit Abraham Tenenbaum abwickeln. Er wollte das für mich regeln. Aber dann ist Abraham Tenenbaum gestorben. Gestern erhielt ich einen Anruf von jemandem, den ich vor vierzig Jahren zum letzten Mal gesehen habe.«

»Speedy.«

»Harvey Zimmermann«, sagte er. »Ja, Speedy. Er sagte, er sei im Besitz der letzten Filmrolle. Und er wollte Geld dafür haben.« Er betrachtete mich lange und eingehend, so, als suche er nach einem Hinweis darauf, ob er mir trauen konnte oder nicht. »Und heute erhielt mein Agent eine Mail von einer gewissen Zoe Tenenbaum, die auch von sich behauptete, die letzte Filmrolle gefunden zu haben.« Er seufzte. »Deswegen bin ich hergekommen. Ich wollte Abrahams Enkelin im Kino aufsuchen und mit ihr reden. Das ist alles.« Er deutete zum *Rosebud* hinüber. »Sie weiß nicht, dass ich hier bin. Ich glaube, sie weiß nicht mal, dass ich die Mail schon gelesen habe.«

Sie wird nicht mal wissen, dass Sie in Brooklyn sind. Ich fragte mich, wie ich ihm am besten erklären konnte, was hier los war. »War das mit Ihrem Sohn«, begann ich vorsichtig, »ein Unfall?«

»Warum willst du das wissen?«

»Speedy«, sagte ich, »ist dadrin und bedroht meine Freundin.«

Clayton Stewart wusste nicht so recht, was er davon halten sollte. Er wirkte misstrauisch. Dass Speedy jemanden ernsthaft bedrohen könnte, schien er aber nicht infrage zu stellen.

»Es ist kompliziert«, begann ich.

»Erzähl mir alles.«

Dann erzählte ich ihm von Zoe und Speedy und davon,

dass ich gestern in Speedys Wohnung eingebrochen war. »Das ist die Blechdose, die ich in der Wohnung gefunden habe. *Die Geheimnisse von Brooklyn*. Ich weiß nicht, ob es die zweite oder die dritte Filmrolle ist.«

Clayton Stewart hörte mir fasziniert zu.

»Die erste Filmrolle«, sagte ich, »haben Sie ja schon von Abraham Tenenbaum bekommen. Wir haben herausgefunden, dass es insgesamt drei sind. Wo die dritte ist, kann ich nicht sagen. Vielleicht gibt es sie nicht mehr.«

»Warum erzählst du mir das alles?«, fragte er.

Ich verstand nicht, was er meinte. »Ihr Sohn«, sagte ich, »hat uns von dem Geld erzählt, das Abraham Tenenbaum schon bekommen hat. Für die erste Filmrolle.« Die Anzahlung. »Eine Viertelmillion Dollar.«

Clayton Stewarts Gesichtsausdruck wurde immer fragender. »Eine Viertelmillion?«

»Ja.« Ich erzählte ihm alles, was ich wusste. Dass Abraham Tenenbaum eine Anzahlung erhalten hatte, von der wir nicht wussten, wo sie abgeblieben war. Vielleicht würde er mit weiterhelfen können? »Keiner hat das Geld bis jetzt gefunden und Zoe ist ziemlich verzweifelt deswegen«, sagte ich. »Sie weiß, dass sie es Ihnen schuldet, wenn der Film nicht auftaucht.« Die Drohung, die sein Sohn ausgesprochen hatte, verschwieg ich. »Deswegen haben wir ja alles versucht, um ihn zu finden. Und hier ist er.« Ich klopfte auf die Blechdose. »Damit dürften die Schulden, die Zoes Großvater bei Ihnen gehabt hat, beglichen sein.« Alles, dachte ich, würde am Ende doch noch gut werden. Die Aussicht, das Zoe sagen zu können, war ein Hoffnungsschimmer.

Clayton Stewart aber schüttelte den Kopf. »Nein«, sagte er.

»Nein?«

»Nein«, wiederholte er. »Es gab kein Geld.«

Keine Viertelmillion?

»Das verstehe ich nicht.«

»Das musst du auch nicht«, sagte er und damit war die Sache anscheinend für ihn erledigt.

»Es gibt aber ein Problem«, sagte ich.

»Welches?«

»Ich kann Ihnen die Filmrolle jetzt nicht geben.«

Er zog eine Augenbraue hoch.

»Noch nicht, jedenfalls.« Ich erzählte ihm von dem Anruf, von Zoe und Speedy. »Ich muss die Blechdose da reinbringen.«

Er nickte nur. Die Blechdose mit der Filmrolle schien ihn immer noch kaum zu interessieren.

»Ich muss jetzt da rein«, drängelte ich.

»Nein!« Clayton Stewart packte mich am Ärmel und hielt mich fest. »Hör zu, wir müssen aufpassen.«

Ich wusste nicht, was er meinte.

»Mein Sohn ist an den Folgen seiner Kopfverletzung gestorben«, sagte er. »Es gab einen recht heftigen Streit im Hotel. Die Zimmernachbarn und auch das Personal haben gehört, wie jemand laut geschrien hat. Einer von ihnen hat sogar ausgesagt, dass es um *irgendeinen Film* ging.« Ich wusste, dass er mir ansehen konnte, was ich jetzt dachte. »Ein Mann hat meinen Sohn besucht. Ich weiß nicht, wer. Es gibt ein unscharfes Bild von ihm auf einer der Überwachungskameras, aber das ist auch schon alles.« Er ballte die Fäuste. »Die Polizei glaubt nicht, dass es Mord war. Sie glauben, dass es im Verlauf einer Auseinandersetzung passiert ist.«

Die Kopfverletzung! Speedy hatte von der Kopfverletzung gewusst, aber niemand hatte es wissen *können*. Niemand außer dem Gast, den Clayton Stewart junior im *Soho* empfangen hatte.

Und das bedeutete? Was? Speedy war ins *Soho* gegangen, um Geld für den Film zu erpressen. Clayton junior hatte sich geweigert. Es war zu einem Streit gekommen. Ja, das machte Sinn. Clayton junior verletzte sich und Speedy verschwand, ohne ihm zu helfen. Oder so. Jedenfalls meldete sich Speedy bei Clayton senior, um ihm das gleiche Angebot zu unterbreiten. Womöglich wusste er, dass Clayton Stewart nach New York kommen würde. Er wusste genau, dass die Übergabe des Films kurz bevorstand. Und dann musste er feststellen, dass die Blechdose nicht mehr im Badezimmer war. Kein Wunder, dass es wieder in ihm *brodelte*. Das Geld musste ihm alles bedeuten.

»Wenn Speedy noch derjenige ist, als den ich ihn in Erinnerung habe«, warnte mich Clayton Stewart, »dann sollten wir vorsichtig sein.«

»Dann glauben Sie auch, dass Speedy ihren Sohn im *Soho* getroffen hat?« Ich erwähnte die Sache mit der Kopfverletzung.

Clayton Stewart schwieg, schaute rüber zum Kino. Dann nickte er wortlos.

»Vielleicht sollten wir die Polizei rufen«, schlug ich vor. Ich war nicht begeistert, die Polizei zu holen, aber diesmal wäre es vielleicht der richtige Weg.

»Speedy kann ungemütlich werden.« Er sagte das so, als wüsste er ganz genau, was uns bevorstand. »Wir sollten versuchen, die Situation ohne viel Aufhebens zu meistern. Das ist für alle am besten.«

Ich sah Clayton Stewart an. Er verbarg etwas. Ich spürte es. Vielleicht spürte ich es deswegen, weil er sich so ähnlich verhielt wie ich, wenn ich etwas zu verbergen hatte. Außerdem ergab nichts von alledem einen Sinn. Speedy rief bei Stewart an, weil er Geld für den Film wollte. Zoe schrieb eine Mail an Stewart und informierte ihn darüber, dass *sie* den Film hatte. Dass Speedy hier aufgetaucht war und den Film zurückhaben wollte, machte natürlich Sinn. Ohne den Film würde es kein Geld geben.

Aber worum ging es hier eigentlich wirklich?

Und wenn das, was ich mir da zurechtlegte, stimmte, dann hatte er keine Ahnung, dass Clayton Stewart auch schon hier war.

Die Überraschung könnte auf unserer Seite sein.

Ich spürte die Blechdose mit dem Film in meinem Arm. Clayton Stewart zeigte die ganze Zeit über ziemlich wenig Interesse an dem Film selbst, dabei ging es doch die ganze Zeit nur um diesen Film. Ich hätte gedacht, dass er ihn anfassen würde, berühren wollte, dieses Objekt seiner *nostalgischen Erinnerungen,* nach dem er sich angeblich so gesehnt hatte.

Nein, etwas musste faul sein an der ganzen Sache.

Aber was?

Clayton Stewart nahm auf einmal Haltung an. Es war eine Geste, die er unbewusst und wie beiläufig *spielte*. Der alternde Held, der dem Showdown entgegensieht. »Lass uns die Sache ein für alle Mal klären«, sagte er.

Dann gingen wir zusammen ins *Rosebud*.

Und alles kam ganz anders, als wir gedacht hatten.

13

Das Kino kam mir vor wie aus Schatten gemalt. Es war dunkel bis auf die Lichter, die in die Treppenstufen eingefasst waren. Ein mattroter Glanz bedeckte die Wände, alles sah aus wie das Bild von Edward Hopper, *New York Movie*, das Zoe mir online im Bus gezeigt hatte (und das eines der Lieblingsgemälde ihres Großvaters gewesen war). Von oben wehte uns der Geruch von Zigarettenrauch entgegen, fremdartig, penetrant und sehr bedrohlich. Außerdem war es so still, dass man ein ungutes Gefühl bekam, wenn man das pochende Geräusch der alten Heizungsanlage hörte. Es war zu viel Luft in den Rohren, sodass dieses leise Rasseln im Hintergrund entstand, ein keuchendes Blubbern, das sich wie ein Tier anhörte. Ich hatte versprochen, mich der Sache anzunehmen, war bisher aber nicht dazu gekommen. Es ist schon komisch, an was man in Momenten wie diesem, in denen einem alles Mögliche im Kopf herumgeht, so denkt. Außer an die Heizung dachte ich seltsamerweise noch an die Kaffeemaschine, deren Düsen immer leicht verstopften, wenn man es versäumte, den Kaffeesatz zu entfernen. Warum ich mich gerade, als wir die Treppe langsam hinaufstiegen, fragte, ob Zoe sich darum hatte kümmern können, bevor Speedy ins Kino gekommen war, würde wohl für immer ein Rätsel bleiben. Vielleicht brauchte ich diese Gedanken einfach, um mich abzulenken, als eine Art Schutzmechanismus, der mich davor bewahrte, vor Sorge um Zoe die Fassung zu verlieren.

Oben angekommen, sah ich mich vorsichtig um. Es roch noch stärker nach Rauch als unten. Im Foyer war niemand. Die Lichter waren an, alles wirkte so, wie immer. Die Türen zum Kinosaal eins waren offen.

»Zoe!«

Sie antwortete aus dem Kinosaal. »Wir sind hier.«

Clayton Stewart nickte mir still zu. Mir war nicht entgangen, dass er sich alles hier drinnen ganz genau anschaute. Die Tische, die Filmplakate, an den Wänden die roten Vorhänge und die Holzvertäfelung, altmodisch, warm. »Das hat Abraham also mit dem Geld gemacht«, flüsterte er, so leise, dass es bestimmt nicht für meine Ohren bestimmt war. Es klang bewundernd, ehrlich, wie ein spätes Kompliment, das er zu Lebzeiten nie gemacht hatte.

Ich lief in den Kinosaal hinein, ohne nachzudenken. Auf Clayton Stewart wartete ich gar nicht erst.

Es war warm hier drin.

Zoe saß vorne, in der Mitte der zweiten Sitzreihe. Es sah so aus, als habe ihr jemand befohlen, genau dort (und nirgends anders) zu warten. Sie drehte sich um, als ich den Saal betrat. Ich lief zu ihr, fühlte mich einfach nur erleichtert, sie zu sehen. Als ich bei ihr war, stand sie auf. Die Blechdose hielt ich noch immer fest in der Hand. Zoe sah mich an, mit verheulten Augen, so, wie ein kleines Tier, das sich von einem Schrecken erholen muss. »Tom«, flüsterte sie und dann umarmte sie mich und hielt sich fest, als gebe es kein Morgen.

»Es tut mir leid«, sagte ich ihr. »Alles.«

Sie berührte meine Ohren. Und nickte, lächelte. »Er ist dahinten«, sagte sie leise.

Ich drehte mich um.

Zuerst sah ich ihn nicht, dann schälte er sich langsam aus den Schatten heraus. In der letzten Reihe hatte er gesessen. Jetzt, als er aufgestanden war, sah ich die Waffe, die er in der Hand hielt. Sie war auf niemanden gerichtet, eine Pistole, klein, schwarz, fies. Sie sah echt aus, aber was wusste ich denn schon?

»Sieh einer an«, hörte ich die raue Stimme, »der Einbrecher.« Die Kippe, die in seinem Mundwinkel steckte, glomm auf im fahlen Dämmerlicht des Kinos. »Junge, hast du eine ungefähre Ahnung davon, was du dir da an Ärger eingebrockt hast?« Er nahm die Zigarette in die Hand, schnalzte mit der Zunge, schüttelte den Kopf, trat aus der Reihe heraus. Er sah fertig aus, wie jemand, der in den letzten Tagen kaum geschlafen hatte. Unrasiert, das Haar fettig, mit einem rastlosen Ausdruck in den kleinen Äuglein.

»Hier ist sie.« Ich hielt die Blechdose hoch.

»Du hast sie hoffentlich nicht aufgemacht, Junge«, raunzte er. »Zelluloid verträgt Sauerstoff nicht unbedingt.«

»Sie ist noch verschlossen.« Das war immerhin die Wahrheit.

Er kam auf mich zu, langsam, die Zigarette wieder im Mund. Als er vor mir stand, sah er mir in die Augen. Im Laden war mir nicht aufgefallen, dass er so groß war wie ich. Wahrscheinlich hatte ich einfach nicht darauf geachtet.

Er streckte die Hand aus, sonst nichts.

Ich gab ihm die Blechdose.

Er nahm sie entgegen und grinste mich an. Dann schlug er mir mit der Waffe hart in den Magen und mir blieb die Luft weg. »Du weißt, dass du den verdient hast«, sagte er. Ich ging zu Boden, als hätte mir jemand die Beine weggezogen. »Und den«, ein fester Stiefel traf mich in die Seite, »hast du dir auch verdient.« Mein Bewusstsein explodierte in Schmerz und ich krümmte mich auf dem Teppichboden wie ein Kind. Instinktiv schützte ich mein Gesicht, indem ich die Arme davor verschränkte, aber der nächste Schlag blieb aus. »Das passiert, wenn man sich nicht benimmt.« Er ragte über mir auf und ich kam mir klein und besiegt vor. Dann war auf einmal Zoe da, kniete neben mir und half mir auf die Beine.

Ich keuchte, rappelte mich hoch. »Kommt nicht wieder vor«, stöhnte ich. Es tat alles weh, als sei ich gerade eine Treppe runtergefallen.

Speedy sah mich verächtlich an. »Abe hätte gewollt, dass ich es beende«, sagte er. Dann fügte er hinzu: »Ihr habt keine Ahnung, auf was ihr euch da eingelassen habt.« Er betrachtete die Blechdose. »Er hat sie mir gegeben.«

»Das glaube ich nicht«, hörten wir eine andere Stimme.

Wir drehten die Köpfe zur Tür.

»Wer ist das?«, fragte Zoe.

»Clayton Stewart!« Speedy war einigermaßen überrascht. »Wie passend. Wir sehen uns wieder und das in einem Kino.« Er hielt die Waffe so, dass Clayton Stewart sie gut sehen konnte.

»Ich habe ihn draußen getroffen. Er wollte zu dir.«

Zoe verstand sofort. »Er hat meine Mail bekommen.«

Ich nickte.

»Erinnerst du dich noch daran?«, fragte Speedy.

Ich wusste nicht, was er genau meinte. Die Blechdose, den Film oder alles andere.

»Wie könnte ich es vergessen«, antwortete Clayton Stewart. Er betrat den Kinosaal und kam langsam auf Speedy zu.

»Ich erinnere mich auch noch an alles«, sagte Speedy und grinste dabei. »Sogar an die Dinge, die du vergessen hast.«

»Ich habe nichts vergessen.«

Speedy hielt inne, betrachtete die Blechdose. Dann sagte er: »Keiner von uns hat das. Aber es sind ja nicht mehr viele übrig. Hank hat alles ganz brav vergessen, wie vereinbart. Aber Abe ist es plötzlich wieder eingefallen, nicht wahr? Und mir ist es auch wieder eingefallen.«

Clayton Stewart sagte nichts.

»Du siehst alt aus«, sagte Speedy.

»Ich bin alt«, antwortete Clayton Stewart.

Schweigen.

Speedy hielt die Blechdose hoch wie eine Trophäe. »Wenn wir schon mal alle hier sind, können wir das Geschäft direkt hinter uns bringen. Die Regeln sind einfach. Du kriegst den Film, wenn du zahlst.«

Clayton Stewart betrachtete ihn eine Weile, dann sagte er: »Nein.«

Speedy glotzte ihn an. »Nein?«

»Nein.«

Ich stützte mich auf eine Sitzlehne und schnappte bei jeder Bewegung nach Luft.

»Du riskierst, dass jemand den Film anschaut.«

»Es gibt keinen Film.«

Hatte ich richtig gehört?

Sogar Speedy war verunsichert. »Natürlich gibt es einen Film. Was glaubst du, was das hier ist?«

»Ein McGuffin«, sagte Clayton Stewart.

»Nein«, zischte Speedy böse, »das hier ist der Film, auf den du scharf bist. Mit der Szene, die alles zeigt.«

Clayton blieb ruhig. »Es gibt keinen Film. Die Kopien sind alle vernichtet worden. *Die Geheimnisse von Brooklyn* existiert nicht. Das, was du da in der Hand hältst, ist ein McGuffin.«

Ich hatte keine Ahnung, worüber die beiden da redeten.

»Ein MacGuffin ist ein Trick«, sagte Zoe leise, »Hitchcock hat das Wort erfunden.«

Clayton Stewart wusste anscheinend genau, was er sagte. »Es gibt keine Filmkopie.«

In Speedy brodelte es. Man konnte es förmlich sehen. Er sah aus wie jemand, dem man gerade einen Strich durch die Rechnung machte. Trotzdem verstand ich nicht, was vor sich ging. Speedy hatte die Blechdose mit dem Film, die andere Filmrolle war schon im Besitz von Clayton Stewart. Was also, in aller Welt, war der Trick?

»Abraham Tenenbaum«, sagte Clayton Stewart, »hat mich angerufen, weil er Geld brauchte. Er hat mir erklärt, warum. Er wollte dieses Kino nicht verlieren.« Der alte Schauspieler trat einen weiteren Schritt auf Speedy zu. »Aber er wollte mir keine Kopie des Films verkaufen. Weißt du, warum? Weil er keine hatte. Er wollte mir etwas anderes verkaufen. Etwas, für das ich ihn schon bezahlt hatte.« Clayton Stewart funkelte Speedy wütend an. »Etwas, für das ich euch alle schon bezahlt habe.« Er rieb sich die Augen, wirkte auf einmal sehr müde. »Doch Abraham Tenenbaum brauchte das Geld. Er hat sich gedacht, dass ich noch einmal für das zahle, was, wie er glaubte, mir so viel wert wäre. Und so bot er das, was er mir damals verkauft hatte, noch einmal an. Du weißt, wovon ich rede, Speedy.«

Man sah Speedy an, dass er nicht ganz verstand, worum es ging.

»Und was soll das hier dann sein?« Er hielt die Blechdose hoch.

»Keine Ahnung. Jedenfalls nicht *Die Geheimnisse von Brooklyn.*«

Speedy kochte vor Wut.

»Was wollte mein Großvater Ihnen verkaufen?«, fragte Zoe. Sie stand neben mir, so bunt, wie ich sie kennengelernt hatte.

»Sein Schweigen«, zischte Speedy wie eine Schlange.

Clayton Stewart warf ihm einen bösen Blick zu. *Halt einfach die Klappe,* verlangte dieser Blick. Dann, Zoe zugewandt, sagte er: »Das ist eine alte Geschichte.« Man sah ihm an, *dass* er schauspielerte, *wenn* er schauspielerte. »Es ist damals, als wir uns alle in dieser Stadt getroffen hatten, etwas passiert«, erklärte er, »und alle, die davon wussten, waren sich einig, dass es besser wäre zu schweigen.« Er war kein guter Schauspieler, so viel war klar.

»Was ist passiert?«

»Das ist jetzt unwichtig.«

»Ach, ist es das?«, fragte Speedy.

Clayton Stewart ging nicht darauf ein.

»Die Kopien, die es von unserem Film gab, wurden alle vernichtet.«

»Das ist nicht wahr«, beharrte Speedy. »Das hier ist der Film, den Abe mir gegeben hat.«

»Abraham Tenenbaum hat dir gar keinen Film gegeben!«, schrie Clayton Stewart ihn plötzlich an.

»Was macht dich so sicher?«, fragte Speedy und zog an der Zigarette, als hinge sein Leben davon ab. Er wirkte wie jemand, der hoch pokert und kurz davor ist zu verlieren.

»Ich weiß es.«

»Das kannst du nicht.«

»Der Film«, sagte Clayton Stewart, »ist ein MacGuffin. Und weißt du, wer diesen MacGuffin erschaffen hat?«

Speedy starrte ihn nur an. Offenbar hatte er keine Ahnung, wohin das alles hier führte.

»Mein Sohn.«

»Dein Sohn?«

»Ja, mein Sohn. Den du im *Soho* getroffen hast.«

Speedy fuchtelte mit der Waffe in der Luft herum. »Das war ein Unfall«, winkte er ab.

Clayton sagte nichts. Ich sah, dass er die Fäuste geballt hatte. »Gauner sind auch untereinander Gauner«, sagte er. »Abraham Tenenbaum wollte noch einmal jede Menge

Geld haben, für sein Schweigen, wie damals. Er brauchte das Geld, weil sein Kino in finanziellen Schwierigkeiten steckte. Er brauchte es dringend. Also rief er mich an und forderte mich auf zu zahlen.«

Ich sah Zoe an, dass sie zu verstehen begann. Abraham Tenenbaum, ihr Großvater, ihr Vorbild, hatte den alten Schauspieler *erpresst*. Sie wusste nicht, womit, aber sie wusste, dass es um Erpressung ging. Ihr Großvater hatte keine alte Kopie des Films gefunden und den Entschluss gefasst, sie zu verkaufen. Alles, was er besessen hatte, war das Wissen über etwas, das vor langer Zeit passiert war, etwas, das Clayton Stewart all die Jahre verborgen hatte.

»Ich habe euch alle damals bezahlt«, sagte Clayton, »und alle haben eingewilligt, es dabei zu belassen.« Er sah sich um. »Das Kino hier war Abrahams Traum. Und er hat diesen Traum verwirklicht. Mit meinem Geld.«

Ich griff nach Zoes Hand. Sie zitterte, war ganz kalt.

»Ich erbat mir einen Tag Bedenkzeit«, fuhr Clayton Stewart fort. »Ich war wütend. Doch dann geschah etwas, mit dem keiner gerechnet hatte. Abraham Tenenbaum hatte einen Schlaganfall. Und verstarb.« Dann sah er Zoe an, zum ersten Mal, seitdem er den Kinosaal betreten hatte, widmete er ihr seine Aufmerksamkeit. »Du bist seine Enkelin, stimmt's? Du siehst aus wie er.« Kopfschütteln. »Meine Güte, als sei die Zeit stehen geblieben.«

Sie starrte ihn an. Wusste nicht, was sie sagen sollte.

Clayton Stewart schüttelte erneut den Kopf, so, als könne er selbst nicht glauben, was passiert war. »Als er gestorben war«, erklärte er, »reiste mein Sohn für mich nach New York, um das alles zu regeln.«

Zoe fragte: »Was meinen Sie?«

»Mein Sohn kannte die Geschichte von früher.« Ein böser Blick rüber zu Speedy. »Anders als ich war er aber nicht davon überzeugt, dass Abe mir nur sein Schweigen hatte verkaufen wollen. Er meinte, dass es vielleicht doch irgendwelche Beweismittel gab. Etwas, von dem ich nichts wusste. Fotos vielleicht, irgendwas. Eine Filmsequenz, die nicht vernichtet worden ist.«

Was, fragte ich mich wieder und wieder, hatte es mit diesem Film auf sich?

»Und dann«, Clayton Stewart seufzte, »machte mein Sohn einen Fehler.«

Wir warteten.

»Er suchte Abrahams Sohn auf. Zeke Tenenbaum. Und fragte ihn, ob Abe etwas für ihn hinterlegt habe. Er war davon überzeugt, dass es noch Filmmaterial geben musste, wollte Zeke aber natürlich nicht direkt danach fragen. Er klopfte einfach auf den Busch, wie man so schön sagt. Und hoffte, dass sich alles andere von allein regelt.« Er kam näher. »Aber er fragte nicht nur deinen Vater, Zoe Tenenbaum. Nein, er hat auch hier im Kino danach gesucht.«

»Ich habe ihn erwischt«, sagte Zoe.

»Es tut mir leid, dass er das getan hat. Es war dumm. Aber, wie gesagt, er war davon überzeugt, dass es noch eine Filmkopie geben musste. Und wenn es eine gegeben hätte, dann wäre die Sache nie richtig zu Ende gewesen.« Er seufzte, traurig und bedauernd. »Ich riet ihm am Telefon, dich offiziell aufzusuchen, um das geradezubiegen.«

»Er hatte Großvaters Tagebuch gestohlen.«

Speedy verfolgte das Gespräch mit der Kippe im Mundwinkel und der Waffe in der einen und der Blechdose in der anderen Hand.

»Er hat sich als Mr Mankiewicz vorgestellt.«

Clayton Stewart nickte. »Er hat den Film gemocht. *Citizen Kane*. Früher haben wir den Film oft gemeinsam angeschaut.«

Mir wurde auf einmal bewusst, dass er seinen Sohn vermissen musste und um ihn trauerte. Das alles war so verwirrend. Das Unheil lag förmlich in der Luft.

»Um den Druck auf dich zu erhöhen, hat er die Sache mit dem Geld erfunden. Er wollte, dass du motiviert bist, die Filmrollen zu suchen.«

Zoe starrte ihn ungläubig an. »Sie meinen, es gab gar kein Geld?«

»Nein.

»Nein?« Sie wusste vermutlich nicht, ob sie erleichtert sein sollte oder ob sich die Sache gerade zum Schlechteren wendete.

»Nicht einen Penny habe ich gezahlt.«

»Aber worum geht es dann?«, fragte ich. Wenn ich die eine Hand in die Seite presste, tat es weniger weh, wenn ich mich bewegte.

»Es ging darum, diese Angelegenheit ein für alle Mal zu beenden. Hätte es eine alte Kopie des Films gegeben, dann wäre sie wahrscheinlich sowieso längst beschädigt gewesen. Aber das Risiko wollte er nicht eingehen. Wie gesagt, mein Sohn war davon überzeugt, dass es etwas geben musste, dass Abraham als Druckmittel hätte einsetzen können. Und das wollte er ausfindig machen.«

»Deswegen hat er uns alle aufgesucht«, sagte Speedy, das Gesicht hinter dem Zigarettenrauch verborgen. »Er wollte herausfinden, ob wir etwas wissen.«

»Er wollte herausfinden, ob jemand mit Abraham gemeinsame Sache macht.«

Speedy schüttelte den Kopf. »Nein, so war es nicht.« Er hörte sich nicht mal mehr so an, als glaubte er selbst noch an seine Lüge mit der Filmkopie, die sich angeblich in der Blechdose befand.

Clayton Stewart redete weiter, wollte es zu einem Ende bringen. »Speedy hier hat gewusst, dass es keinen Film gibt. Aber als alle damit begonnen haben, nach dem Film zu fragen und ihn zu suchen, da dachte er sich, bauernschlau wie er schon immer war, dass ich es vielleicht doch in Betracht gezogen hatte, an die Existenz einer allerletzten Kopie von *Die Geheimnisse von Brooklyn* zu glauben.« Er deutete auf die Blechdose. »Also hat er das gemacht, was er immer gemacht hat.« Seine Stimme erhob sich und es hörte sich an, als spiele er die finale Szene in einem Gerichtsdrama. »Er hat versucht zu bescheißen. Er hat einen alten Zelluloidfilm genommen und behauptet, es sei eine Kopie von unserem Film. Er ist damit ins *Soho* gefahren und wollte das Geld. Aber mein Sohn hat ihm natürlich nicht geglaubt. Die beiden gerieten in Streit und dann ist etwas passiert, das nie hätte passieren dürfen.«

»Er ist gestürzt«, sagte Speedy. Er zielte mit der Waffe auf Stewart. »Es war ein Unfall. Scheiße, ich wollte ihm nur drohen und da ist er gestolpert und mit dem Kopf gegen die Kommode geknallt.« Die Zigarette hing ihm schlaff im Mundwinkel. »Absolut verrückt. Er hat geblutet und …« Er nahm die Zigarette, warf sie auf den Boden, trat sie aus.

»Du bist einfach abgehauen, weil du Schiss hattest.«

Speedy schnappte sich eine neue Zigarette, zündete sie an, inhalierte tief. Er sagte nichts, starrte Clayton nur an. Dass Clayton junior vielleicht noch am Leben wäre, wenn Speedy Erste Hilfe geleistet hätte, war eine bittere Wahrheit.

»Es gibt keinen Film. Das, was da in der Blechdose ist, ist unwichtig.« Clayton Stewart war am Ende seiner Ausführungen angekommen. »Deswegen gibt es kein Geld. Für keinen. Ich werde diese Stadt verlassen und wir alle tun so, als wäre nie etwas passiert.« Seine Augen aber sagten: *Doch wenn ich dich irgendwann zu packen kriege, Speedy, in deinem Drecksladen oder einer dunklen Gasse, dann mach ich mit dir genau das, was du mit meinem Sohn gemacht hast. Ich werde dir in die Augen sehen, und was immer dann passiert, lass dir gesagt sein, du wirst leiden, bevor du stirbst.*

Speedy glotzte die Blechdose an, dann, ohne Vorwarnung, schlug er sie gegen den Sitz neben sich. Er hieb immer wieder auf den Sitz ein, das Holz der Lehne splitterte, so hart schlug er zu. So lange, bis die Blechdose aufging und eine große Filmrolle herausfiel. Das Filmband wickelte sich teilweise auf, als alles auf dem Boden aufschlug und halb unter die Sitzreihe rutschte. Der Zelluloidfilm war an vielen Stellen kaputt, man konnte es sehen. Er sah *ausgefranst* aus und warf an manchen Stellen kleine Blasen. »Scheiß drauf«, schrie Speedy, »dann war es eben so. So und nicht anders.« Er fuchtelte mit der Waffe in der Luft herum und ich hatte Angst, er würde einen von uns erschießen, hier und jetzt, einfach so, weil ihm danach war. Weil es in ihm *brodelte,* so, wie es damals in Ramsay gebrodelt hatte. Weil er ein beschissenes Leben geführt hatte, trotz des Geldes, das er bekommen hatte, dass sie alle bekommen hatten, dafür dass sie die Klappe hielten wegen dem, was passiert war. »Ist eine alte Kopie von *Blackmail.*« Speedy sah irre aus. »Kennt ihr bestimmt nicht«, spie er Zoe und mir entgegen. »Von Alfred Hitchcock. 1929.« Er kicherte. »Hab ich bei E-Bay gefunden, kaum zu glauben. Wurde in zwei Tagen geliefert, direkt aus England.« Er machte eine wegwerfende Geste. »Kann man natürlich nicht mehr anschauen, ist vollkommen hinüber.« Er wandte sich Clayton Stewart zu. »Aber es wäre ein super Köder gewesen. Der allerbeste MacGuffin aus dem Land der MacGuffins.« Er deutete mit der Waffe auf den Zelluloidstreifen, der ziemlich chemisch stank. »Aber wisst ihr, was?« Er hustete hart, richtete die Waffe auf Stewart. »Wisst ihr, was das Beste ist?« Eine kurze Pause, erneuter Husten. »Eigentlich brauche ich gar keinen Film, denn ich habe was viel Besseres.« Er tippte sich an den Kopf und grinste dabei. »Wissen«, zischte er. »Ich weiß was!« Ein Blick rüber zu Stewart, der sich nicht rührte. »Und wenn ich es erzähle, dann wissen sie es auch. Dann ist es raus, das, was passiert ist. Scheiße, wenn ich schon kein Geld kriege, warum sollte ich es dann nicht sagen?«

»Wir hatten eine Vereinbarung«, sagte Clayton Stewart, ruhig, bestimmt. Er wurde trotzdem ganz rot im Gesicht. »Verdammt, wir hatten eine Vereinbarung. All die Jahre! Nur, weil Abraham Tenenbaum glaubte, noch einmal groß abkassieren zu können, heißt das noch lange nicht, dass jetzt jede Ratte, die damals was gesehen hat, aus ihrem Loch kriechen und mir an den Karren fahren kann.« Er wurde lauter. »So läuft das nicht, Speedy!«

Zoe zitterte.

Speedy fuchtelte mit der Waffe herum. Ich hatte Angst, dass er die Kontrolle verlieren würde.

»Bitte«, sagte Zoe. »Hören Sie auf! Sie verletzen noch jemanden.«

Als Antwort hielt er ihr die Waffe vors Gesicht.

Ich stellte mich schützend vor sie. Weil ich verliebt war. Weil ich für sie sterben würde. Zoe legte ihre Hand auf meine Schulter. »Nein«, flüsterte sie. Dann zerriss der Schuss die Stille.

Wir schrien beide auf.

Der Knall war dumpf und ohrenbetäubend laut, aber anders, als sich ein Schuss im Film anhörte.

»Erzähl die Geschichte, los!« Speedy, der hinauf zur Decke geschossen hatte, richtete die Waffe jetzt auf Clayton. »Du kannst es tun oder ich werde es tun. Los, erzähl den beiden, was passiert ist. Sag ihnen, worum es in *Die Geheimnisse von Brooklyn* wirklich ging.«

Clayton Stewart senkte den Blick. »Nein«, sagte er starrköpfig.

»Gut«, knurrte Speedy. »Ist deine Entscheidung.« Er hustete, atmete aus, der Rauch verbarg kurz seine Augen. »Deine Entscheidung.«

Wir konnten nichts anderes tun, als ihm zuhören. Die Art, wie er sprach, hatte trotz der Stimme, die sich wie ein kaputter Motor anhörte, etwas Hypnotisches. Es katapultierte uns zurück ins Jahr 1976, in jene Wochen, in denen eine Schar junger Filmemacher hier in New York unterwegs gewesen war, um eine neue Art von Film zu machen.

»Die Geheimnisse von Brooklyn«, begann Speedy, »handelte von einer Frau.« Erneutes Husten. »Olivia Leigh, das kleine Miststück. Sie hat nicht nur den Film ruiniert, sondern allen Unglück gebracht.« Er lachte gallig. »Dazu musste sie nicht mal mehr am Leben sein. Ist das nicht irre? Sie ist tot und trotzdem schafft sie es, alle fertigzumachen.«

Clayton Stewart hörte ihm zu. Die Farbe war aus seinem Gesicht gewichen. Sogar ich bezweifelte so langsam, dass es sich hier um nostalgische Erinnerungen handelte.

»Sie hat die Hauptrolle gespielt. Daryl Van Zorn hat sie vorsprechen lassen und sie hat die Rolle gekriegt. So läuft das, nicht nur in Hollywood. Und dann hat sich unser Held hier in sie verknallt.«

Clayton Stewart stand ruhig da, aber die Ruhe war eindeutig vorgetäuscht. Seine Hände zuckten nervös, als würde er gleich auf Speedy losgehen.

»Die beiden haben sich nicht nur vor der Kamera befummelt, kann ich euch sagen. Und wisst ihr, was das Beste war? Der gute Clayton war verheiratet! Hatte eine hübsche Frau und einen hübschen Sohn. Ab und zu tauchte sie mit dem Kleinen am Set auf.«

Den Kleinen kannten wir als Mr Mankiewicz. Sich vorzustellen, dass er als kleiner Junge an der Hand von Clayton Stewart durch Brooklyn spaziert war, war seltsam. Man denkt nie daran, dass Erwachsene einmal Kinder gewesen sind. Nicht, wenn man so alt ist wie wir.

»Mrs Clayton Stewart hat natürlich nichts von alldem gewusst«, erzählte Speedy weiter. »Und dann kam irgendwann der Moment, als Olivia Leigh mehr sein wollte als nur der Zeitvertreib am Set. *Sie war bezaubernd. Sie war eine Schönheit! Ein richtiger Schuss!* Sie wollte Clayton ganz und gar für sich allein und dann hat sie ihn unter Druck gesetzt.«

»Du musst das nicht erzählen«, sagte Stewart.

Doch Speedy hielt nur die Waffe in seine Richtung. »Sie hat dich ganz schön unter Druck gesetzt«, sagte er. »Und am Ende hat sie gedroht, deiner Frau alles zu sagen. Das wäre das Ende deiner Ehe gewesen.«

Clayton Stewart atmete schnell. Daran erinnert zu werden, schien ihm zuzusetzen.

»Aber dazu kam es nicht.« Speedy nahm noch ein paar Züge von seiner Zigarette. »Irgendwann hat unser Mr Schauspieler die Schnauze voll gehabt. Er ist völlig zugedröhnt am Set erschienen. Wir haben in einer Lagerhalle gedreht, drüben in Williamsburg. Ihr wisst schon, eine von denen bei den Docks.« Er hustete laut. »Es war eine tolle Szene. Eine Eifersuchtsszene, in der unser Held sein Liebchen mit einer Knarre bedroht. Alles sehr dramatisch. Daryl stand auf so was. Na ja, musste er ja auch, denn er hat es immerhin geschrieben.«

Zoe lauschte ihm mit großen Augen. Sie war so hübsch, selbst wenn sie Angst hatte.

»Wir hatten eine Regel«, erinnerte sich Speedy, »alles musste nach einem Take im Kasten sein. Es gab keine Proben. Die Schauspieler sollten einfach loslegen. Abe filmte. Wir standen herum und machten den Rest. Daryl brüllte

Action, oh Mann, er liebte das. Und genau so war es auch an dem Tag, an dem alles den Bach runterging.« Er schaute zu Zoe. »Tut mir leid, wenn ich das Bild, das du von deinem Großvater hast, ein wenig geraderücken muss.« Er inhalierte tief, blies den Rauch lässig in den Raum. »Ich weiß noch genau, was passiert ist.« Ein Blick zu Clayton. »Dazu brauche ich keinen Film. Ich muss es mir nicht noch mal ansehen. Ich habe es wieder und wieder gesehen. In meinen Träumen.«

»Was ist passiert?«, fragte Zoe. »Und was hatte mein Großvater damit zu tun?«

»Es ist einfach alles schiefgelaufen«, erinnerte sich Speedy. »Clayton erschien am Set, wie ich schon sagte, völlig zugedröhnt. Daryl gab das Startzeichen und die Kamera lief. Die beiden schrien sich an, alles wie geplant, okay, sie haben ein bisschen improvisiert, aber das sollte so sein. Dann kam die Szene, in der unser Held, der Detektiv, die Waffe zückt. Er hält sie seinem Liebchen direkt vor das hübsche Gesicht. Sie schreit ihn an, so echt, dass wir alle erstaunt gedacht haben: *Oh Mann, sie hat es ja doch drauf.*« Er rieb sich die Augen. »Dann knallte es. Nur einmal. Cayton stand da und rührte sich nicht. Olivia stand ihm gegenüber.« Er hustete, diesmal länger. »Daryl war der Erste, dem der Fleck auffiel. Genau hier.« Er pochte sich mit der freien Hand gegen die Brust. »Wurde immer größer, der Fleck, und da kapierten wir, was passiert war.«

»Ich hatte mir etwas eingeworfen«, sagte Clayton leise, schuldbewusst.

»Ja«, stimmte Speedy ihm zu. »Du hast eine scharfe Waffe benutzt und Olivia abgeknallt.«

Ich wusste nicht, was ich sagen sollte. *Ob* ich etwas sagen sollte. Zoe ging es genauso.

»Olivia Leigh verdrehte die Augen und kippte zur Seite. Sie war mausetot. Kein letztes Wort. Nichts.«

Clayton Stewart hielt sich die Hände vors Gesicht, atmete tief durch, nur kurz.

»Alle waren panisch. Clayton war zu fertig, um das alles richtig mitzukriegen. Es war Daryl, der Claytons Vater anrief. Scheiße, er schilderte ihm alles. Einfach alles. Die ganze Sauerei.« Er wendete sich Zoe und mir zu. »Wisst ihr, wer Claytons Vater war?«

Wir sagten nichts.

»Meine Eltern waren vermögend«, erklärte Clayton Stewart.

»Ja, stinkreiche Banker aus Boston. Claytons Vater jedenfalls sagte Daryl zu, uns zu helfen. Einzige Bedingung: Sein Sohn musste aus der ganzen Geschichte rausgehalten werden.«

»Sie haben es vertuscht«, sagte ich.

Zoe flüsterte: »Und Großvater hat mitgemacht.«

Speedy lachte, aber es klang verzweifelt. »Wir haben alle mitgemacht. Wir haben sie in einen Teppich eingewickelt. Meine Güte, vollkommen irre. Dann haben wir sie in den Kofferraum von Claytons Wagen gelegt.« Er schüttelte den Kopf. »Kennt ihr die Straße, die man immer in Filmen sieht? Die, wo im Hintergrund die Brooklyn Bridge zu sehen ist?«

Ich nickte. Zoe nicht, sie war wie gelähmt.

»Da haben wir sie hingebracht. Es war Daryls Idee. Wir haben sie einfach auf der Straße liegen lassen. Ich habe dafür gesorgt, dass ihr Portemonnaie mit Ausweis und allem dabei war. Das Geld hab ich rausgenommen. Es sollte wie ein Raubmord aussehen.« Schallendes Lachen, rauchig, krank. »Hat ja auch geklappt. Man hat sie dort gefunden. Kein Mensch dachte, dass wir etwas damit zu tun haben könnten. Clayton ist sogar zur Polizei gegangen und hat sie als vermisst gemeldet. Weil sie nicht zum Dreh erschienen ist und niemand sie in ihrer Wohnung gesehen hatte. Ha, es geht doch nichts über eine gute Inszenierung.«

»Ich weiß, wie es weiterging«, sagte Zoe. Sie sah traurig aus. Abgrundtief traurig.

»Du bist ein schlaues Ding«, meinte Speedy.

»Er hat sie alle bezahlt.«

Jetzt war es Clayton, der nickte. »Meine Familie hat sie bezahlt.« Er warf Speedy einen vielsagenden Blick zu. »Es war viel Geld. *Verdammt* viel Geld. So viel, dass sich jeder von ihnen das Leben leisten konnte, das er führen wollte.« Als Speedy den Mund aufmachte, herrschte Clayton ihn an: »Wenn manch einer das Geld in den Sand gesetzt hat, ist das nicht meine Schuld.«

»Großvater hat das Geld genommen.« Tränen traten Zoe in die Augen. »Er hat sich seinen Traum erfüllt.« Das *Rosebud* war mit dem blutigen Schweigegeld, das Clayton Stewart ihm gezahlt hatte, finanziert worden. Das, wofür Zoe ihn so bewundert hatte, war nur eine Täuschung. Ihr Großvater war nicht der Held, für den sie ihn gehalten hatte. Er war Zeuge eines Verbrechens geworden und dann hatte er sich damit begnügt, als Mitwisser weiterzuleben. »Ich kann das nicht glauben.«

Ich nahm sie in den Arm. »Es ist lange her.«

»Nein«, sagte sie, »ist es nicht.«

Ich wusste, was sie meinte. Auch Rockport war nicht lange her. Dinge wie diese werden nie lange her sein, auch wenn hundert Jahre vergehen.

»Wir alle haben vierzig Jahre lang geschwiegen. Wir sind damals über Nacht reich geworden.«

»Aber gebracht hat es ihnen nichts«, stellte Zoe fest. Sie funkelte Speedy und den alten Schauspieler zornig an.

Speedy sagte nur: »Tja, so ist das Leben.«

»Daryl hat zeit seines Lebens nur Geschichten geschrieben, die mit Vergebung und Schuld zu tun hatten. Er war schwerer Alkoholiker. Er hat getrunken, um zu vergessen. Am Ende ist er dann betrunken in seinen Wagen gestiegen.« Den Rest der Geschichte hatten wir schon einmal gehört. »Vorher hat seine Villa gebrannt. Wisst ihr, warum? Er hat sie angezündet. Alle Filmrollen, die er dort gelagert hatte, waren auf einen Schlag zerstört. Ob *Die Geheimnisse von Brooklyn* darunter waren, wird nie jemand erfahren. Keiner von uns weiß, ob er die Szenen, die er hatte, zu einem Film geschnitten hat.«

Dinge wie diese, das wusste ich, bringen nur Unglück. Man wird sie nicht los, es sei denn, man vertraut sich jemandem an. Jemandem, der einem vergibt.

»Jetzt wisst ihr es«, sagte Speedy. »Wenn ihr Geld braucht, fragt Clayton.« Er grinste, fies und spöttisch. »Selbst heute noch wäre es ein Skandal, wenn das herauskäme.«

Deswegen hatte Clayton junior sich der Sache angenommen. Das Vermögen und der Ruf seiner Familie standen auf dem Spiel.

»Wenn irgendjemand die Filmszene, in der Clayton schießt, sehen würde«, sagte Speedy, »dann wäre klar, wer die Waffe gehabt hat. Dann könnte man sich vieles erklären. Deshalb hat er immer noch Angst, dass irgendwo ein Schnipsel Filmmaterial existiert.«

Wir waren sprachlos. Zoe dachte nur an ihren Großvater, ich sah es ihr an.

Sie blickte sich im Kinosaal um, jedes Detail, das sie von klein auf kannte, weil sie so oft hier gewesen war, bei Abraham Tenenbaum, der mit ihr seinen Traum geteilt hatte, der ihr Mut zugesprochen hatte, der ihr Großvater, ihr Held, ihr Vorbild gewesen war. Alles, was ich tun konnte, war, ihre Hand zu halten. Sie stieß mich nicht weg und suchte meine Nähe. Das alles trotz Claire und trotz Rockport.

»Scheiß drauf«, sagte Speedy und schnippte den Stummel der Zigarette weg.

Clayton Stewart war wieder der Schauspieler, der auf seinen Einsatz wartete. Sein Gesicht drückte Fassungslosigkeit aus, gleichzeitig Bedauern. Reue? Vielleicht. Ich war mir nicht sicher.

»Hier riecht es komisch«, sagte Zoe auf einmal.

Als sie es sagte, bemerkte ich es auch; doch da war es schon zu spät.

Es roch nicht komisch, es stank. *Chemisch. Giftig*. Wie Plastik, das heiß wird, nur viel, viel beißender. Dann, plötzlich, ohne Vorwarnung, schoss eine große Stichflamme zwischen den Sitzreihen hervor, blau, gelb wie ein Blitz. Das Feuer erfasste die Polster der Sitze, fraß sich wieselflink weiter. Dann erst, nach dem ersten Schreck, fiel mir auf, dass die Flamme nicht kleiner wurde. Sie loderte einfach weiter, stark und boshaft.

»Das Zelluloid!« Zoe erkannte es zuerst.

»Du Idiot!«, schrie Clayton Stewart.

Speedy erkannte seinen Fehler. Er hatte den glimmenden Stummel der Zigarette in den Raum geschnippt und der Stummel hatte die Filmrolle, die irgendwo zwischen die Sitzreihen gerutscht war, berührt. Altes Zelluloid, vor allem solches, das so alt ist wie die Filmrolle mit *Blackmail*, brennt sofort und lichterloh. »Man kann die Flamme nicht mit Wasser löschen«, murmelte Clayton. »Es brennt immer weiter.«

»Wir müssen hier raus!«, rief ich.

Das Geräusch des Feuers, das sich immer weiterfraß, wurde lauter. Es knisterte, raunte, war überall.

Dann passierten mehrere Dinge gleichzeitig. Ich schnappte mir Zoe und zog sie hinter mir her. Wir mussten das Kino verlassen. Sie ließ es geschehen. Wir rannten zur Tür und ich fragte mich, ob es eine Möglichkeit gäbe, den Brand aufzuhalten. Ich blieb stehen, schaute zurück. Ich suchte nach einem Feuerlöscher, aber tief in mir drinnen wusste ich, dass selbst ein Feuerlöscher nicht aufhalten konnte, was gerade zum Leben erwacht war. Das Feuer hatte sich bis zu den Vorhängen und der Leinwand ausgebreitet. Nie hätte ich gedacht, dass Flammen so schnell wandern können. Sie sprangen förmlich über die Sitzreihen und die Luft war erfüllt mit einem beißenden, stinkenden Rauch, der immer dichter wurde. Dann sah ich, wie Clayton auf Speedy losging. Er schlug ihm fest die Faust ins Gesicht und Speedy, der nicht damit gerechnet hatte, torkelte nach hinten, hielt sich an einem Sitz, der noch nicht brannte, fest und schlug Clayton mit der Waffe gegen den Kopf. Clayton taumelte seinerseits, und als er zu sich kam, hielt Speedy ihm die Waffe ins Gesicht. Dann drückte er ab, zweimal, dreimal, mehrmals. Clayton stand wie angewurzelt da. Speedy tat nichts, sah ihn nur an. Schließlich warf er die Waffe ins Feuer. Erst da verstand ich, was gerade passiert war (und Clayton Stewart, glaube ich, verstand es auch): Speedy hatte nur einen einzigen Schuss in der Waffe gehabt. Er hatte geblufft. Es hatte keinen Knall mehr gegeben. Er war also doch nicht so abgebrüht gewesen, dass er einen Mord begangen hätte. Clayton schlug, als sich der kurze Schock gelegt hatte, mit aller Kraft seine Faust in Speedys Gesicht. Der kippte zur Seite und blieb am Boden liegen. So ähnlich musste es im *Soho* gewesen sein. Clayton stand über ihm. Speedy rührte sich nicht. Clayton Stewart drehte sich um und wollte den Kinosaal verlassen. Unsere Blicke trafen sich, wir sahen uns ein paar Sekunden lang an.

Dann machte er kehrt und kniete sich neben Speedy, half ihm auf die Beine. Er stützte ihn, redete mit ihm.

Die beiden folgten uns nach draußen ins Foyer.

Hier wurde mir klar, dass die Lage hoffnungslos war.

Der Rauch war mittlerweile überall. Er quoll durch die Tür aus dem Kinosaal ins Foyer, wo er sich unter der Decke sammelte und wie ein Gewitter aus dunklen Wolken waberte, ein Lebewesen, hungrig, gefräßig, unersättlich. Es würde nicht ruhen, bis es all das, was Abraham Tenenbaum sich aufgebaut hatte, vertilgt hätte. Clayton Stewart und Speedy waren beide angeschlagen. Alle Schmerzen und Wunden, die ihnen zu schaffen machten, hatten sie sich selbst zugefügt. Sie humpelten, so schnell es ging, die Treppe hinunter nach draußen. Es war vorbei.

Zoe aber blieb stehen, als wir das obere Ende der Treppe erreichten.

»Was hast du?«

Sie schaute zurück und in ihren Augen spiegelten sich die Flammen. »Ich kann es nicht fassen«, sagte sie. »Das hier.« Ihr Blick wanderte herum, verloren, einsam: zur Kasse, den Plakaten, den runden Tischen. Nach allem, was sie gehört hatte, war dies nur eine weitere Gewissheit, mit der sie leben musste: Das *Rosebud* brannte und nichts würde es retten.

»Großvaters Tagebuch«, sagte sie, »es ist noch hier.«

»Willst du es mitnehmen?«

Sie sah mich an. Sie weinte. »Nein«, flüsterte sie.

Dann nahm sie meine Hand. Wir flüchteten vor dem flammenden Inferno, das sich aus einem Film, den es niemals gegeben hatte, und einer Glut, die nie verloschen war, entzündet hatte.

Draußen erwartete uns die frische Nachtluft. Es gab keine Geheimnisse mehr. Es war vorbei.

14

Nicht alle Filme enden so, wie man es sich wünscht. Aber viele enden, wie man es erwartet hat. Die Wirklichkeit liegt irgendwo dazwischen; und so war es auch bei uns.

Die Geheimnisse von Brooklyn wird als Film ein Geheimnis bleiben, alles andere, die Fakten, kann man bei imdb nachlesen. Den Rest wird niemand erfahren, denn keiner von denen, die dabei waren, wird ein Wort darüber verlieren. Was immer damals, in den fast vergessenen Tagen im Sommer 1976, geschehen war, hat alle wie ein Fluch verfolgt.

»Man kann ein Leben nicht auf Lügen aufbauen«, sagte Zeke Tenebaum, später, als alles *so richtig* vorbei war. Er hatte also mit seiner Vermutung recht gehabt. Sein Vater hatte eine Last mit sich herumgetragen, etwas, das er mit niemandem teilen konnte, weil es ihm unmöglich war. »Mom hat es auch gespürt«, erinnerte sich Zeke Tenenbaum, und als er das sagte, behauptete Zoe, sah er wieder aus wie ein Kind. »Sie hat es gespürt, deswegen hat sie ihn verlassen. Weil er nie richtig bei ihr gewesen ist. Nie so, wie jemand, der mit reinem Herzen lieben kann.« Sie ahnte, dass es etwas mit dem Kino zu tun haben musste, aber sie fand nie einen Hinweis dafür, der diesen Verdacht bestätigte. Deswegen hatte Abraham Tenenbaum allein gelebt, weil die, denen er nahegestanden hatte, diese Zerrissenheit gespürt hatten.

Clayton Stewart reiste ab, als sich die Wogen geglättet hatten. Im Internet sah ich ein Bild von der Beerdigung seines Sohnes. Viele Leute aus der Filmbranche waren gekommen. Im Hintergrund stand ein alter Mann mit Sonnenbrille. Er rauchte und sah müde aus. Das war das letzte Mal, dass wir Speedy gesehen haben. Sowohl Zoe als auch ich hatten genug von alten Männern, die Geheimnisse hüteten. Keiner von uns verspürte den Drang, dem Tabakladen im Greenwich Village ein weiteres Mal einen Besuch abzustatten.

Das *Rosebud* war nicht mehr zu retten. Die Flammen fraßen alles auf, bis auf die Grundmauern. Die Feuerwehr gab in jener Nacht ihr Bestes, aber es nützte nichts. Sie fanden heraus, dass altes Zelluloid die Ursache für den Brand gewesen war, und deswegen gab es keine Entschädigung von der Versicherung (sie behaupteten, das Feuer sei die Folge von eigenem Verschulden gewesen, weil man alte Zelluloidfilme unsachgemäß gelagert habe). Zoe und ihre Familie ließen es darauf beruhen. Ein Makler interessierte sich für das Grundstück und die Tenenbaums verkauften es.

Und Zoe?

Sie ist noch da. Ich bin es auch.

»Erzähl mir von Rockport«, bat sie mich noch in der Nacht, in der das *Rosebud* abbrannte.

Sie war mit zu mir gekommen und wir schauten aus dem Fenster. Die Zweige wiegten sich im Wind und die Blätter wirkten im Licht der Straßenlaternen so bunt, wie es sonst nur Zoe Tenenbaum ist. Dann erzählte ich ihr noch einmal das, was ich niemandem hatte erzählen wollen, weil hier, weit weg von der Küste von Maine, mein neues Leben, wie ich glaubte, bereits begonnen hatte. Als ich fertig war, küsste sie mich und flüsterte: »Jetzt ist Rockport weit weg. Jetzt bist du hier.« Dann schliefen wir ein, und als wir aufwachten, war ein neuer Tag.

Sonst hat sich nicht viel verändert. Ich arbeite immer noch im *Thunderbird* und Zoe im *The Flower Worker*. Wir sind zufrieden, weil das, was wir gerade machen, okay ist und besser als alles andere, was wir uns vorstellen können. Was uns die Zukunft bringt, wissen wir nicht. Aber wer tut das schon?

Geschichten wie diese kennt man wirklich nur aus dem Kino. Das Verrückte daran ist, dass sie uns beiden passiert ist. Und dass sie ein Ende hat, das wie Brooklyn im Herbst ist, nämlich das beste Ende, das man sich denken kann – für uns und all jene, die Fehler machen und sie bereuen, denn das ist es, worauf es ankommt, und genau so hätte er enden sollen, der letzte Film des Abraham Tenenbaum.

Abspann

Dank, für so unglaublich vieles, geht an:

Pictures	Edward Hopper
Set	Brooklyn, Camera Zwo
Original Score	Alexandre Desplat, Vince Guaraldi, Henry Mancini, Johannes Müller, Tori Amos, Kat Edmonson, Justin Hurwitz, Hugh Laurie, Stacey Kent, Okkervil River & Mark Mothersbaugh
Cigarettes & Celluloid	Michael Korb
Screenplay & Editing	Malin Wegner & Claudia Müller
Executive Producer	Arena Verlag
Magic	Wes Anderson, Paul Auster, Damien Chazelle, Gus Van Sant, Michael Chabon, Alfred Hitchcock, Blake Edwards, Jim Jarmusch & John Carney
Love	Tamara (always), Catharina, Lucia, Stella & Mateo

Christoph Marzi

Heaven
Stadt der Feen

London – das ist seine Stadt. Und über den Dächern von London – dort hat David sein zweites Zuhause gefunden. Hier oben kann er den Schatten der Vergangenheit entfliehen. Bis er eines Tages auf ein Mädchen trifft, das alles auf den Kopf stellt, woran er bisher geglaubt hat. Ihr Name ist Heaven. Sie ist wunderschön. Und sie behauptet, kein Herz mehr zu haben. Ehe David begreifen kann, worauf er sich einlässt, sind sie gemeinsam auf der Flucht.

360 Seiten • Klappenbroschur
ISBN 978-3-401-50221-2
Auch als E-Books erhältlich

Memory
Stadt der Träume

Jude Finney hat eine besondere Fähigkeit: Er kann die Träume der Toten sehen. Auf dem Highgate Cemetery, in einer Welt zwischen Realität und Traum, begegnet er der geheimnisvollen Story, einem Mädchen, das tausend Geschichten kennt, aber sich an seine eigene nicht erinnern kann. Jude ahnt, dass Story noch lebt, irgendwo in den Straßen von London. Und dass es höchste Zeit wird, sie zu finden.

328 Seiten • Klappenbroschur
ISBN 978-3-401-50452-0
www.arena-verlag.de

Arena